AU CŒUR
DES TÉNÈBRES

Du même auteur
dans la même collection

AMY FOSTER. LE COMPAGNON SECRET
AU CŒUR DES TÉNÈBRES
LA LIGNE D'OMBRE
LORD JIM
NOSTROMO
SOUS LES YEUX DE L'OCCIDENT
TYPHON

CONRAD

AU CŒUR DES TÉNÈBRES

Introduction, traduction, notes, chronologie et bibliographie
par
Jean-Jacques MAYOUX

GF Flammarion

Édition mise à jour en 2012.
ISBN : 978-2-0812-8596-5

INTERVIEW

Mathias Énard,
pourquoi aimez-vous *Au cœur des ténèbres* ?

Parce que la littérature d'aujourd'hui se nourrit de celle d'hier, la GF a interrogé des écrivains contemporains sur leur « classique » préféré. À travers l'évocation intime de leurs souvenirs et de leur expérience de lecture, ils nous font partager leur amour des lettres, et nous laissent entrevoir ce que la littérature leur a apporté. Ce qu'elle peut apporter à chacun de nous, au quotidien.

Né en 1972, Mathias Énard est notamment l'auteur de cinq romans parus chez Actes Sud : La Perfection du tir *(2003),* Remonter l'Orénoque *(2005),* Zone *(2008),* Parle-leur de batailles, de rois et d'éléphants *(2010), et* Rue des Voleurs *(2012).*

*Il a accepté de nous parler d'*Au cœur des ténèbres, *et nous l'en remercions.*

Quand avez-vous lu ce livre pour la première fois ? Racontez-nous les circonstances de cette lecture.

J'ai lu pour la première fois ce roman quelque part dans les ténèbres de l'adolescence, entre treize et quinze ans : enfermé dans ma chambre, je cherchais à la quitter par tous les moyens. Je lisais et relisais donc des romans d'aventures – ou ce que j'appelais des romans d'aventures, c'est-à-dire des récits vifs, de voyage, qui convenaient à l'impatience de la jeunesse et à ma faible capacité d'attention.

Votre coup de foudre a-t-il eu lieu dès le début du livre ou après ?

Déjà, à l'époque, j'aimais la mer, j'aimais les romans de mer ; j'avais lu *Moby Dick*, par exemple, ou *Nostromo*, du même Conrad. Or *Au cœur des ténèbres* commence d'une tout autre façon. Nous sommes dans l'estuaire de la Tamise ; un yacht et ses occupants viennent de frapper l'ancre et se préparent au repos. Un homme raconte ; ce premier narrateur va passer à son tour la parole à Marlow, assis comme un Bouddha nous dit-on ; nous allons entendre le récit des aventures de Marlow sur le fleuve Congo. J'ai été longtemps dérouté par ces premières pages ; je me suis bien souvent demandé pourquoi le livre ne commençait pas directement sur le récit de Marlow lui-même – après tout, n'était-ce pas là l'argument ? Pourquoi « filtrer » ainsi la voix de Marlow ? J'imaginais que le roman aurait aussi bien pu s'ouvrir sur cette phrase « Ce n'est qu'au bout de plus de trente jours que j'ai vu l'embouchure du grand fleuve. » Au Congo, déjà. Pourquoi, outre ce premier narrateur, pensais-je à l'époque, Conrad nous inflige-t-il ces premières et longues pages sur la Compagnie, la visite chez le médecin, etc. ?

C'est seulement plus tard que j'ai compris, que j'ai vu clairement que ce préambule était non seulement nécessaire, mais, plus encore, *vital* ; Marlow est « observé » par le narrateur de la même façon qu'il observera Kurtz ; le médecin constate (ou cherche à constater) la folie de Marlow – autant de jeux de miroirs. Une histoire de témoins, de passage de parole, une réflexion sur la littérature comme série de transmissions : le récit est construit, vérifiez-le vous-même, par un enchevêtrement de guillemets, de passages de relais qui semblent être le cœur du livre : de parole en parole, de témoin en témoin, on peut peut-être parvenir à comprendre Kurtz.

Relisez-vous ce livre parfois ? À quelle occasion ?

J'ai souvent relu *Heart of Darkness*, pour le plaisir d'abord, mais aussi parfois au gré de hasards académiques qui ont voulu, par exemple, que ce texte soit inclus dans le programme d'un cours entre littérature et cinéma que l'on m'a confié à Barcelone… Mais la force des grandes œuvres, c'est que nous ne sommes pas obligés de les relire pour qu'elles fassent leur chemin en nous – on y pense, on les évoque, on les retrouve dans d'autres livres, dans des films, dans des tableaux.

Elles sont vivantes.

Est-ce que cette œuvre a marqué vos livres ou votre vie ?

J'ai longtemps croisé *Au cœur des ténèbres* – dans d'autres textes. Si j'y suis revenu récemment, c'est par T.S. Eliot, par exemple. L'exergue des *Hommes creux*, un de ses poèmes les plus importants, est une phrase du *Cœur* : « Missié Kurtz – lui mort. » Ou dans *Saison de la migration vers le nord*, de Tayeb Salih, l'immense auteur soudanais, qui a un rapport très étroit avec *Au cœur des ténèbres*. À tel point que j'ai moi-même fini par essayer de rendre hommage au texte de Conrad dans mon dernier roman, *Rue des Voleurs* : j'ai tenté de m'inclure en douce dans ce grand réseau qui se déploie autour du cœur des ténèbres.

Quelles sont vos scènes préférées ?

Le récit de Conrad est si serré, si dense et si fluide, comme le bateau remonte le fleuve, qu'il est difficile d'en séparer les scènes. Néanmoins, et avec le temps, certaines me restent en mémoire : le navire de guerre français qui bombarde inexplicablement la brousse, tire « sur un continent », par exemple, ou la rencontre avec le jeune marin russe, fils d'un archiprêtre du gouvernement de Tambov. Improbable et sauvage, elle nous ramène à Kurtz (« – Mais quand on est jeune il faut voir des choses, amasser de l'expérience, des idées, s'ouvrir l'esprit. "Ici !" interrompis-je. "On ne sait jamais ! C'est ici que j'ai rencontré M. Kurtz" »), dans ce jeu de narrateurs qu'est le *Cœur*, mais aussi aux livres (« Le seul livre qui me restait, et je croyais l'avoir perdu… »). Cette fin de second chapitre avance d'un degré vers les ténèbres, vers le mystère de Kurtz, vers cet autre moment si puissant, l'agonie de Kurtz. Et bien sûr, aussi, la scène de l'épilogue, de la rencontre avec la Promise de Kurtz, cette femme amoureuse, dernier rempart contre le Mal…

Cette œuvre reste-t-elle pour vous, par certains aspects, obscure ou mystérieuse ?

Il n'y a peut-être pas de grands romans – surtout s'ils sont courts – sans obscurité, sans énigme. *Au cœur des ténèbres* est précisément ceci : un voyage au cœur du mystère, du mystère terrifiant de l'âme humaine, que seul Kurtz a entrevu. Un mystère si impénétrable, comme la jungle, que Marlow, à la fin du texte, en est contraint à mentir : il ne peut pas le révéler. Il est impossible de comprendre l'absence d'humanité, les limites, la fin de l'âme. On en meurt : « Ce serait trop ténébreux. » Le réalisme de Conrad atteint une dimension symbolique : c'est ce jeu de symboles qui rend le roman encore lisible aujourd'hui. Sans ces questions, il ne resterait que la triste description d'une atroce réalité coloniale.

Quelle est pour vous la phrase ou la formule « culte » de cette œuvre ?

Les derniers mots de Kurtz, bien sûr. Cet homme qui aime la musique et la poésie est devenu un monstre. Mais aussi la toute fin, l'ultime phrase du texte, qui flotte encore dans l'air longtemps après que le bateau a repris son chemin sur la Tamise…

Si vous deviez présenter ce livre à un adolescent d'aujourd'hui, que lui diriez-vous ?

Un adolescent ? En littérature je ne connais pas d'adolescents. Cette catégorie de lecteurs a été fabriquée récemment par les éditeurs. Conrad n'écrivait pas pour des adolescents, il écrivait pour tous ceux qui sauraient le lire. Celui qui quitte les livres pour enfants entre dans la littérature. Il y a une initiation, dans *Au cœur des ténèbres*, une initiation à la présence du Mal. Ce voyage peut se faire à treize ans comme à quatre-vingt-dix. Et si l'adolescence est le passage à l'âge adulte, alors elle n'a qu'un seul intérêt, c'est précisément d'osciller entre ce qui l'attend, le monde auquel elle va devoir prendre part, et le monde qu'elle vient de quitter, celui des livres pour enfants. Il y a une seule réalité, une seule – c'est la rencontre avec l'horrible ambiguïté de Kurtz qui nous dit : *faites-moi justice.*

*
* *

Avez-vous un personnage « fétiche » dans cette œuvre ? Qu'est-ce qui vous frappe, séduit (ou déplaît) chez lui ?

Au-delà des personnages secondaires très importants dont j'ai déjà parlé (le marin russe, par exemple, ou la Fiancée), la nouvelle de Conrad se construit autour du couple Marlow / Kurtz. Au fond, Marlow et Kurtz participent de la même réalité, ils sont les deux faces d'une même pièce de monnaie. On comprend, à travers le voyage de Marlow, par où Kurtz est passé. De la même façon, Marlow voit en Kurtz son destin : il s'en faut de peu, juste après la mort de Kurtz, qu'il ne soit enterré lui-même. Il tombe malade à son tour. Il en réchappe pour raconter ce qu'il sait, ce qu'il a vu, de la grandeur et de la déchéance de Kurtz. Il est une partie de ce Mal, c'est un témoin, c'est-à-dire un acteur. Ce que nous dit Marlow, c'est qu'il n'y a pas de témoins qui ne participent de ce qu'ils observent. Le témoin n'est pas la victime, et, dans le cas de Marlow, c'est une part inséparable du bourreau : sans Marlow, Kurtz disparaît au fond de la jungle, sans histoire, sans message, sans victimes. Cette vérité qu'il nous livre, il la refuse à la fiancée de Kurtz : « Cela aurait été trop ténébreux. »

C'est une lecture très « XXIe siècle » de ce récit, c'est certain.

Ce personnage commet-il selon vous des erreurs au cours de sa vie de personnage ?

Des erreurs ? Dans le cas de Kurtz ? Vous appelez erreurs les massacres, les tortures, la ruine ? Sa vie de personnage ? Mais sa vie de personnage c'est notre vie, celle de l'Europe, celle de la Mort : Kurtz est un instrument de l'Europe, un instrument de destruction. Dans ces quelques pages, on voit à l'œuvre les forces aveugles de la domination européenne, dans l'absurde commerce de l'ivoire, d'une part, dans la cruauté à l'égard des « sauvages », dans la déréliction d'autre part. Que dire de ce bateau de guerre français, perdu sur les côtes congolaises, qui bombarde à qui mieux mieux un morceau de forêt équatoriale ? Que dire de ces massacres organisés, de cette indifférence à l'autre qui augmente en cruauté au fil de la remontée du fleuve ? Que dire de ces fameuses têtes humaines, vissées à leurs troncs d'arbres, que Marlow découvre à la jumelle ? Des erreurs, dites-vous ? Kurtz ne commet pas d'erreur. C'est un homme qui sait ce qu'il fait. Il se livre à l'horreur. Il se laisse prendre, il se laisse dominer par l'horreur, il y succombe. Il est à l'opposé de l'erreur. S'il erre, c'est entre les comptoirs de la brutalité.

Quel conseil lui donneriez-vous si vous le rencontriez ?

Kurtz ? La naïveté de cette question me touche. Qui peut donner un conseil à Kurtz ? Nous ferions-nous conseillers du Mal ? Cela montre bien, à mon avis, à quel point ce livre peut parler, parle aujourd'hui, comme tous les grands textes : pas pour ce qu'ils ont voulu dire, pas pour ce que je voudrais qu'ils disent, mais pour le lambeau d'humanité pendante qu'ils représentent, les squames des lépreux que nous sommes.

Si vous deviez réécrire l'histoire de ce personnage aujourd'hui, que lui arriverait-il ?

Il existe un génie du texte, un miracle de la grande littérature, qui fait qu'aujourd'hui le roman de Conrad est plus fort que jamais. Il ne s'agit plus d'hommes nègres, bien sûr ; il n'est plus seulement question du Congo, foin d'ivoire, adieu sauvages, adieu voyages ; l'Europe a depuis longtemps prouvé qu'elle pouvait poursuivre loin, beaucoup plus loin l'horreur. Celle-ci est devenue planétaire ; Kurtz, Marlow vivent aujourd'hui, ils voient, ils agissent, ils détruisent. Faut-il réellement nommer les terrains de l'horreur ? Comme l'explique Conrad au début du *Cœur des ténèbres*, il y avait, autrefois, des vides sur les cartes géographiques, des lacunes dans l'expérience des hommes, des taches blanches qui désignaient des territoires inexplorés. Bien souvent, c'est Kurtz qui les a mis en couleurs.

*
* *

Le mot de la fin ?

Les derniers mots sont de Conrad, du cœur des ténèbres lui-même, vous ne les entendez-pas ? Le crépuscule les répète en murmures persistants tout autour de nous, murmures qui semblent s'enfler comme la première menace d'un vent qui se lève : « Horreur ! Horreur ! »

INTRODUCTION

JOSEPH CONRAD

Départ de Pologne

Teodor Jósef Konrad Korzeniowski est né le 3 décembre 1857 près de Berditchev, en Ukraine. Sa famille était noble, et appartenait à la minorité ethnique, polonaise, des propriétaires qui, même sous le régime russe, détenaient encore les grands domaines, et prenaient part à toutes les insurrections sans être soutenus par la population. Ils incarnaient cette « idée nationale polonaise » dont les fondements étaient encore féodaux, avec quelque chose d'irréel.

Konrad – donnons-lui déjà ce prénom – avait cinq ans lorsqu'en 1862 Apollo Korzeniowski, son père, fut arrêté et condamné à l'exil (en fait à la déportation) ainsi que sa jeune femme, presque aussi suspecte que lui. Et leur fils fut emmené avec eux dans le Nord glacé où le mal de sa mère tuberculeuse allait, les cruautés du voyage aidant, entrer dans sa phase fatale, laissant à l'enfant le souvenir déchirant de sa fin (1865).

Le père, que des actions sans espoir ni jugement avaient laissé stoïque et sombre, fut pour l'enfant et en face de lui un philosophe amer, un écrivain (on dit qu'il fit une bonne comédie) et un traducteur orienté vers la France (Vigny, Hugo [1]) et vers l'Angleterre (Shakespeare). Là fut le germe,

1. Apollo Korzeniowski a traduit *Les Travailleurs de la mer* qui comptent parmi les livres dont se nourrit le rêve marin de l'enfant. La vie

qui mit son temps à lever. Mais d'abord, malgré le dévouement de l'oncle maternel Thaddeus Bobrowski, il y eut la solitude. Conrad a dit et redit qu'il avait bâti son monde et ses personnages à partir de lui-même : qu'on se rappelle alors la solitude au milieu de ses camarades de son héros Razumov, bâtard et pire qu'orphelin. Conrad, dont le père était mort en 1869, entre le Varsovie de la première enfance et maintenant Cracovie, avait changé de Pologne, d'empire, de famille. Car l'oncle Bobrowski n'a pas un mot à dire en faveur des Korzeniowski. Nul ne pouvait avoir plus que Conrad l'occasion de se sentir « le prince d'Aquitaine à la tour abolie ».

Un autre déshérité, Herman Melville, fut par le désastre paternel jeté presque dès l'enfance dans une longue instabilité. Un pareil diagnostic s'applique au cas de Conrad, un même réflexe : fuir.

Ayant eu l'été précédent sur les Alpes une vision de liberté, il partira donc en 1874 vers de nouveaux climats, ayant décidé que le passé était le passé, et que l'avenir serait l'avenir. Or, voici que cette simplicité de la succession des temps lui est refusée. Sa fuite est vue et proclamée comme une désertion. Il est, comme il le dira amèrement dans *A Personal Record*, jugé et condamné. La culpabilité s'installe en lui, à dix-sept ans, pour la vie entière. La Pologne ne se laissera jamais oublier. Mais elle sera le motif, le sujet, d'un paradoxe et d'un sophisme persistants : il emporte avec lui son idée de la Pologne. C'est ce qui compte à ses yeux, c'est un acte de fidélité essentielle. La trahison n'est qu'apparente, mais les apparences sont fortes : « J'étais le cas unique d'un garçon de ma nation et de mes antécédents sautant à pieds joints (image obsédante qui servira pour Jim sautant dans le canot des fuyards) hors du milieu et des associations de sa race. » La décision semble avoir mûri plusieurs mois en lui. Sa version, dans *A Personal Record*,

---

de Gilliat, l'exilé mal accueilli, a ses échos dans *Amy Foster* : on tient ces victimes « pour des aventuriers ».

tout à l'opposé, a un caractère évident de justification. Il se serait agi d'une « impulsion pure », et de ce fait « totalement inintelligible ».

> La part de l'inexplicable est à considérer quand on juge la conduite des hommes dans un monde où nulle explication n'est définitive. On ne devrait jamais accuser personne à la légère d'avoir trahi sa foi… La voix intérieure peut rester très fidèle dans son secret conseil. La fidélité à une tradition particulière peut subsister à travers les événements d'une existence sans rapport avec elle, et qui suit, fidèlement aussi, la voie tracée par une impulsion inexplicable. [...] Don Quichotte de la Manche n'était pas un bon citoyen [1].

Tout cela près de trente ans après le choix, après la fuite. La disproportion paraît énorme, mais toute l'œuvre témoigne de ce tenaillement et de cette impuissance à se libérer. « C'est ainsi que peut être rendu amer le goût de l'innocente aventure. » L'adjectif veut modifier le nom. Il n'y réussit pas : Conrad n'emploiera qu'exceptionnellement (comme ici) le terme « aventure » dans un sens favorable. Le rêve d'aventure qui a été le sien, il s'est astreint à le dépasser. Dans son œuvre c'est une source de désastre. C'est que les Polonais de son petit cercle d'adolescents ne l'ont laissé partir (telle était leur passion patriotique) qu'entaché d'infamie. En divers lieux il a rappelé que son « premier amour » (ce n'est pas toujours la même femme, et elle est présentée tantôt positivement, tantôt fort négativement) avait été parmi ses plus cruels accusateurs. Dans *Nostromo* il la compare à la sévère Antonia, et l'on déduit sans peine que le boulevardier Decoud, que cette dernière contraint à se dévouer à la cause nationale, c'est lui dans son premier – et plus léger – avatar.

Apollo avait écrit pour le baptême de son fils un poème qui le chargeait de vivre pour la Pologne :

> Donne-lui comme à toi-même l'immortalité.

1. *Réminiscences* qui, publié en volume, devint *A Personal Record.*

Il ne la donna qu'à lui-même, séparément, comme écrivain *anglais*. En 1899, Eliza Orzeszkowa le dénonce dans la presse polonaise pour avoir porté ailleurs le pouvoir créateur dont il privait les siens. Il ne tenta pas, sauf dans l'un de ses contes, *Amy Foster*, de traiter des sujets même indirectement polonais. Il fallait que le changement de peau fût total : la mer, la carrière de marin lui permettaient de se voir comme quelqu'un qui s'était donné une patrie sans limites, d'ordre spirituel et humain. Il est probable que les mauvais romans maritimes du capitaine Marryat avaient laissé en lui un sédiment d'attrait romanesque qui ne fut pas étranger à sa vocation « irrésistible ».

Dans sa vision, une fantastique distorsion est intervenue entre la conscience subjective, celle qu'on a de soi-même, et la figure opaque et pourtant étiquetée que malgré soi on présente. La culpabilité est éprouvée, mais en même temps ressentie comme absurde parce qu'elle se rapporte à une action qui fait partie non de la continuité mais de la discontinuité de l'être. « Il semble que j'avais sauté », dit Jim. Le saut n'était pas inscrit en lui. Conrad, qui n'est coupable que d'avoir brusquement tourné le dos à l'idole creuse du patriotisme polonais, profite de la marge énorme qu'il a gardée disponible pour accueillir, pour assumer toutes les culpabilités incomprises. Inviter à la compréhension des autres et pires coupables, c'est *a fortiori* demander à être soi-même compris. Et à être pardonné, selon l'adage, humain et notoire, mais moins pratiqué que la condamnation. Conrad, ou Marlow son narrateur et porte-parole, comprendra Jim, comprendra Kurtz même ; il tentera de trouver la formule de leur être que, dans l'obscurité de l'existence, ils sont incapables de donner eux-mêmes. C'est, dans *The Secret Sharer*, le *leitmotiv* de Leggatt consolé : tout peut arriver maintenant ; il aura été compris.

Premières aventures de marin (1874-1890)

Nous n'en sommes pour le moment qu'à la fuite de Conrad qui, en 1874, le mène de Cracovie à Marseille où les Bobrowski ont des intérêts et des relations. Période de frasques obscures et sans gaieté. Le neveu prodigue, soucieux sans doute de paraître dans la mesure où il n'est pas, jette l'argent par les fenêtres, en comptant sur l'oncle Bobrowski, de plus en plus excédé, pour le renflouer à la dernière minute. Deux points sont à mentionner : tout d'abord il apprend, allant par deux fois aux Amériques, son métier de marin. De brèves escales en Colombie, au Venezuela, permettront à l'une des mémoires les plus prodigieuses de l'histoire littéraire de saisir le génie du lieu et de le restituer dans *Nostromo*. En second lieu il a sa part ou ses parts dans la propriété et la navigation d'une balancelle, la *Tremolino*, qui se livre à la contrebande d'armes entre la France et l'Espagne, comme il l'a raconté dans *The Mirror of the Sea* et dans *The Arrow of Gold*. Ce serait à l'en croire pour la cause du prétendant Don Carlos et pour les beaux yeux de son ancienne maîtresse, Doña Rita, qui devient celle de « M. George », *alias* Conrad. Ni pour Don Carlos, ni pour Doña Rita [1], rien ne colle : ni les dates, ni les faits connus. « M. George » s'est-il battu en duel avec un rival, qui lui aurait logé une balle près du cœur ? La correspondance de l'oncle Bobrowski nous éclaire. La blessure de Conrad n'est pas l'effet d'un duel, mais d'une tentative de suicide, et non pour de beaux yeux mais pour un tapis vert. La contrebande d'armes de la *Tremolino*, qui dut bel et bien être sabordée, était une affaire privée, sans rapport avec ce prétendant ridicule. Tout l'épisode marseillais est tel : une réalité médiocre, transfigurée dans la suite des temps, par une imagination fabulante, merveilleusement active, dont elle avait bien besoin.

1. Certaines données, mais situées tout à fait en dehors de la fable de Conrad, pourraient s'appliquer à une maîtresse hongroise de Don Carlos. Il est possible que Conrad ait eu à Marseille une aventure avec une comédienne, laquelle aventure tourna mal et contribua peut-être à sa tentative de suicide.

Un certain écœurement put se joindre à des problèmes pratiques tels que celui du service militaire, pour disposer de la solution française. Bien entendu, Conrad attestera par la suite qu'il n'a jamais pensé qu'à l'anglaise.

La vie de Conrad va par rebonds, ponctuant des situations traumatisantes. Le coup de feu, presque au cœur, acte final et qui deviendra une image obsédante (Jim, Decoud, M. George), après une série de gestes dérisoires, décidait la fin de l'aventure marseillaise, et même, la réflexion venue, d'un certain esprit d'aventure, d'une certaine irresponsabilité. Conrad à vingt et un ans, l'oncle Bobrowski aidant, sentait le besoin d'un encadrement, d'une discipline, d'une règle. Il ira les chercher dans la marine marchande britannique. Lors de son premier embarquement sous ce nouveau pavillon, en 1878, il ne sait pas six mots d'anglais. Un sursaut durable, un effort héroïque le transforment : pour passer tous ses examens jusqu'au brevet de capitaine au long cours, il lui faut apprendre la langue aussi bien que la matière ; c'est alors sans doute qu'intervient une révélation décisive : cette langue a un message pour lui, inépuisable. Le génie de cette langue, dit-il dans son « Propos d'auteur » au *Personal Record*, s'est emparé de lui dès qu'il est sorti du stade du balbutiement ; « si complètement que ses idiotismes mêmes… eurent une action directe sur mon tempérament et façonnèrent mon caractère encore malléable ». Il y eut chez l'homme, comme il arrivera chez les personnages, un phénomène d'identification qui l'emportera plus loin qu'aucune adaptation rationnelle. De l'anglais Conrad pourrait dire : « parce que c'était lui, parce que c'était moi ».

La suite de ses embarquements relève de l'anecdote, mais on y trouve chez le jeune officier la persistance du vieil Adam : en se rachetant d'une adolescence tumultueuse, il ne cessera pas de donner des marques de névrose. En 1887 il est heurté par un espar et projeté sur le pont du *Highland Forest*. Son dos le fait cruellement souffrir. Un nerf a été froissé, peut-être. Quelque chose entre névralgie et neurasthénie a été déclenché qui exige un séjour à l'hôpital de

Singapour. Bizarrement, s'agissant de ce fils adoptif du monde anglo-saxon, c'est le mal des intellectuels victoriens, névropathes invétérés. Nathaniel Hawthorne se fait mal au pied à l'âge de neuf ans, et « la croissance de son pied s'arrête » (ce qui lui interdit l'école et la vie normale). Sophia Peabody, sa femme, a eu ses années valétudinaires comme Elizabeth Barrett avant que Browning ne lui dise « lève-toi et marche ». En 1860 Henry James, à l'école, se fait lui aussi mal au dos, et se trouvera invalide dans la conjoncture déplaisante de la guerre civile. Conrad a décrit son propre état comme lui causant « d'*inexplicables* périodes d'impuissance, de soudains accès de douleur *mystérieuse* ». Ces mots feront une partie (agaçante pour certains) de son style littéraire. Il me paraît intéressant de signaler qu'ils font d'abord partie de cette expérience réellement vécue : se sentir étranger à soi-même.

C'est au sortir de cette prostration que Conrad, en 1888, se verra offrir par surprise le commandement de l'*Otago*. *The Shadow Line* (1916) fera l'histoire véridique de sa prise de commandement à bord d'un navire plein de malades et dépourvu de quinine. *Falk* et *The Secret Sharer* broderont des fantaisies sur le même thème. *A Smile of Fortune*, enfin, peindra l'escale du navire à l'île Maurice. Elle sera décisive puisque Conrad, plutôt que d'y retourner, préférera se démettre de son commandement. Cause ou prétexte ? Une histoire de femme apparemment mais, selon ses propres termes, « mystérieuse ». Celle qu'il raconte n'est pas sans charme mais laisse un goût incertain. Le jeune capitaine se trouve accaparé par le shipchandler qui lui offre l'enchantement de son jardin tropical et la compagnie de sa fille, sauvageonne indolente et boudeuse, un peu bâtarde, un peu séquestrée. Il ne paraît pas si difficile de la séduire, mais tout se termine après le baiser fougueux de la fille (jusqu'à *The Arrow of Gold* l'érotisme littéraire de Conrad restera au stade oral) par l'achat forcé au père d'une cargaison de pommes de terre. Or il semble d'après un témoignage tardif mais documenté de Mauricien, que l'intérêt était ailleurs, auprès d'une famille distinguée, les Renouf, et de leur fille Eugénie, que trois jours avant d'appareiller, et sans même l'avoir consultée, il aurait demandée en mariage, non à elle-même mais à son frère, pour s'entendre dire qu'elle était fiancée. Conduite absurde, qui semble révéler une timidité peu croyable ou plus probablement le désir de l'échec. Mais tout était absurde chez Conrad. Invité par Mlle Renouf à répondre aux questions de son « album de confidences », posées en français, il répond en anglais, comme s'il avait décidé d'être mieux que naturalisé, et d'oublier toutes autres attaches. Ajoutons que ses réponses sont agressives et vulgaires.

Quoi qu'il en soit de ces étranges idylles et de leur résultat plus ou moins déprimant, on dirait qu'au fond, il n'y tient pas, au commandement, qu'il préfère naviguer en second [1]. C'est au cours des multiples voyages qu'il fit au cabotage, pendant les mois qui suivirent, en cette capacité, dans l'archipel malais, qu'il rencontra toute sa matière orientale, à commencer par Almayer. Il donne une précision importante sur la façon dont cela se fit dans sa préface à *Within the Tides* :

> La nature de ma connaissance, les suggestions ou indices reçus dans mon œuvre ont dépendu directement des conditions de ma vie active, et plutôt de simples contacts, et très fugitifs, que d'une expérience vécue.

Voilà qui va s'appliquer aux cas les plus décisifs, d'Almayer jusqu'à Kurtz ; et par cette dissociation de l'expérience vécue d'avec la création, il faut entendre : ni *mon* expérience, ni *la leur*. Le *Personal Record* le confirme dans le cas d'Almayer. Ce que cherche, ce qu'épie un Henry James, à table, dans une conversation mondaine, c'est un motif, une fable significative, sur quoi fonder une construction. Pour Conrad, c'est une tête, un corps, une voix, une

1. Le capitaine Mac Whirr, dans *Typhoon*, parle de la terrible solitude du commandement.

manière d'être, qui proposent une hypothèse vitale et qui, à vrai dire, déclenchent une vision. La fable viendra de lui seul, ne sera pas une broderie sur des faits existants. Il fait des excuses à l'ombre d'Almayer, de ce qu'« ici-bas j'ai converti votre nom à mon usage ». Il l'a affublé d'une histoire ; et tout cela vient de ce qu'il a, lui, Conrad, accepté une invitation bredouillée à dîner chez lui. Sans quoi, ajoute-t-il, il n'aurait sans doute jamais écrit une ligne.

Il faut noter qu'il a toujours beaucoup de peine à revenir de ses inventions à la plate réalité. Le vrai Almayer, ou plutôt Olmeijer, nous confie-t-il, n'est pas mort du désespoir de la fuite de sa fille Nina avec Dain, mais d'un accident lors d'une chasse au python. En fait le véritable est mort dans un lit, d'un cancer, comme tout le monde, vingt-cinq ans après celui que nous pouvons appeler son homonyme. Il avait onze enfants, et non une fille unique idolâtrée.

L'aventure africaine

Lorsque Conrad en a assez vu, l'instabilité le reprend. Il quitte son caboteur et revient en Europe où, pendant des mois, il est sans emploi, sans un navire qui s'offre. Des relations d'affaires à Londres l'orientent vers la Belgique, Anvers, puis Gand, et là c'est déjà du Congo qu'il s'agit. Mais il n'obtient que de vagues promesses, et dilatoires. C'est alors qu'il lui vient à l'esprit qu'il a à Bruxelles un cousin Poradowski qui paraît assez bien placé pour lui venir en aide. Le cousin à peine entrevu meurt deux jours après, et c'est alors que Conrad se retrouve en tête à tête avec Marguerite Poradowska, Française aux relations influentes, qui va devenir sa « tante » à la mode de Pologne. On voit, si l'on prend garde à cette suite fortuite d'événements, que Marlow – c'est-à-dire Conrad – caricature lorsque dans *Heart of Darkness* il se décrit acculé à ce scandale, à ce comble, avoir recours aux femmes pour trouver à s'employer.

On voit par ailleurs que, comme d'habitude – ainsi présente-t-il comme une nécessité de son être le fait qu'il est devenu officier de la marine marchande britannique –, il marque son aventure africaine, largement due au hasard, comme prédéterminée, prédestinée de tout temps. C'est l'histoire de la vieille carte d'Afrique, jalonnée des blancs des *Terrae Incognitae*, qu'il aurait contemplée dès son enfance, qui lui aurait fait dire alors, le doigt sur le blanc : « Quand je serai grand, j'irai là ! »

Gardons-nous à notre tour d'établir des séquences logiques et trop simples. Il serait tentant, écarté le rêve d'enfance, de lui substituer un rêve de gloire, lié, dans la constante incertitude d'être qui est le fait de Conrad, à une identification avec le héros africain du jour – j'ai nommé Stanley.

Les magazines avaient tous illustré la mémorable rencontre du sauveur providentiel, porteur des inflexibles déterminations de l'Occident, et de l'homme perdu dans la brousse : Stanley, la main tendue vers le Blanc inconnu : « Docteur Livingstone, je suppose ? » Prouesse oblige, et tout naturellement on avait eu recours à lui pour délivrer Emin Pacha, avec le même succès. L'Europe l'avait acclamé, Marseille l'avait fêté, à Bruxelles il avait dîné avec le roi et la reine. Le prince de Galles était allé l'accueillir à Cannes. La reine Victoria lui avait offert une tabatière en or.

Il faut ajouter que ce Stanley, qu'à notre époque anticoloniale on respecte un peu moins qu'il y a un siècle, justifie au moins la distinction que fait obstinément Conrad entre le comportement britannique à l'égard des indigènes et celui d'autres conquérants dont la vocation impérialiste s'est constituée trop précipitamment, un peu par imitation et par gros et bas appétit. Elle s'est en fait un peu trop improvisée pour qu'un ajustement des moyens et des fins, capable de les hausser à une certaine unité, ait pu se faire. Stanley donne un bel exemple du contraire ; se trouvant encore au Congo que Conrad vient de quitter, il écrit une lettre au *Times*, en décembre 1890 :

> J'ai appris que la maîtrise de soi est plus indispensable que la poudre à canon dans les relations avec les indigènes, et qu'une maîtrise résolue de cette nature, face aux provocations d'un voyage africain, ne peut se passer d'une sympathie de cœur, réellement éprouvée pour eux. Il ne faut pas les considérer comme des « bêtes brutes », mais comme des enfants.

On verra certains de ces fils se renouer au cœur des ténèbres.

Conrad avait quelques assurances du côté de Bruxelles lorsqu'il partit au début de 1890 passer deux mois à Kazimierowka chez l'oncle Bobrowski, mais il semble bien qu'il ait fallu la mort de Freiesleben (Fresleven dans *Heart of Darkness*) tué par les Noirs, comme il le raconte dans sa veine d'humour noir, au terme d'une affaire de poules, pour que le besoin de s'engager se fasse sentir. Il revient à Bruxelles pour accomplir les formalités de son engagement par la Société, sans aucun doute poussées à un pittoresque sinistre dans la version qu'en donne Marlow au début de la nouvelle.

En mai, à Bordeaux, Conrad prenait passage sur le *Ville de Maceio* qui devait le mener à pied d'œuvre. Il reçut ainsi l'impression et l'impact du colonialisme français avant de rencontrer le belge : il put voir un bâtiment de guerre canonner la brousse à tout hasard, sur fond de toponymie grotesque : « Les Français menaient là une de leurs guerres. » Nul doute que l'écœurement et le mépris de Marlow-Conrad correspondaient à la vérité des choses et que le colonialisme français était – voir André Gide – quelque chose de sanglant, de cupide et de sordide. Mais il fallait un « radical » excité comme Cunninghame Graham, qui n'était pas encore l'ami de Conrad, pour inclure les Anglais parmi ces « conquérants blancs », le fusil et la Bible en main, « perpétrant tant de viols et de pilleries, de pendaisons et d'assassinats, de grottes qu'on fait sauter à la dynamite, d'indigènes pulvérisés par nos Maxim – au Matabele et ailleurs... ».

Déjà, dans cette phase initiale de son voyage, Conrad s'inquiète. Le 22 mai, alors qu'il n'était encore qu'à

Freetown et ne pouvait connaître que par des rumeurs ce qui l'attendait au Congo, il écrivait à son compatriote Zagôrski une lettre qui le montrait mal à l'aise. Il se tenait assuré de son commandement, mais on lui disait que soixante pour cent des agents de la compagnie retournaient malades en Europe avant six mois accomplis, et qu'on en renvoyait beaucoup au bout d'un an pour éviter qu'ils meurent au Congo.

Nous disposons, pour éclairer de quelque lumière factuelle les ténèbres conradiennes, du journal qu'il tint de sa longue marche de plus de trois cents kilomètres entre Matadi et Kinshasa. Il est, à part une ou deux phrases, d'une extrême platitude, qui permet de mieux marquer certains caractères de sa création littéraire. Il est fort instructif de comparer ces notes au jour le jour, qui lui furent pratiquement inutiles, à son écriture d'invention, la différence allant jusqu'au contraste. C'est une imagination en forme de mémoire qui a recréé une réalité intérieure en forme de passé. Nous reprendrons en temps voulu cet examen et les problèmes liés à l'invention de Kurtz. Ce qui en revanche nous concerne dans la réalité factuelle, c'est son effet immédiat sur Conrad, ce sont les rapports humains entre lui et la compagnie qui l'employait, particulièrement le directeur Camille Delcommune et son frère Alexandre. Ils lui firent horreur par leur mélange de sottise et de cupidité brutale, leur malveillance, leur inhumanité, leur goujaterie foncière, leur détermination de ne reculer devant rien pour atteindre leurs fins ; et aussi, sans nul doute, face à un aristocrate susceptible, par leur sens de la hiérarchie. Conrad quant à lui n'était pas commode, et dans son passé d'homme de mer un de ses capitaines avait simplement « décliné » l'inclusion dans le certificat qu'il lui donnait d'un article concernant son comportement. Il est certain que dans le cas des Delcommune l'outrage fut réciproque ; pour Conrad, les conséquences matérielles en furent désastreuses.

Dans le récit Marlow attend des mois que le petit vapeur de quinze tonnes qu'il devait commander et qui devait remonter le Congo jusqu'au poste de Kurtz soit réparé après s'être quelque peu éventré contre un obstacle caché dans le lit du fleuve. En réalité, Conrad à peine arrivé fut embarqué en surnombre sur un autre petit vapeur, le *Roi des Belges*, sous le capitaine Koch, et n'en reçut le commandement, intérimaire, qu'au retour, le 6 septembre, parce que Koch était tombé malade. De retour à Kinshasa, Conrad, qui semble avoir escompté une assez longue mission comme capitaine du *Florida*, eut la mortification d'en voir le commandement confié à un certain Carlier, dont il ne put se venger qu'en faisant de lui l'un des deux fantoches de sa première nouvelle congolaise, *An Outpost of Progress.*

Le 26 septembre, Conrad écrit à Marguerite Poradowska : « Tout m'est antipathique ici. Les hommes et les choses, mais surtout les hommes. Et moi je lui suis antipathique aussi. À commencer par le Directeur qui a pris la peine de dire à beaucoup de monde que je lui déplaisais souverainement jusqu'à finir par le plus vulgaire mécanicien. Ils ont tous le don de m'agacer les nerfs, de sorte que je ne suis pas aussi agréable pour eux, peut-être, que je pourrais l'être. » Il note que le Directeur « déteste les Anglais [1] ».

À ce point, Conrad n'avait pas le choix. Il n'avait plus qu'à quitter le Congo, cruellement malade, et cruellement mûri. Avant le Congo, devait-il dire à Garnett, « je n'étais qu'un simple animal ». Il n'avait guère rencontré là-bas qu'un homme estimable et respectable, Roger Casement, pas encore sir, et pas encore pendu pour haute trahison [2].

1. Conrad peut écrire en français avec l'aisance que l'on voit, avec aussi des fautes soudaines de gravité variée, non seulement à Marguerite, ou à ses correspondants français mais aussi à certains compatriotes polonais, et enfin lorsque l'éloquence le saisit, à Cunninghame Graham.

2. Conrad avait écrit avec beaucoup de chaleur à Cunninghame Graham (25-XII-03) pour lui parler des talents et des mérites de Roger Casement, le seul homme estimable rencontré au Congo. Mais en 1916, lorsque Casement allait être jugé pour haute trahison, et que son ami Retinger essayait de l'enrôler parmi ceux qui sollicitaient la clémence, Conrad lui fit cette réponse impitoyable : « j'avais pour lui une aversion totale : pas de cervelle, rien qu'ambition, toute vanité ». Les naturalisés ne peuvent pas se

Consul de Grande-Bretagne à Borna, il devait produire en 1903 un rapport écrasant sur les atrocités commises avec la connivence, bien mieux, à la demande des autorités de l'État Libre. Un exemple suffira : des expéditions punitives étaient jugées fréquemment nécessaires pour dresser les indigènes à la docilité et pour leur extorquer du caoutchouc et autres denrées. Tant de cartouches étaient allouées, et celles qui n'avaient pas été utilisées devaient être rapportées. Quant aux autres il fallait justifier de leur bon usage. Une main droite était considérée comme probante. Six mille mains, certaines prélevées sur le vif faute de morts, furent le produit de six mois d'action sur le Momboyo.

« Les erreurs du génie sont volitionnelles », dira James Joyce. Si jamais la formule s'est justifiée, c'est dans le cas de cette absurde expédition congolaise, qui fit de notre capitaine au long cours le commandant pour quelques jours, par intérim, d'un rafiot de quinze tonnes. Le capitaine au long cours sera par la suite de moins en moins convaincant. Il ne sera plus que second, pour deux traversées vers l'Australie, à bord du beau clipper le *Torrens*, où il trouvera son premier lecteur. Car depuis 1889 Conrad écrit. Il y avait déjà un début d'*Almayer's Folly* dans les bagages d'Afrique. En 1893 il retourne une dernière fois chez son vieil oncle en Ukraine : 1890, 1893, ces deux voyages si rapprochés montrent que Conrad ne s'est pas encore délié de son passé ; mais aussi qu'il s'agit d'une piété plutôt familiale que nationale. Il n'est pas retourné à Cracovie. Il ne cherche pas à retrouver son adolescence. Après son embarquement sur un navire qui, symboliquement, ne part pas, Conrad se retrouve à Londres avec ce manuscrit dont il attend de connaître le sort. En octobre 1894 le roman a été accepté. Il sera publié en avril 1895. L'homme de lettres entre en scène.

L'homme de mer, nous n'en avons qu'une silhouette, presque une caricature, croquée à l'île Maurice : un petit

---

permettre l'indulgence pour les ennemis de la patrie, et leur mémoire en souffre.

homme tiré à quatre épingles, canne et chapeau melon, qui ne frayait pas avec ses collègues, lesquels l'avaient baptisé « le comte russe », mais qui avait une vie mondaine affairée que nous avons rencontrée sous forme d'un flirt inefficace – qui sait, peut-être silencieux – et d'une parodie de demande en mariage. S'il se voit lui-même, c'est sans doute comme Marlow dont il a au moins les fins souliers vernis, mais point les poses hiératiques ni les gestes d'idole bouddhique. Tous ceux qui l'ont connu décrivent un agité, depuis sa première connaissance civile – et littéraire – John Galsworthy, qui écrit : « je crois que je n'ai jamais vu Conrad tout à fait au repos. Ses mains, ses pieds, ses lèvres – sensitives, expressives, ironiques – il y avait toujours quelque chose qui bougeait ».

Arthur Symons, qui le voit comme « un nain de génie », et qui va même jusqu'à le comparer à Toulouse-Lautrec, le dit incapable de repos, d'exister sans produire – une figure tout en nerfs, avec des rires convulsifs (comme Marlow), des yeux brillants, un regard pénétrant, d'une terrible fixité. Garnett, qui a commencé par souligner sa grâce, note le mouvement incessant de ses pieds passant l'un sur l'autre. Il revient à plusieurs reprises sur une ambiguïté sexuelle qui l'a frappé : esprit masculin aigu, sensibilité féminine. Richard Curie décrit ses paroxysmes de fureur, d'où il semble émerger comme d'un cauchemar, ses humeurs du petit déjeuner, où on le voit exubérant, avec un flot bouillonnant d'absurdités, chaque extravagance menant à une autre – l'accent mis sur l'aspect grotesque des choses faisant l'unique dominante – avec de folles poussées de comique, un fort sens du bizarre qu'il laissait à dessein s'emparer de ses propos quand il se laissait aller.

Ce n'est pas l'artiste à la maison qui frappe dans cette description, autant qu'une poussée créatrice temporairement sans emploi à laquelle il nous a été donné d'assister, un flux très particulier d'intensité nerveuse, une utilisation déjà consciente des pressions de l'inconscient, un appel à la libre génération des images – images qui présentent une réalité dans un miroir déformant. C'est à peu près, me semble-t-il, le schéma de son travail de création qui s'esquisse sous nos yeux dans ces jeux. Il a lui-même indiqué que cette création était chez lui une utilisation, « une transformation de l'influx nerveux en phrases, et que si l'on s'arrêtait, les phrases ne viendraient plus [1] », d'où dans sa vie d'écrivain les passages à vide.

Premiers pas en littérature (1890-1899)

On peut distinguer dans l'œuvre de Conrad une première période où il n'est que trop soucieux de l'effet à produire. « Faire voir » au lecteur, cela aboutit souvent à « en rajouter ». Ce que Conrad ne sait pas encore et qu'à vrai dire tout écrivain n'apprend qu'à la longue, c'est que l'offre trop voyante et trop pressante de la chose à voir provoque une résistance quasi instinctive. La description du bureau d'Almayer au moment où il va tout immoler par le feu est trop parfaite pour être réussie. De la poussière même, il y en a trop. Et ce bureau massif – on sait d'expérience combien ces choses sont durables et persistantes, ce bureau qui comme tout le reste a seulement été abandonné, oublié, comment a-t-il perdu un pied ? Ce n'est pas le réalisme qui est en cause, mais l'usage qui a été fait de la technique réaliste. Dans *Heart of Darkness*, nous sommes encore dans cette phase, et le bureau d'Almayer est remplacé par un wagonnet les trois fers en l'air.

Almayer : Conrad ayant perçu l'homme comme un personnage à qui il n'y avait plus qu'à donner une histoire construisit donc une vie de raté sur une contradiction et une convergence. La contradiction : celle qui oppose une incapacité de manier des affaires importantes et une cupidité poursuivant longuement un rêve de richesse. La convergence : celle de cet homme sans consistance, en voie de

1. Lettre à Wells, 30-XI-03.

désintégration, et d'intrigues de forbans qui se joignent au cadre tropical pour faire sur lui une pression inexorable. La faiblesse de volonté d'Almayer est doublée d'une fatale capacité d'illusion et sur sa situation et sur les êtres qui l'entourent. C'est avec le premier livre le premier surgissement de cette coupure entre la subjectivité et le monde dont on peut dire qu'elle sera d'un bout à l'autre de l'œuvre le sujet de Conrad.

Le temps, qui englobe tout cela, est marqué d'un double caractère : dans l'immédiat une épaisseur informe, indistincte, confuse, un fardeau de passé traîné vers un manque d'avenir ; et dans les profondeurs un mouvement irrésistible vers le désastre et sa révélation. Les flashbacks, on le conçoit, font déjà partie d'une telle conception du temps. L'illusion, motif conradien, appelle l'ironie, mode de la vision conradienne. Quand tout s'est effondré, « c'est ainsi qu'Almayer emménagea dans sa maison neuve ».

Almayer liait au succès le prestige personnel, l'importance. Le médiocre Willems, le « paria des îles » dont l'histoire, antérieure mais liée à celle du premier héros, forme le sujet du deuxième roman, n'en demande pas tant. L'ambition tôt disparue, reste l'illusion spécifique d'un malhonnête homme sur les conséquences de ses actes, restent le goût de la petite vengeance, l'idée du coup à faire, l'aliénation liée à l'obsession sexuelle, et ici aussi la draperie tropicale, et les broderies verbales, aussi somptueuses que dans le premier roman. Il n'est pas certain que Conrad réussisse à intéresser à un tel antihéros, mais ce qu'il a déjà et qui ne le quittera plus, c'est le sens du découpage de l'action, de la scène incarnant intensément un moment de la situation, de la mise en scène et de la disposition des personnages. Une présence humaine très vive, donc, très intense, sans aucune intériorité, une prééminence déterminante de l'inhumain, une richesse de pittoresque exotique qui a trouvé son verbe – tel est l'essentiel des deux romans malais. Ils furent assez appréciés pour donner sans doute à leur auteur le surcroît d'identité personnelle dont il avait besoin pour dépasser son incertitude. Mais comme dans le cas de Melville, auteur de *Taïpi* et classé loup de mer des lettres, cette première identité littéraire n'est pas la bonne : Conrad sera malgré lui et restera longtemps l'homme des décors et des aventures exotiques.

Le 24 mars 1896, il se marie. Jessie n'est pas un laideron, mais ce n'est pas une beauté, et l'aristocrate polonais s'est trouvé pour compagne une honnête dactylo assez peu lettrée pour confondre dans une lettre les verbes « to lie » et « to lay ». Coup de tête plutôt que coup de foudre, que Conrad justifie, la veille du mariage, dans une lettre à Garnett : pourquoi pas, « quand une fois on a saisi cette vérité que la personnalité n'est que la mascarade ridicule et sans objet de quelque chose de désespérément inconnu » ? Acte absurde donc pour convenir à l'absurde existence. Sans doute, mais aussi, pour le marin devenu écrivain, acte pratique ; car là où il n'y a plus steward ni coq, il est bon d'avoir quelqu'un pour organiser l'existence, recevoir fastueusement avec peu d'argent, et libérer la pensée créatrice. Jessie fit de son mieux.

À peine formé, et sans nuit de noces [1], le couple partit pour la Bretagne, s'installa à l'île Grande, et l'écrivain se retrouva, dans cette retraite sauvage, face à ses réserves de mémoire. Le passé congolais fournit alors une première, courte nouvelle, dont le titre concentre déjà toute l'amère ironie, *An Outpost of Progress* – « Un avant-poste du progrès ». C'est comme un épisode d'un *Bouvard et Pécuchet* tragi-comique, qui met en cause la Société pour le Commerce du Haut Congo, insoucieuse des hommes, blancs aussi bien que noirs, au point de faire de deux minables, faits pour être encadrés, les agents responsables d'un poste écarté de la brousse, et quasiment de les oublier. Gravement bêtes

1. Nuit de préparation des bagages pendant laquelle Conrad mena un tapage d'enfer.

comme les deux bonshommes de Flaubert, ils se font la lecture et s'émerveillent. Or une nuit des inconnus surviennent et emmènent en esclavage les hommes du village. L'ivoire reste, qu'on peut encore amasser. Mais les indigènes s'écartent, la solitude grandit, et le sentiment d'être envahis, immergés dans la sauvagerie, le soleil et le silence. Les provisions s'épuisent, un hippopotame qu'ils tuent est dérobé par les natifs, et Carlier en rage déclare « qu'il faut exterminer tous les nègres ». Nous retrouverons la formule et nous aurons à nous poser des questions.

Pour quelques morceaux de sucre que Kayerts a mis de côté, Carlier l'injurie, et Kayerts le tue. Il se pend, et c'est un cadavre tirant la langue, un des nombreux cadavres grotesques de Conrad, que retrouve le Directeur. Conrad cependant a entrepris un troisième roman malais, *The Rescuer*, qui deviendra vingt-trois ans après, *The Rescue*, *La Rescousse*. On reconnaît une fois de plus que Conrad doit pouvoir se mettre dans une sorte d'état second pour que l'écriture bouge, avance. « Mon propos est avant tout de vous faire voir. » Il faut donc d'abord qu'il voie, et en effet il est un peu un voyant. De l'*Avant-Poste* il écrivait le 24 août 1896 à Garnett qui l'avait critiqué : « si la construction est mauvaise, c'est que c'était le fait d'une décision consciente – et je n'ai pas de jugement, au sens artistique. La chose s'écrit toute seule, et elle vous plaît. Elle se met en forme et ça peut aller. Mais quand moi je veux écrire… ».

C'est ainsi que *The Rescuer* tombe constamment en panne. Il « ne peut pas mettre une phrase devant l'autre ». Il sait quoi écrire mais ne peut l'écrire. « J'ai perdu tout sens de la forme… » Il ne parvient pas à *voir* ses images, or, comme il le dira, c'est de l'image qu'il part, c'est l'image qui le soutient.

Il lui vient à l'idée, puisque ce récit-là ne le porte plus, d'en essayer un autre, mais de le distancier en se faisant relayer par un narrateur, et, d'une certaine manière, en se donnant l'illusion d'être deux. C'est donc « Marlow » qui, dans un cadre appliqué à être d'un réalisme jovial (« Passez la bouteille ! »), racontera l'aventure autobiographique de *Youth*. Conrad avait été lieutenant sur le *Palestine* de septembre 1881 à mars 1883 lorsque ce bateau charbonnier, ayant pris feu, avait dû être abandonné. Marlow-Conrad avait alors partagé avec quelques hommes un canot de sauvetage qui en onze heures avait gagné le petit port de Muntok. Marlow, qui ne ment jamais (c'est lui-même qui l'atteste dans *Heart of Darkness*), fait seulement de ces onze heures onze jours pour étoffer un peu son « premier commandement ». Lorsque Richard Curie, biographe et exégète approuvé, décrira l'aventure en mentionnant naïvement Muntok, Conrad sera furieux. Alors qu'il date de ce jour-là sa rencontre de l'Orient, il faut que cela se situe dans ce misérable trou qui pour tous ceux qui l'identifieront manque tout à fait de prestige. Il s'était bien gardé de le nommer ! Cette œuvrette sentimentale est généralement surévaluée. L'exclamation fréquemment soupirée sur un ton nostalgique – « Ah, jeunesse ! » – en donne le ton.

Conrad cependant, appuyé sur Marlow, travaillait à son premier chef-d'œuvre, *The Nigger of the « Narcissus »*. Roman de la mer ? Il s'en défend furieusement, surtout sur le tard, quand sa situation littéraire est devenue ce qui lui importe. Dans une lettre du 7 avril 1924 (à quatre mois de sa mort), il écrit :

> Dans le *Nigger*, je donne la psychologie d'un groupe d'hommes et je rends certains aspects de la nature. Mais le problème auquel ils font face n'est pas celui de la mer ; simplement il se pose à bord d'un navire où les conditions de complet isolement par rapport aux complications de la terre le font se présenter avec une force et un coloris particuliers.

Ce n'est pas faux : c'est seulement un peu comme si Hardy insistait qu'il n'est pas question dans son œuvre des campagnes du Wessex mais de communautés isolées typiques où les passions prennent une concentration tragique. La superbe tempête du *Nigger* est anecdotique. Le nègre ne l'est pas.

C'est la vision qui signifie. Le Noir, qui s'est fait attendre, s'appelle Wait : « Wait ! » Le sort l'a affublé d'un nom qui fait jeu de mots, surprend, lui donne de l'importance. Il apparaît dans le noir, fantomatique, comme le négatif presque invisible d'un homme blanc. Il va se révéler à l'usage comme un mourant qui feint d'être malade. Il corrompt l'équipage – le terme est de Conrad – par une force d'attraction sentimentale et morbide, dirigée de tous vers un seul, qui remplace le sain échange mutuel entre camarades solidaires. Par Jimmy Wait la mort et la peur s'installent à bord : « le faux triomphait par l'entremise du doute, de la stupidité, de la pitié, du sentimentalisme ». C'est comme une religion primitive et sinistre dont les rites s'instaurent. Il importe de souligner une identité essentielle de vision et de symbolique sinon d'écriture – signifiant la puissance des ténèbres – entre certains aspects de cette œuvre et de *Heart of Darkness* qui couve alors dans la même tête. Le moule, la matrice, ne saurait produire une succession discontinue. Dans l'obscurité submentale, une chaîne de formes se presse par segments et s'apprête à surgir. La phrase « Nous avions l'air d'être initiés à des mystères infâmes » nous porte de ce bord vers la brousse congolaise.

La courte préface de ce roman, la seule qui soit contemporaine de l'œuvre qu'elle présente, exprime dès lors une méditation critique éclairante. En outre, comme si Conrad se rappelait *Pierre et Jean* de son cher Maupassant, elle a la largeur d'un manifeste général, dont je citerai le passage le plus décisif :

> Tout art… s'adresse en premier lieu aux sens, et la finalité artistique, s'exprimât-elle par des mots écrits, doit encore le faire si sa haute aspiration est de toucher la source secrète des réactions émotives. Elle doit aspirer énergiquement à la plasticité de la sculpture, au coloris de la peinture et à la suggestivité magique de la musique – qui est l'art entre tous. Et ce n'est que par un dévouement absolu et inflexible à la parfaite fusion de la forme et de la substance… [que cette aspiration peut s'accomplir].

Et plus loin il ajoute : « la tâche que je m'efforce d'accomplir est, par le pouvoir du mot écrit, de vous faire entendre, de vous faire sentir… c'est avant tout de vous faire *voir* ». C'est lui qui souligne.

En ces années 1897-1898, Conrad, qui devient en gémissant père d'un garçon qu'il nomme Borys, fait les connaissances les plus marquantes de sa vie, après celle d'Edward Garnett qui l'a lancé dans la littérature. Cunninghame Graham d'abord, personnalité turbulente et fantasque, radical de gauche qui restera pour lui toute sa vie, en dépit de son scepticisme nécessairement réactionnaire, sa conscience utopique et flamboyante. Puis l'Américain Stephen Crane (*The Red Badge of Courage*) dont il sut reconnaître et proclamer le talent impressionniste – « rien qu'impressionniste », dit-il, et « lui seul », pour bien marquer qu'il ne se voit pas comme tel. Et enfin et surtout Ford Madox Hueffer, un peu étranger mais beaucoup moins que lui, fils d'Allemand, mais petit-fils du grand peintre anglais Ford Madox Brown ; et nourri aux sources vives de l'art et de la littérature du pays. C'est tout juste si Ford Madox Ford, comme il deviendra par conformisme patriotique, dans ses *Souvenirs personnels* sur Conrad, ne nous informera pas qu'il est, lui, le véritable auteur des œuvres. Il est assez mythomane, et ce n'est que lorsque les indications qu'il donne sur son rôle d'inspirateur peuvent être recoupées qu'il faut les accepter. Comme le Nous (« We ») de Marlow censé représenter tous les gens de mer signifie Conrad et Conrad, le « We » de Hueffer représente Hueffer et l'acquiescence docile de Conrad. Le « He » représente une version pittoresque de ce même Conrad. S'il est nécessaire donc de rétablir les limites de leurs rôles respectifs, il reste certain que Hueffer eut une grande importance, peut-être décisive, dans le progrès de la création et surtout de l'écriture conradiennes, et l'on a pu dire que dans cette création la décennie de leur grande amitié, de 1898 à 1908, lui doit en partie sa primauté. Il donna à Conrad le courage de croire à l'importance de ce qu'il faisait, au roman en tant qu'art – une idée toute nouvelle en Angleterre –, à la critique vigilante du style comme astreinte nécessaire, même si sa langue devenue plus substantielle devait, comme le craignait Wells, perdre de son charme « oriental ». Leur collaboration expresse, en revanche (*Romance*), est bien ce qu'elle paraît à Henry James, « un mauvais rêve », « tant leurs dons sont dissemblables ». Finalement ce n'est pas ce qui importe. Conrad avait besoin d'un grand frère. Celui-ci avait quinze ans de moins que lui, mais il tint le rôle à merveille.

Jim Wait, seul parmi les Blancs du navire, à lui seul déstructurait la conscience blanche, et ce malaise préfigurait une conscience blanche tourmentée, confrontée à des Blancs sans conscience et à un univers noir. *Darkness* succédait à *Nigger*. Ce qui nous mène tout droit au *Cœur des ténèbres*.

C'est en 1880 qu'avaient éclaté, presque en même temps, l'affaire du *Cutty Sark* – meurtre d'un matelot noir par le second du navire – qui devait donner lieu à la nouvelle *The Secret Sharer*, et l'affaire du *Jeddah*. Ce bateau bourré de pèlerins musulmans, une voie d'eau s'y étant déclarée, avait été abandonné précipitamment par ses officiers, mais, pour leur malheur et leur déshonneur, il n'avait pas coulé. C'est dix-neuf ans plus tard que Conrad lança Marlow à la recherche du second du *Patna* – nom changé mais même aventure. C'est une double quête et qui, malgré les inversions chronologiques, suit dans l'ensemble un double mouvement : découverte matérielle du personnage, dévoilement au moins partiel de ce qu'il est. Le résultat est la première grande création par Conrad d'un homme, d'un caractère, et d'une destinée. Cela se traduit en apparitions et surgissements successifs :

> Ce qu'il m'a laissé voir de lui-même était comme ce qu'on entrevoit par les déchirures mouvantes d'un brouillard épais – des détails fragmentaires, intenses, fugitifs…

Gustav Morf, qui a voulu souligner dans l'inconscient de Conrad tout ce qui se rapportait à sa désertion de Pologne, a dit du roman qu'il était une confession. Elle ne serait pas représentée par le seul abandon du navire mais bien plus par le portrait psychologique et critique du garçon (et, par raccroc, de ce qu'il avait failli être lui-même), depuis l'école d'élèves officiers où il vivait, « à part », « la vie d'un marin de la littérature légère ». C'est cette subjectivité et cette séparation égotiste qui le marquent. L'imagination, « cette ennemie des hommes », dit le narrateur, lui fait vivre d'avance, sans peine, de belles aventures. L'esprit d'aventure est sans règle. « Personne au monde n'empêchera un homme épris ou préoccupé d'aventure de fuir à tout moment », écrit Conrad dans *Well done*. Chez le vrai marin c'est l'esprit de service qui règne, et le sentiment de la collectivité, et la succession précise des tâches. Le rêve d'aventure sépare du réel. Au réveil il est trop tard. À l'école les autres sont déjà dans le canot où il a oublié de sauter – en route pour un sauvetage. Sur le *Patna*, distrait, insuffisamment conscient de la portée du réel, il oublie de ne pas sauter. Ce sont les années de Marseille et pas seulement le départ de Pologne que Conrad entend signifier en s'appropriant cette histoire vraie et en recréant son héros. L'analyse est durement existentielle. Jim dégradé, exclu de sa profession, ne s'assume pas. Comme Richard II détrôné, ce qu'il fuit de poste en poste à travers l'Orient, c'est une image déplaisante de lui-même. Et quand il devient glorieux à Patusan, c'est qu'à son irréalité intérieure correspond une irréalité de situation. Quand la crise survient, c'est à la collectivité qu'il manque, une fois de plus, pour garder à ses propres yeux les mains propres, en fait parce qu'une fois de plus son problème d'identité morale embrouille sa décision, parce qu'il reste préoccupé de son image – et d'un conflit d'images. Ce premier roman sérieux ne dévie ni de sa sévère analyse ni de sa sombre vision. Jim sera enfin parvenu à la première acceptation lucide (bien que son créateur lui conteste même cela) qu'il ait jamais faite : l'acceptation de la mort.

Ici comme dans *Heart of Darkness* Marlow est le porte-parole d'une incantation verbale ; mais elle est ici plus retenue et plus profonde. Elle exprime ce qui pour Conrad est une mission : par le don généreux de l'imagination, briser les murs de solitude qui entourent les êtres extérieurement et qui intérieurement les séparent de leur être profond ; porter témoignage, être la révélation, la connaissance vicariante et sympathique de ceux qui ne se sont pas connus eux-mêmes.

> Nos vies ne sont-elles pas trop courtes pour cette pleine formulation qui à travers tous nos balbutiements est sans doute notre seule et persistante intention ? J'ai renoncé à attendre ces dernières paroles dont le son si elles pouvaient seulement être prononcées ébranlerait le ciel et la terre. Nous n'avons jamais le temps de dire notre dernière parole, le dernier mot de notre amour, de notre désir, de notre foi, de notre remords, de notre soumission, de notre révolte.

En 1899, la journaliste Eliza Orzeszkowa, au cours d'une violente campagne contre l'émigration des talents, s'en prend nommément à Conrad, le plus illustre de ces expatriés. S'il s'était appliqué à oublier la Pologne, elle réagissait vigoureusement. Une réoccupation spirituelle de Conrad par le thème polonais est sans doute l'une des raisons qui font du naufragé allemand dont Hueffer a conté brièvement l'histoire dans *Cinque Ports* un naufragé polonais, le héros de la nouvelle *Amy Poster* écrite en 1901 et que nous retrouverons.

Les grands textes (1900-1910)

C'est en 1903 que l'on peut situer le sommet de la création artistique de Joseph Conrad avec l'effort héroïque que représente l'invention et la mise en œuvre de *Nostromo.*

Ce n'est pas seulement un livre monumental. C'est une grande œuvre. C'est le livre-somme que tout grand romancier rêve d'écrire, un livre épique qui dépasse toute définition du genre. Le titre, Conrad lui-même a souvent dit qu'il ne correspondait pas aux lignes de force de l'œuvre. Nostromo, « capataz de cargadores », est seulement le personnage pittoresque et prestigieux, le glorieux, le séducteur, l'incorruptible et intrépide agent sur qui les autorités savent pouvoir compter, qui tout de même traverse l'œuvre, et aide à en donner le sens. Il est un superbe objet, creux et clinquant, motivé par la gloriole, par le souci de répondre à sa réputation – jusqu'au jour où il prend conscience qu'elle sert à l'exploiter. La solitude où les désordres de la guerre civile et sa dernière mission l'ont jeté le libère d'une honnêteté formelle et lui donne l'idée de s'approprier les lingots d'argent que de toute façon on croyait perdus. Tout en lui devient mensonge.

L'argent qui a corrompu Nostromo, qui a déchaîné les convoitises et déclenché les conflits, est le véritable protagoniste. La dimension et le niveau du mythe sont atteints dès la première vision du cadre qui fait surgir le génie du lieu avant même que l'histoire qui va être contée ne commence. Le regard se perd dans les hauteurs désertes et démoniaques de l'Azuera où la légende situe les trésors interdits que jadis des *gringos* ont voulu découvrir, qui n'en sont jamais revenus. La face de pierre et les abîmes du promontoire, hantés par les oiseaux de mer, « résonnent de leur clameur sauvage et tumultueuse comme s'ils se querellaient éternellement pour leurs trésors légendaires ». La mine d'argent de Gould au nom symbolique a fait passer la légende dans le réel, accompli l'usurpation de la nature, chassé les bêtes, détruit la cascade. Le chemin de fer a éventré la terre. Faulkner, celui de *L'Ours*, n'est pas loin [1].

Gould, honnête Anglais possédé par la mine dont il se croit le maître et sur laquelle il compte pour porter le pays

1. Le curieux est que Conrad, comme Balzac, rêvait d'affaires, et que, en 1895, cet ennemi du capitalisme avait fait partie d'un groupe constitué pour lancer une mine d'or en Afrique. Il faut, dit-il dans *Au cœur des ténèbres*, une idée morale derrière de telles entreprises. Nous n'en saurons pas plus.

vers un avenir de progrès, est au cœur de la corruption victorieuse, amené à tous les compromis avec le banditisme au pouvoir. Ce gentleman d'affaires est finalement (le mot accusateur revient) un aventurier.

L'homme qui est sorti de la vie par la torture et le massacre physique et moral de son être, et dont l'amer détachement est la force, le docteur Monygham, le dit bien :

> Il n'y a pas de paix ni de repos dans le développement des intérêts matériels. Ils ont leur loi et leur justice. Mais elles sont fondées sur l'opportunité, elles sont inhumaines – sans la rectitude ni la continuité ni la force qu'on ne trouve que dans un principe. Le temps approche où tout ce que représente la concession Gould pèsera aussi lourdement sur le peuple que la barbarie, la cruauté et le pouvoir désordonné d'il y a quelques années.

L'Américain de San Francisco dont les investissements vont transformer l'entreprise l'annonce, le capital prendra graduellement la responsabilité totale des institutions et de la vie collective de ces terres, du nord jusqu'à l'extrême sud du continent.

Gould s'est marié par amour. Mais désormais sa femme est seule. Il n'est plus qu'un Chatterley spirituellement châtré. Conrad montre ici son anticapitalisme viscéral, très voisin de celui de Lawrence.

L'alternative, cependant, est nulle. Les « révolutions » qui se succèdent pour le salut du pays semblent à Mrs. Gould « un jeu puéril et sanguinaire de meurtre et de rapine mené avec un terrible sérieux par des enfants dépravés ». Ce serait trop d'honneur que de parler de cycle à propos de ce cercle vicieux tel que le voit Conrad : anarchie, ordre capitaliste, esprit révolutionnaire, en sinistres retours. De ce rabâchage de l'histoire provient la singularité de tout ce qui est temps dans *Nostromo*. Cette succession absurde devient simultanéité disponible dans la tête du créateur qui a la charge d'en faire des arrangements signifiants, par surgissements successifs mais nullement chronologiques, chacun entouré de vastes zones d'ombre dont on ne sait jamais ce qui va s'éclairer – ce qui s'est éclairé représentant un présent épais gonflé de passé bien plutôt que porté vers un avenir –, ce que nous avons vu s'annoncer dès le premier roman. Les flashbacks sont fantastiques, les ellipses constantes, et la discontinuité est la règle. Il ne s'agit pas d'ingéniosité, mais d'une vision décidée de la non-signifiance du temps objectif, collectif, et de ce qu'on ne peut appeler que par dérision « le mouvement de l'histoire ». Conrad pourtant dépasse l'absurde.

C'est peut-être l'usage de l'espace qui élève *Nostromo* à la hauteur d'une vision épique. Regard de marin, avec ses variations constantes de la profondeur de champ entre le gros plan et l'infini, l'individu et le mouvement de masse ? Il y a du Faulkner dans ses cortèges ; comme celui-ci sur le Camino Real : « les mules poussées à la vitesse, l'escorte galopant, Don Carlos chevauchant à l'avant d'une tempête de poussière qui révélait une vision de longues oreilles de mules ». Il aime à évoquer la diminution progressive de l'insecte humain absorbé graduellement dans l'indifférence du paysage. Un métaphorisme « métaphysique » fait passer de l'espace concret à son essence qui n'est plus spatiale. Cela avait déjà eu lieu dans *Lord Jim* où un tel espace réduit au symbole rejoint en une image mixte formée par l'écriture une essence de temps intériorisé :

> Tels étaient les jours, inertes, chauds, lourds, disparaissant l'un après l'autre dans le passé, comme s'ils tombaient dans un abîme à jamais ouvert par le sillage du navire.

Et ici, « cavalier et cheval disparaissent comme s'ils avaient au galop plongé dans un abîme ».

Conrad a inséré dans l'œuvre, et comme d'habitude mis en cause, son moi passé, celui que n'avait pas encore gommé la marine marchande. C'est le personnage complexe et vivant de Martin Découd, dont le scepticisme, la moquerie de soi-même jusqu'au mépris, tiennent à son passé de boulevardier parisien, reflet du passé marseillais de Conrad.

« Il avait poussé l'habitude de railler tout au monde au point de s'être rendu aveugle aux impulsions véritables de sa nature. » Même à Antonia qu'il aime et dont l'auteur nous dit que sa création lui a été inspirée par son premier amour, Découd déclare : « nulle occupation n'est sérieuse, pas même quand une balle dans le cœur est la sanction de l'échec ». Il se tirera une balle dans le cœur et, à la différence de Conrad, ne se ratera pas.

Mais ce qui sans doute rapproche de nous ce livre de la façon la plus saisissante, c'est le personnage déjà évoqué de Monygham. Torturé inlassablement par un prêtre sadique décidé à lui extorquer les aveux qu'enfin il obtient au niveau de l'intolérable, les chevilles brisées, « il semblait avoir été attaché indissolublement par le massacre de son corps et la violation de son âme à la terre de Costaguana comme par un processus abominable de naturalisation ».

Conrad, s'il n'était pas Conrad, aurait pu se contenter de rendre un tel personnage pathétique. La force de son génie, c'est de l'avoir fait à la fois pathétique et grotesque. Il n'est pas d'œuvre, depuis *Almayer's Folly*, où il n'ait pas fait au grotesque une part généreuse. C'est ici que dans divers personnages non seulement il le déploie, mais il le développe, le construit et l'éclaire. Il le lie à une perception devenue impression absurde par fausse équivalence et il lui attribue sa valeur par analogie dégradante : par exemple le vivant prend l'aspect de la mort ou inversement. « Gamacho gisait ivre et endormi… ses pieds tournés vers le haut dans la pénombre à la façon repoussante d'un cadavre. » L'équivalence homme-animal échappe à cette dévalorisation dans le seul cas de Monygham s'avançant avec les mouvements absurdes d'un oiseau blessé. Le grotesque conradien est une forme d'expressionnisme.

Je ne dénombrerai pas toutes les nouvelles de Conrad, mon propos étant seulement de présenter un tableau symbolique de l'ensemble de l'œuvre. Je rappellerai pourtant *Falk*

(1903) parce que c'est la première mouture de trois évocations successives des débuts de son premier commandement, avant *The Secret Sharer* et *The Shadow Line*. C'est aussi la plus compliquée, et la plus extérieure. La sortie du port où se trouve le navire du jeune capitaine est trop périlleuse pour être tentée sans pilote, mais l'unique pilote se dérobe, et la raison de son incompréhensible conduite est longue à se révéler : il soupçonne le capitaine d'être son rival en amour, et cet amour représente le besoin désespéré de retrouver une vivante vie après des années d'une mort dans la vie assez singulière : il a jadis, sur son navire en détresse, mangé de l'homme ; comme le grand-oncle de Conrad ayant mangé du chien au cours de la retraite de Russie en était resté obsédé, Falk l'est, a meilleur droit, et cherche, à sa façon, à être compris, disculpé, pardonné.

Vers 1905, Conrad se tourne vers le thème de l'anarchisme et du terrorisme révolutionnaire dont ses amis Garnett, Cunninghame Graham, Ford Madox Hueffer, qui ont fréquenté Kropotkine et d'autres mauvais sujets peuvent l'entretenir tandis que pour lui tout cela fait partie des horreurs fascinantes qui déferlent de la Russie sur l'Angleterre. La nouvelle *An Anarchist*, comme *Nostromo*, préserve une sorte d'équilibre entre deux abominations opposées : d'un côté l'ignoble cupidité capitaliste de la Compagnie Bos, qui abreuve l'anémie bourgeoise du sang innombrable des bêtes et tire parti de toutes les misères pour le bien de ses finances ; de l'autre le « milieu » des terroristes organisés qui ne laissent jamais échapper ceux qu'une faiblesse temporaire ou une circonstance accidentelle ont pu tenter une fois de se joindre à eux. L'anarchiste, qui a bu un jour quelques verres de trop et que la justice a eu tôt fait de rejeter parmi les hors-la-loi, est une victime à la fois de la société et de l'anti-société. De bagnard évadé il est devenu l'esclave de la Compagnie Bos. Le vouloir-vivre l'a quitté, et nous le voyons raccommoder les mécaniques de la Compagnie, gratuitement, en attendant sa fin. Une fois de plus on pense à Faulkner et au condamné de *The Wild Palms* qui n'est plus qu'indifférence, acceptation d'un temps à jamais vide.

D'une deuxième nouvelle sur le même milieu anarcho-terroriste, *The Informer*, Conrad, en décembre 1905, passe à un roman, *The Secret Agent*. Cette veine le tient. Et je pense que dans son for très intérieur elle tient à son choix de l'Occident – du plus pur Occident représenté par l'Angleterre. Il était venu y chercher l'ordre, la paix et la liberté, tournant le dos à la symbiose fatale de la tyrannie et du terrorisme que lui offrait la Russie. Mais voici que sans être la contrepartie obligée de la tyrannie, le terrorisme, les « doctrines infernales nées dans les taudis des arrière-cours du Continent », gagnaient vers l'Ouest. Ce n'est sans doute pas par accident que vingt ans avant, en 1885, écrivant à son compatriote Spiridion Kliszewski, Conrad dénonçait l'Association internationale socialiste dont le progrès était « triomphal » : « tous les misérables petits voyous d'Europe se disent que le jour de la fraternité universelle, de la spoliation et du désordre ne sera plus long à venir, et rêvent tout éveillés de poches bien remplies dans les ruines de tout ce qui est respectable, vénérable et sain ». Ces phrases ridicules, Conrad ne pouvait les écrire qu'à un homme de l'Est, en face de qui il se sentait obligé de tenir son rôle de digne conservateur britannique comme en face de Cunninghame Graham il tenait celui du pessimiste amer pour qui « l'homme est un animal méchant. Sa méchanceté doit être organisée ; le crime est une condition nécessaire de l'existence organisée. La Société est essentiellement criminelle, ou elle ne serait pas. Voilà pourquoi je respecte les extrêmes anarchistes. “Je souhaite l'extermination générale.” Très bien. C'est juste et qui plus est c'est clair [1] ». Déjà, Kurtz... Mais nous retrouverons Kurtz. En tout cas on peut dire que plutôt que d'un simple flottement c'est

1. On sait que Conrad connaissait Schopenhauer. Mais c'est Sade qu'on entend ici.

d'une ambiguïté profonde qu'il s'agit, et d'une horreur fascinée.

Ce n'était pas seulement Conrad, c'était toute l'*intelligentsia* britannique qui dans les dernières années du XIXe siècle et les premières du XXe était préoccupée de cette perspective et de cette menace. D'un côté, glorifiée depuis deux siècles, l'invention anglaise de la liberté, vue comme un triomphe de la lumière et des Lumières, allait avec les vertus nationales ; de l'autre, c'était l'ombre, la nuit des complots et des crimes, le mensonge indéchiffrable des faux visages. *La Princesse Casamassima* de Henry James était un illustre modèle dont il serait peu croyable que *The Secret Agent* ne se fût pas souvenu, bien que les données les plus directes soient venues de Hueffer. Le « Propos d'auteur » au roman, de 1920, convient que Conrad eut une conversation avec « un ami », qu'il ne nomme pas et qui « de sa manière… désinvolte et omnisciente » remarqua : « Oh, ce type était un minus. Sa sœur se suicida par la suite. » Or, écrit Hueffer, « ce que je lui ai dit, c'est, Oh, ce type était un minus. Sa sœur tua son mari par la suite et la police la laissa fuir ».

Conrad atteste que ce furent les seules paroles échangées entre eux sur ce sujet et ajoute (en 1920 ils ne s'aimaient plus beaucoup) : « je suis sûr que s'il a vu une fois dans sa vie le dos d'un anarchiste, cela dut être la somme entière de sa fréquention de ces clandestins ».

Mais Hueffer commente : « l'auteur de ces lignes connaissait, et Conrad savait qu'il connaissait, beaucoup d'anarchistes du groupe de Goodge Street aussi bien que pas mal des gens de police qui les surveillaient. L'auteur avait fourni à Conrad de la littérature anarchiste, des mémoires, des mots d'introduction à au moins une jeune anarchiste qui figure dans *L'Agent Secret*… Les premiers poèmes de l'auteur furent imprimés par cette femme sur une presse anarchiste ».

De toute façon c'est l'usage que fit Conrad de ses sources qui compte. Ce n'est pas pour rien qu'il a inventé le suicide de Winnie : que serait sans toute cette fin lamentable l'histoire de Winnie Verloc ? et n'est-ce pas le coup de génie de Conrad, sur sa donnée, que d'avoir décidé que l'arête, que le cœur du roman seraient cela – l'histoire de Winnie et de son amour quasi maternel, passionné, pour ce jeune frère à la tête obscure, que le mari, agent double indolent et stupide, envoie déposer contre l'observatoire de Greenwich la bombe qui explose dans ses mains ?

Malgré la consciencieuse documentation que rend inutile la violence de son hostilité, Conrad ne parvient guère à rendre croyable son milieu d'anarchistes. Il réussit mieux, on s'en doute, à brosser la toile de fond – le Londres sinistre et noir qu'il a connu dans ses premières années d'Angleterre.

Conrad avait rencontré à Capri en 1905 un compatriote polonais, le comte Szembek, qui lui avait raconté une aventure dont il avait été la victime, et dont il tira la nouvelle *Il Conde* – le barbarisme montrant à quel point il savait peu d'italien. La scène se déroule en plein air, un soir de concert public dans les jardins de la Villa Nazionale, à Naples, et le lieu et le moment sont exquisement composés, en synesthésie de sensations délicates : les flonflons tour à tour proches puis éloignés ; les lumières, celles des étoiles, celles des jardins, celles des voitures ; les mouvements sur fond de nuit, avec « les ombres silencieuses allongées sur la mer ». La sensibilité du Comte cherche un confin solitaire, au bord de cette agitation teintée de vulgarité – un banc dans la pénombre, où ne subsiste que le vague et complexe enchantement du moment.

Alors surgit un jeune homme bien mis, précédemment entrevu, qui pointe un couteau et demande la bourse du promeneur. Notre gentilhomme, au début du siècle, représente une fleur de civilisation si parfaite et si délicate qu'un rien pouvait la flétrir – chaque geste mesuré, chaque parole se gardant de la dissonance –, ce qui ne paraissait pas encore un miracle. Des durs climats d'Europe centrale il était venu à Naples soigner sa fragilité, ayant jusque-là préservé son existence frileuse de valétudinaire déclinant de toute grossièreté et de toute souillure. L'équilibre entre l'homme intérieur et le milieu extérieur devait rester parfait, constant, et constituer la base d'une philosophie discrète dont on ne saurait entre épicurisme et stoïcisme déterminer la juste étiquette. Or voici cette personnalité, parfaitement contenue et retenue, soudain violée. Le Comte ne s'en remettra pas.

Conrad a réussi à faire sentir sans qu'un seul mot le dise que cet égotisme exquis appelait sa punition, et que finalement la structure vitale de ce héros était semblable à celle de tous les personnages de l'œuvre – confinée dans une subjectivité qui semble sans faille, n'ayant avec le monde extérieur que des rapports réglés par la convention – inexistants. Un jour, avec cette lueur de couteau dans la pénombre, le monde extérieur fait irruption, et tout est perdu. Conrad prétend que l'histoire lui a été contée telle quelle par sa victime. Mais chaque inflexion verbale, chaque brume d'ironie, chaque composition des formes, porte la marque de son génie.

Conrad n'en a pas fini avec le terrorisme. Mais soit qu'à la longue il se soit imprégné du sujet dans sa tragique réalité humaine – le terroriste (vrai ou faux) vivant un cauchemar –, qu'il avait écartée de *L'Agent secret*, soit que le cadre russe qui avait pesé si fort sur sa propre enfance l'ait inspiré, il produit un chef-d'œuvre, *Under Western Eyes*, *Sous les yeux de l'Occident*, qu'il écrit en 1908 et 1909, et qui sera publié en 1911.

Les « idées » de Conrad, toujours les mêmes, sont réaffirmées dans la Préface qu'il a par la suite jointe à l'œuvre : c'est d'abord son horreur du principe révolutionnaire, répétée de livres en lettres, interminablement : « on ne peut rien changer ni au bonheur ni au malheur. On ne peut que les déplacer au prix de consciences corrompues et de vies brisées ».

C'est ensuite l'idée qu'en Russie la férocité et l'imbécillité d'une autocratie sans loi ni moralité provoquent inévitablement la réplique non moins imbécile et atroce d'un révolutionnarisme purement utopique.

Le roman part d'une insuffisance d'identité et d'une subjectivité fermée productrice de tragiques malentendus. Le héros, l'étudiant « Razumov » – mais il sait bien qu'il n'a même pas de nom –, est le fils bâtard d'un prince, interdit de toute communication avec son père, et littéralement seul au monde. Privé de passé, il se veut tout avenir : il sera le fils de ses œuvres. En attendant, parmi ses camarades débordants de choix et d'opinions – subversives, bien entendu –, silencieux, secret, il ne se veut pas identifiable. Il a son programme de bûcheur, épinglé à la tête de son lit, et dans lequel il vit absorbé. Quand il trouve chez lui Victor Haldin dont la bombe vient de tuer un grand personnage, et qui vient lui demander aide et secours, il faut bien qu'au bout de la stupeur une clarté se fasse en lui, précédant une fureur d'indignation ; il est deux : le sujet qu'il se sait être, et l'objet que, sans rien lui demander, les autres ont créé à leur profit. Razumov a refusé de se déterminer, de se choisir – on l'a choisi, tel qu'on le voulait, tel qu'on avait besoin qu'il fût : un frère plus subtil et mieux gardé.

Razumov cherche à se libérer d'un enchaînement aussi fatal que le déroulement d'un conte d'Edgar Poe. Il faut à tout prix effacer l'intrusion, que tout soit *comme si* elle n'avait pas eu lieu. Après une démarche vaine qu'il accepte de faire pour sauver Haldin – et se débarrasser de lui –, il se résigne à dénoncer l'intrus. Il connaît la précipitation hésitante et hallucinée d'un Macbeth avant le crime. Enfin dans l'horreur des minutes qui passent se déroule l'appel à la police qui fera de lui un suspect jusqu'à ce qu'il se résigne à devenir un agent double. Ce sera sa seconde vie parmi ceux que Conrad a peut-être entrevus lors de ses séjours de malade à Champel [1], les révolutionnaires et les terroristes russes de Genève. Ici pour ce qui les concerne

1. Faubourg de Genève où Conrad a suivi de nombreuses cures d'hydrothérapie.

nous retrouvons le schématisme de *L'Agent secret*, la caricature à la manière noire, le grotesque sinistre, dans l'invention du héros imposteur Piotr Ivanovitch, et de Mme de S., fée Carabosse ou dame de Pique du terrorisme. Mais Conrad a su présenter et mettre en face du mensonge de Razumov, comme une loyauté et une vérité au moins subjective, Sophia Ivanovna, une des pierres de touche du réel et de l'irréel, avec Natalie Haldin, sœur passionnée de Victor, que Razumov va bientôt aimer dans le désespoir des damnés.

Il vit son imposture avec une acuité plus infernale chaque jour, à toute heure du jour, à chaque rencontre. C'est, par une compensation sinistre, un extraordinaire jeu de langage équivoque dans lequel il s'installe, répliquant de sa conscience d'agent double aux propos qui s'adressent naïvement à son masque révolutionnaire. Il retrouve une liberté dramatique dans le fait d'avoir seul cette double connaissance et de pouvoir sans cesse manier l'équivoque, retourner le sens des mots et des phrases, jouant avec le feu, côtoyant l'abîme et souvent l'échappant belle. De plus en plus sûr de lui, dirait-on, et pourtant allant inexorablement vers la confession et le châtiment. C'est le roman admirable, purement conradien, superbement dostoïevskien, d'une solitude depuis le début si totale et si cruelle qu'on est surpris qu'elle puisse encore être redoublée. À coup sûr elle doit quelque chose à la solitude spirituelle de Conrad.

Les dernières œuvres (1910-1924)

The Secret Sharer, *Le Compagnon secret*, écrit en 1909-1910, marque un retour vers la carrière maritime et plus précisément vers la période charnière du « premier commandement » (1888), qui va se poursuivre jusqu'à *The Shadow Line*, *La Ligne d'ombre*, en 1915. En 1910 avec *A Smile of Fortune*, ce retour l'amène au couronnement – qu'il préfère traiter comme quasi burlesque – de cette navigation : l'arrivée du navire à l'île Maurice, la façon dont le narrateur est circonvenu par le shipchandler Jacobus, l'idylle au jardin qui, si on la croit réelle, est peut-être l'effet d'une assez sordide manigance du père, le caractère curieusement réussi de la fillette sensuelle, avec des détails piquants de séduction fétichiste (une certaine pantoufle…). Et enfin *in extremis* la passion inutile du baiser qui, au pire, compense peut-être ce qui fut dans une plus maigre réalité la vaine demande en mariage de Mlle Renouf. Le tour ironique de la nouvelle, l'achat forcé de pommes de terre pour prix du baiser, et leur revente fructueuse en Australie, rétablissent l'équilibre moral d'un texte parfois gênant (du côté de cette mineure quasi détournée).

En 1910, Conrad eut une dépression nerveuse d'une extrême gravité, allant souvent jusqu'au délire – en polonais – et qui comporta des crises violentes. Les relations devenues très distantes avec Ford Madox Hueffer qui avait été pendant dix ans son soutien et son guide ne sauraient être une explication suffisante. Mais il était très vulnérable, et il venait de faire, dans *The Secret Sharer*, le portrait de lui-même comme une âme hantée.

Et puis en 1908-1909 il avait publié dans *The English Review* ses *Réminiscences*, plus tard connues sous le titre *A Personal Record*, qui étaient une évocation de son passé polonais et de son départ. En avait-il été profondément troublé ? Est-ce par hasard qu'en 1911 son œuvre s'enrichit d'une très brève nouvelle, la seule qui évoque directement la Pologne ? *Le Prince Roman* est à peine plus qu'un souvenir, et plus émouvant ainsi. Tout enfant, peut-être même avant la mort de son père, il vit chez son oncle, un vieillard qui échangeait avec lui de courts billets, en silence. C'était un héros de la résistance polonaise et des insurrections, qui avait perdu l'ouïe en Sibérie, et dont il apprit alors la sombre et glorieuse histoire.

Puisqu'il ne s'agit ici que de rassembler ce qui pour moi fait le sens de Conrad je ne dirai rien de *Chance* (1912) qui fut seulement un grand succès de librairie et qui, de ce point de vue, vint à temps. Conrad en effet, fastueux comme pouvait l'être (*devait* l'être ?) un aristocrate polonais, était devenu célèbre sans avoir de lecteurs, et il avait été pendant plus de quinze ans couvert de dettes, jouant les mendiants ingrats auprès des éditeurs et des agents littéraires. Or voici que tout change. Il le note, *Under Western Eyes* a été fort mal accueilli du public, « tandis que le roman intitulé *Chance* a eu bien plus de lecteurs qu'aucun autre de mes livres [1] ».

En même temps Conrad se fait de nouveaux amis. L'un surtout, Richard Curle, est le premier disciple aux pieds du maître, dont il écoute les propos et les leçons, et dont il fera la biographie, se faisant tancer pour n'y avoir pas laissé assez de mystère. Son enthousiasme adoucira l'éloignement de Hueffer. L'autre, Joseph Retinger, symbolisera sa reconnaissance par la Pologne. En 1913 une amitié plus imprévue commence à lier Conrad et Bertrand Russell [2].

Conrad écrit alors *Victory*, le dernier de ses romans qui compte et qui ajoute à l'œuvre. Beaucoup de critiques respectés y voient le déclin de l'écrivain. Cela leur donne pour l'ensembe de l'œuvre un graphique d'une simplicité élégante. En fait Conrad traite ici une dernière fois avec beaucoup d'intensité le grand thème de la subjectivité fuyant

1. Et ce qui est à mes yeux presque sa pire nouvelle, *The Planter of Malatta*, lui rapporta, il le dit lui-même non sans amertume, huit fois plus que *Youth*, six fois plus que *Heart of Darkness*.

2. Conrad avait connu Galsworthy avant même d'entrer proprement en littérature. Il fréquenta par la suite très peu d'écrivains anglais de la tradition nationale, sauf, presque par paradoxe, Wells, homme de gauche. La femme de Garnett, Constance, fut la grande traductrice des écrivains russes. Arthur Symons était le présentateur du symbolisme français. Hueffer, fils d'Allemand, était un cosmopolite. Les jeunes écrivains qui vinrent à lui comme à un maître (Hugh Walpole) ne furent pas les meilleurs. Ses maîtres furent vraiment Flaubert et Maupassant, malgré son passage à l'anglais, mais il savait tout ce qu'il devait au seul grand Anglo-Saxon qui eût considéré le roman comme un art, Henry James. Par Russell et Gamett il aurait pu connaître Lawrence dont il dit péremptoirement (et sans doute sans l'avoir lu) qu'il n'est qu'ordure.

l'engagement et des ruses que trouve la destinée pour la châtier – le thème de *Lord Jim* et d'*Under Western Eyes.* Dans le personnage du baron suédois rêveur, Axel Heyst, Conrad s'est-il souvenu du héros de Villiers ? – « Vivre ? Les serviteurs feront cela pour nous. » Il est arrivé au bout de la terre non pour fuir son image et sa réputation comme Jim, ni même pour se fuir, mais littéralement pour se perdre, ayant dépassé les pistes qui auraient pu servir à un retour. Dans son portrait il y a sans doute beaucoup de Conrad, on serait tenté de dire, car c'est d'une construction qu'il s'agit, beaucoup du fils du père de Conrad, Apollo Korzeniowski. Une aussi terrible, aussi mortelle influence, Axel Heyst n'a pas su la dépasser. Au contraire il se l'impose de lieu en lieu où il s'arrête, sous la forme du portrait de « l'homme qui tenait la plume d'oie » ; accroché au-dessus de lui, cet homme ne lui laisse jamais oublier sa morale, et le commandement unique de sa Loi : le non-engagement.

Il disait : « Regarde, ne fais pas un bruit. » Et Axel commentait amèrement cette injonction au silence « après les sonneries de trompette qui avaient occupé sa vie entière ».

Et sans doute est-ce encore un hommage à la mémoire de ce « penseur, styliste, homme du monde », que la concession à Heyst le père d'une forme de grandeur : « il était malheureux d'une façon inconnue aux âmes médiocres ». Son héritier spirituel, que nous entendons dialoguer avec son père dans un passage qui est comme le prototype de mainte page faulknérienne et particulièrement des dialogues de Quentin et de son père, a appris de lui que « l'homme sur cette terre est un accident imprévu qui ne supporte pas un examen poussé ». Il faut se placer à distance et rester spectateur, le seul but étant de passer à travers la vie sans souffrir, « invulnérable parce que insaisissable ». « Toute action est mauvaise. C'est pourquoi le monde est mauvais. Mais j'en ai fini avec lui. » À partir de ces prémisses la vie de Heyst est toute ironie, démonstration par l'absurde de l'impossibilité du détachement et du refus de la solidarité qui reste la loi de l'existence. Heyst, quand nous le rencontrons, en a fini, sans le savoir, avec le non-engagement. Il a rencontré Morrison accablé par une amende injuste qu'il ne peut payer, et menacé de perdre son navire. Heyst paie. Morrison, éperdu de reconnaissance, lui offre ce qu'il croit être une superbe affaire, une mine sans valeur qui n'a qu'un effet : attirer sur lui, contre lui, l'attention de ceux qui déjà le haïssent parce qu'il n'est pas comme eux – parce qu'il est resté un aristocrate. On lui fait une belle réputation : il a ruiné Morrison, il l'a, pratiquement, et peut-être réellement, assassiné. Et là-dessus, sans doute parce que la compassion s'est éveillée en lui irrévocablement, il enlève une artiste de cabaret qui visiblement vaut mieux que les autres, et qui ne peut plus se soustraire aux entreprises de l'ignoble hôtelier Schomberg. Or Schomberg, déjà, haïssait Heyst de la sorte de haine destructrice que Cornélius portait à Lord Jim, et avec les mêmes effets. Heyst avec Alma regagne son île, convaincu que là ils sont hors d'atteinte, qu'ils peuvent défier le sort. C'est alors que Wang, le domestique chinois, vient dire : « Bateau là-bas. » C'est, en réduction, le bateau de gentleman Brown surgissant devant Patusan, pour détruire Jim.

C'est que Schomberg avait trois bandits sur les bras, les hôtes les plus incommodes, et qu'il avait eu l'idée de s'en débarrasser en leur indiquant un bon coup à faire, une véritable île au trésor.

Heyst le père a bien fait son ouvrage. Il a créé un être humain non point seulement spectateur de la vie, mais qui ne s'intéresse pas à lui-même, complètement dépourvu de l'instinct de conservation. La lutte pour la vie étant à ses yeux une absurdité grotesque, comment s'engagerait-il de toutes ses forces, qu'aucune énergie vitale ne soutient ni ne coordonne, dans ce conflit qu'il accepte comme une punition, tel un enfant qui aurait désobéi à tout ce qu'on lui avait enseigné ? Il pense un moment : « leur casser la tête avec une barre de fer ? Non. Date trop tardive ». Il ne peut pas se refaire une mentalité qu'il associe à la préhistoire.

À côté de lui il y a la fille des rues qu'on nommait Aima et qui lui demande de lui donner un nouveau nom ; il la nomme Lena [1]. Elle voudrait par lui être recréée, n'être que l'objet qu'il voudra : « si vous cessiez de penser à moi je ne serais plus du tout de ce monde… je ne puis être que ce que vous pensez que je suis… ». « Vous devriez essayer de m'aimer », dit-elle encore. Mais pour ce beau jeu existentialiste il faudrait être deux, il faudrait que Heyst pour sa part acceptât d'exister – qu'il croie d'abord en lui-même pour croire en sa partenaire. Il refusera jusqu'à l'ultime instant de se croire aimé. Elle a commis l'erreur de lui dire ce qu'elle a entendu sur lui. Elle est mise du même coup avec les autres. Mais il y a dans ses propos très simples, très graves une étrange pureté. Sa dignité vient de ce qu'elle ne se juge pas, elle s'accepte, telle qu'elle a été, décidée comme elle est à devenir une autre. C'est parce qu'elle voit Heyst aussi comme il est qu'elle fait pour le sauver flèche de tout bois, et même des ruses que lui a données son passé – de sorte que de nouveau il la suspecte. L'épisode Lena-Ricardo est fatalement ce qu'il doit être.

Que la fin du roman soit mélodramatique, qui le niera ? N'est-ce pas le fait de tous les romans de Conrad depuis *Lord Jim* ? Les trois bandits sont certes des caricatures fantastiques et grossières. Mais aussi grotesques, et le grotesque – le grotesque sinistre, le grotesque noir – fait partie intégrante du génie de Conrad. J'ai écrit ailleurs que *Victory*, dénoncé par Guérard et d'autres comme mélodrame, annonçait ce mélodrame de génie, *Sanctuary*. Mais il faut ajouter qu'en son essence *Victory* n'est pas un mélodrame. C'est la vision d'une destinée.

Tout en préparant *Victory*, Conrad écrivait, en 1914, une nouvelle intitulée *Because of the Dollars*. Elle n'est pas bonne, mais elle est fascinante en ce qu'elle montre, une fois de plus, que Conrad a en tête certains schémas de construction dramatique qui peuvent à la fois subsister et

1. On a rappelé que la mère de Conrad s'appelait Evelina.

être si diversement incarnés qu'on les reconnaît à peine. Davidson, une voile trop lointaine dans *Victory*, est ici le héros. Homme mûr mais de peu de cervelle, il bavarde dans un snack-bar du port assez haut pour être entendu par un trio de bandits en quête d'un coup à faire. Ce bavardage étourdi, comme source d'information, correspond aux bavardages malveillants de Schomberg : Davidson annonce une tournée qu'il va faire pour échanger des dollars démonétisés dans certains postes reculés, dont chacun est vu par anticipation comme devant receler, le temps de son escale, le trésor. L'île qui paraît aux bandits la plus propice à leur dessein est le refuge d'un de ces marginaux qui survivent au jour le jour des miettes tombées des deux sources blanche et indigène. Ce Bamtz s'est même adjoint une sous-Lena, Laughing Anne, une fille aimable et facile assez décatie pour que personne n'en veuille plus. Bamtz et Anne au bout du monde occupent ainsi la même place que Heyst et Lena. Ce n'est pas à eux bien entendu qu'en veulent les trois bandits qui, comme les trois de chez Schomberg, arrivent là et s'installent. Davidson arrive à son tour avec son bateau, dans un ordre et une fonction inverse. Anne trouve moyen de le prévenir et les bandits sont exterminés non sans que l'un d'eux ait fracassé la tête de Laughing Anne, victime plus héroïque encore que Lena puisque Davidson n'est pour elle qu'un vieux camarade.

Tout est là. Mais le miracle, l'émerveillement qui doit être avant toute chose celui de l'écriture à l'œuvre n'ont pas eu lieu, *Because of the Dollars* est une œuvre insignifiante.

Après *Victory* nous trouvons des lignes de mémoire. Marseille revient avec *The Arrow of Gold* (1919), et l'épisode central, à jamais obscur, de la contrebande d'armes et de la *Tremolino* sabordée, outre les amours tumultueuses de M. George-Conrad et de Doña Rita. Le tout représente une fiction hardie, brillante, improbable.

The Rescue (1920), c'est un boulet traîné plus de vingt ans, l'histoire mal équilibrée, mal objectivée, gênante, de la trahison involontaire, par obsession et par omission, de

Lingard, le vieux héros conradien, qui laisse périr ses protégés malais pour sauver la belle étrangère. Le symbolisme médiocre de la flèche d'or phallique plantée dans la chevelure de Doña Rita redevient ici celui de l'anneau : on se rappelle Jim, qui croyait en avoir fini avec la trahison, et qui avait la charge sacrée de Doramin, symbolisée par l'anneau qu'il tenait de Stein. L'anneau d'alliance que Mrs. Travers remet trop tard à Lingard représente exactement la même valeur, mais la faiblesse de Lingard est d'autre sorte et plus médiocre que celle de Jim à qui son passé entaché avait laissé la soif de cette pureté idéale qui peut convenir à l'homme privé et perdre le gardien responsable d'une communauté. Ici le dilemme – rester fidèle à sa charge et à sa promesse, sauver les étrangers dont le yacht s'est échoué dans une zone périlleuse – paraît de même ordre, mais dès que la décision est emportée par la présence séductrice de Mrs. Travers, nous tombons au niveau du romanesque érotique qui est devenu le climat de Conrad vieillissant, à qui, comme le remarque Jocelyn Baines dans sa biographie, le sujet convenait mieux que jadis, de sorte qu'il avait pu enfin mener l'aventure à son terme.

The Rover, *Le Frère de la côte* (1923), est l'histoire également romanesque d'un vieux pirate à la retraite sur les rivages de Provence qui va pendant les guerres révolutionnaires se faire tuer par les Anglais pour que la jeune femme qu'il aime garde le garçon dont elle est amoureuse, et dont, sachant ce qui l'attend, il assume la mission.

Jusqu'au bout, il n'y a pas de hasard dans l'orbe tracé par la vision idéaliste de Conrad.

AU CŒUR DES TÉNÈBRES

C'est donc ici que l'invention de Marlow, grossièrement ébauchée dans *Youth*, trouve son couronnement. Il est à la fois le narrateur et le protagoniste de l'aventure personnelle qui a le plus marqué Conrad et qu'il a le plus transformée et à vrai dire transfigurée tout en protestant qu'il n'avait presque rien changé à l'expérience vécue. Comme souvent chez Conrad il y a ici une sorte de confession, et ce sont les images d'une Tentation qui défilent devant nous au cours de ce voyage, qui est une descente en enfer. Au moment même où il l'évoque, l'auteur ne revendique-t-il pas dans une lettre le droit « de descendre dans son petit enfer personnel » ? La médiation de Marlow le libère, et lui permet l'audace exceptionnelle d'une vision noire et perverse.

Il s'agit bien d'un *conte*, et non de la transcription en récit d'une réalité. Marlow, c'est Conrad l'homme de mer – le lien est explicite – mais aussi Conrad l'errant, qui fait l'aveu de son instabilité. C'est encore Conrad le symboliste, de qui d'emblée il nous est dit que le sens de ses histoires leur est extérieur et se dégage d'elles comme une émanation. Et en effet d'un bout à l'autre il s'agit bien d'une vision symbolique pour laquelle Conrad indique aussi qu'il a voulu un langage non réaliste mais intense :

> Ce sombre thème devait être doté d'une résonance sinistre, d'une tonalité propre, d'une vibration prolongée qui resterait suspendue dans l'air et demeurerait dans l'oreille après que la dernière note eut été frappée.

L'encadrement spatiotemporel est réalisé dans le prélude : c'est le temps présent ou presque présent où parle Marlow, dont il ne reste plus qu'à transcrire le dit ; c'est l'ici et maintenant, l'espace familièrement vécu et humanisé, la large Tamise, le yacht – la *Nellie* – dont dans la réalité Hope fit partager les croisières à son ami Conrad, c'est la bonne compagnie qui s'y trouve rassemblée, P.-D.G., juriste, expert-comptable ; c'est la paix anglaise tout autour, l'ordre et la loi, mieux qu'ailleurs capables d'engourdir méfiance de soi et du monde, de faire oublier ou plutôt de tempérer ce qu'on a écrit autre part, que « l'homme est un animal méchant », que « la société est criminelle ». C'est un hommage presque pompier de patriote britannique, dans la tradition du poète Thomson, que Conrad-Marlow rend à son Old Man River lié à tous ceux qui, depuis tant de générations, servent par le commerce les gens sérieux du monde entier. Mais Conrad est double, et Marlow n'est pas sans un certain mépris pour ceux qui ont passé leur vie paisiblement entre le boucher du coin et l'agent de police. Ils sont à l'abri. Il faut quitter tous les abris pour trouver le réel, à tous risques. Cependant Conrad a lu Carlyle, assez pour se sentir soutenu dans une vision relativement positive de l'effort humain, de l'énergie créatrice et finalement d'une sorte de progrès, mais dont la valeur restera, selon les lecteurs, curieusement incertaine, douteuse, et, disons-le franchement, médiocrement sincère, reflétant un Conrad qui se fabrique depuis vingt ans à base d'Angleterre, de bons principes et de bonnes lectures ; et qui, artificiel, factice, recouvre le moi véritable et ses dangers. L'aveu du moi véritable, sous l'élève discipliné de Carlyle, c'est ce qui intéresse.

Mais en bon marin Marlow louvoie. Narrateur appuyé et redoublé par son auteur, il croit ou feint de croire aux étiquettes spécifiques, les unes pas comme les autres, ce fleuve-ci distingué, voué au service des hommes, au travail productif, à la grande entreprise. Au progrès même, puisque c'est seulement en faisant abstraction du temps qu'on peut établir de grandes équivalences symboliques et dire que le cas humain est identique d'un monde à l'autre, que ce sont toujours les mêmes problèmes de situation et de rapports qui gouvernent et qui révèlent les hommes (peut-être, mais c'est inavouable, l'homme).

Ces équivalences symboliques, en tout cas, dominent ce qu'on peut appeler l'architecture du récit, avec ses symétries, ses reflets, ses échos.

Avant de rencontrer Kurtz en personne dans son aventure personnelle, Marlow rencontre donc en imagination et nous fait rencontrer le cas Kurtz, le phénomène Kurtz, ici mais non maintenant, par le biais du jeune Romain jeté dans ce qui fut la brousse sauvage de Bretagne, n'ayant point, puisqu'il était romain et n'avait pas lu Carlyle, d'idéal pour le soutenir, et subissant la contamination qui guette toujours le civilisé (et qui implique la civilisation par rapport à la réalité de l'homme, du milieu sauvage, et de l'homme sauvage qui semble l'émanation à peine variable du milieu) [1]. Le Romain sans défense spirituelle rencontre l'abominable. Il en éprouve le dégoût puis la contagion. Il y cède, il capitule. Le civilisé est violé par la brousse, mais le viol est une révélation. Tout, en quelques lignes, est dans ce prélude, y compris l'échappatoire par l'efficience que les Romains (c'est Marlow qui le dit) n'avaient pas, mais qui le sauvera, lui, d'être Kurtz. Pour Marlow, dont la nationalité est l'alibi peu subtil du chauvinisme anglais que Conrad a rapporté d'Afrique, le rouge, couleur des possessions britanniques sur les cartes, est la garantie que là se fait « du travail sérieux ».

La nuit tombe sur la Tamise : drame quotidien du jour et des Ténèbres qui lance le symbole à tous usages, à tous niveaux : c'est dans une nuit qui, elle, est temporaire, que Marlow, narrateur invisible et insistant, sorte de « Vieux Marin », raconte à des auditeurs semblablement obscurcis et même peut-être ensommeillés l'histoire d'un voyage initiatique.

Il commence à Bruxelles sur le ton d'un réalisme flamand qui touche à la surréalité et qui est pénétré de symboles lourdement explicites. La plus vieille des introductrices de Marlow auprès de ses nouveaux patrons a une verrue sur la joue, une chaufferette sous les pieds, des chaussons de lisière. Bon. Mais, silencieuses, telles des Parques, elles tricotent toutes deux de la laine noire. Elles « gardent la porte de l'ombre ». Ces tricoteuses, dont il est peu probable qu'elles soient autre chose qu'imaginaires – indifférentes, insensibles comme des mécaniques –, me semblent pouvoir

1. Nous avons appris que nos ancêtres les Gaulois pratiquaient les sacrifices humains, mais à une très modeste échelle.

être rapprochées d'une image que dans le même temps Conrad propose à Cunninghame Graham (lettre du 20 décembre 1897) :

> Il y a, disons, une machine. Elle s'est créée, à partir d'un chaos de ferraille, et voilà ! Elle tricote… elle nous incorpore dans le tricot, et nous rejette. Elle a tricoté le temps, l'espace, la douleur, la mort, la corruption, le désespoir, et toutes les illusions…

Le grotesque, dans la tradition de Poe, est un voile sur le sinistre. Le docteur qui pour son amusement mesure les crânes les reconnaît à peine comme encore vifs : l'ombre des maladies africaines s'étend sur les serviteurs de la compagnie qui ne sont que des instruments remplaçables.

Le voyage sur un navire français le long de la côte d'Afrique est une première initiation à l'oppression stupide et absurde du colonialisme. Adam certes nommait les bêtes et les choses. Les colonisateurs produisent dans le même style « Grand Bassam, Petit Popo », – « des noms qui semblaient appartenir à quelque farce sordide jouée devant un rideau sinistre ». Les boum ! boum ! dérisoires des canons de marine bombardant à l'aveuglette un continent font l'effet d'une « forme de démence », et l'usage des mots, « guerre », « ennemis », est ridicule. Tout ce qui dit la vie – la houle, les pagayeurs noirs – est inversement salutaire. Conrad n'en est pas encore dans le récit aux effets retenus. Le pavillon du bâtiment français pend comme une chiffe. On croirait que c'est l'effet de la nationalité. C'est plutôt celui de l'absence de vent.

Voici maintenant la première épreuve initiatique. Sur le plan du vécu nous sommes arrivés à Matadi, dont d'ailleurs le capitaine Thys, l'un des hommes importants de la compagnie, écrit : « arriver à Matadi, c'est s'imaginer face à un pays qui a été maudit » (*Voyage au Congo et au Kassaï*, 1888). Conrad a su le faire voir.

L'entreprise coloniale se doit au moins d'être efficace. Celle-ci s'annonce par ce wagonnet culbuté qui n'a plus que trois roues et par les charges de dynamite qui font sauter la colline au hasard – et dont les détonations font écho aux bombardements de la marine française. Cela nous est donné dans le cadre de la platitude du réel. Mais c'est la vision qui compte. Cette première étape est la rencontre de la Mort, dans un bosquet peuplé de moribonds aux divers degrés, dans les diverses poses d'une lente agonie. La lumière éteinte – « la pénombre verdâtre » – du sous-bois, le silence des ombres indifférentes qui s'y traînent, la solitude définitive de chacune d'elles disent un au-delà, le passage d'une limite, et que nous sommes au premier cercle d'un enfer qui se souvient de Dante.

Tout au long, Conrad pousse les contrastes, cultive les incongruités, pour que de leur choc naisse le sens de l'absurde, que la dissonance produise le grotesque. Une cabane disjointe, car les Belges ne sont même pas capables de faire clouer proprement des bardeaux ensemble, abrite un personnage incongru par rapport à ce cadre, tiré à quatre épingles, toute blancheur de linge amidonné, comme surgi d'un tableau surréaliste à la Delvaux. C'est le comptable, un parfait employé qui, outre sa merveilleuse apparence, remplit un rôle d'exposition. Car il est le premier à mentionner « un personnage très remarquable », M. Kurtz, dont la rencontre est promise. « Il ira loin. » De pareilles annonces marquent la première phase, prolongée, de *Moby Dick* où c'est seulement au chapitre XIX que nous rencontrons le capitaine Achab.

La longue marche de Matadi à Kinshasa est sèchement rapportée dans le journal de Conrad [1]. L'évocation qu'en fait Marlow a une dominante absolue : le parfait désert humain que la terreur belge a instauré, tout au long et tout autour

1. On n'en a jamais publié que la première partie, très limitée puisque paradoxalement elle correspond à la période où Conrad avait le moins de moyens d'écrire : le voyage à pied entre Matadi et Kinshasa. Rien sur ce qui fait le cœur de la nouvelle, la remontée du fleuve. Puis, inédit si je ne me trompe, vient une sorte de livre de bord, purement technique, du retour.

de la piste qu'utilisent les Blancs. On ne rencontre pas âme qui vive, mais quelques morts. Ces morts, le journal les avait notés : le 5 juillet « vu un autre cadavre gisant près de la piste dans une attitude de repos méditatif ». Le 28 juillet, « sur le chemin, rencontré un squelette attaché à un poteau ».

Mais de jour en jour le journal note aussi une animation qui montre que même la terreur ne parvient pas à anéantir la vie indigène – « 1er juillet, marché », « 2 juillet, grand marché », le 3 « campé sur la place du marché », même jour « beaucoup de caravanes et de voyageurs », le 4 « marché », le 5 « trois femmes passent », le 6 « grand marché, passé deux villages », le 11, marché, « environ deux cents personnes, affaires actives » – et par la suite, jusqu'au 30, « passé une couple de villages », « grand marché », village, marché… On voit que Conrad se propose de créer une vision entièrement cohérente et significative, et que la mémoire ou le mémoire ne jouent là qu'un rôle secondaire, minime.

Conrad préserve seulement les jalons. Voici Marlow arrivé à la station centrale de la compagnie. Ici Conrad bâtit à force, furieusement, l'un des deux termes de son antithèse : le Directeur adjoint et ses acolytes auxquels sera opposé Kurtz qui n'est peut-être que cette vertu qu'ont célébrée successivement Milton et Blake, « l'excès » : l'outrance, mais qui est au moins cela. La cupidité – la « rapacité » – débordante et mesquine à la fois de tous ces responsables de la compagnie repose sur le seul mot, *ivoire*, « suspendu dans l'air, murmuré, soupiré ». La sordide obsession des âmes les occupe si complètement que, comme à Matadi et plus encore, tout dans cet établissement est incurie et désordre, écroulements, brutalité, cruautés imbéciles. Le seul moment où il souffle un peu d'esprit sur cette basse matérialité est celui de la découverte, chez l'acolyte du Directeur, d'un étrange tableau : une femme aux yeux bandés qui brandit une torche flamboyante. L'auteur, c'est

M. Kurtz. Énigmes et symboles, nous nous rapprochons, par étapes.

Ne quittons pas cet acolyte, qui est le briquetier de la station, où on ne voit, dit Conrad, pas trace ni promesse de briques, sans souligner que le dessein de Conrad exige une cohérence absolue, et ne souffre pas les hasards contraires. *Le Mouvement géographique*, périodique belge, à la date du 2 novembre 1890, présente les briqueteries de Kinshasa comme « en plein fonctionnement ». Ce n'est pas de suivre une réalité préexistante, mais bien d'en créer une, qu'il s'agit. Kurtz, au milieu des bas calculs et des sinistres complots du Directeur et de son parent, est au centre des préoccupations, comme s'il les obsédait tous. Des bavardages, une légende semble surgir : Kurtz, quelques mois avant redescendant le fleuve, revenant avec sa charge d'ivoire, puis soudain, par un coup de folie, repartant, remontant le fleuve, vers la sauvagerie, dans une petite pirogue, avec quatre pagayeurs ; « il me semblait que je voyais Kurtz pour la première fois », dit Marlow. Lisons que c'est la première fois, avec cette image révélatrice, que Conrad réussit à l'inventer, passionné et indéchiffrable, retournant vers ses mystères, mais proclamant, disent le Directeur et son parent, offusqués, que « chaque station devrait être un phare sur la route du progrès ».

Marlow reste des mois à Kinshasa à attendre des rivets pour raccommoder le petit vapeur éventré dont il prendra le commandement. Conrad passe un jour au même lieu avant d'être embarqué en surnombre sur le *Roi des Belges*, commandé par le capitaine Koch. Il est peu probable qu'il ait eu l'occasion de ramasser dans la brousse les restes de son prédécesseur « Fresleven » (Freiesleben), mais le squelette dans les hautes herbes est une image persistante depuis le cycle malais : Willems, le « paria des îles », voit en imagination son propre squelette dans cette même position. Le génie macabre de Conrad s'est exercé entre-temps sur les restes de Stevie pulvérisé par sa bombe dans *L'Agent secret*. L'inspecteur de police chargé de ramasser les débris est très fier de son travail : ils sont tous là. De même les os de Fresleven « étaient tous là ».

C'est Marlow capitaine et seul maître à bord que nous suivrons sur ce mauvais rafiot manœuvré par quelques Noirs affamés au service de quelques Blancs congestionnés, et avec qui nous effectuerons cette remontée symbolique, non seulement dans l'histoire mais dans le temps, au-delà de l'histoire, dans les horreurs et les terreurs monstrueuses de la préhistoire.

Les navires de Melville, même le *Pequod* qui se rue vers sa destruction, sont des coquilles de l'âme au milieu de l'altérité et des cruautés insondables de l'Océan. Ici tout est étranger, dans un parcours qui est un rêve, poursuivi dans la solitude spirituelle qui est l'un des thèmes – « nous vivons comme nous rêvons, seuls ». Le fleuve avec ses obstacles cachés n'est rien à côté du mystère de ses rives, du silence de la forêt, de la « folle végétation qui interpose un voile impénétrable devant sa vie cachée ». Longeant la forêt vierge, le voyage est bientôt éprouvé comme un retour, prenant le temps à rebours. Cette Tentation (nocturne comme elles toutes) est comme toutes les Tentations sans doute, un aveu, un appel et un rappel : un appel à se reconnaître : « Il y avait des moments où on sentait revenir son passé… sous la forme d'un rêve inquiet et bruyant. » À l'imprécis du rêve correspondent les vagues roulements de tam-tam, à ses intensités soudaines les clameurs dans la nuit.

Que cette sauvagerie nous parle de nous, parle à Marlow de lui-même, cela est l'aveu qui revient de page en page, avec un double mouvement de l'esprit qui rejette d'abord toute parenté – pour l'admettre, enfin dans l'horreur. Le mot clé est « remember ».

« Nous ne pouvions comprendre parce que nous nous étions trop éloignés et ne pouvions *nous rappeler*… Nous voyagions dans la nuit des premiers âges… qui ont passé sans laisser à peine un signe et nul souvenir »… « Ce qui faisait frémir, c'était l'idée d'une parenté lointaine… qu'on trouve en soi ne fût-ce que l'indice le plus léger d'un écho... » « Nous étions des voyageurs sur la terre de la préhistoire... »

« L'homme préhistorique nous maudissait, nous implorait, nous accueillait »...

Voilà les deux termes du rapport : le moi troublé, remué dans un tréfonds qui d'habitude est soigneusement recouvert, et l'homme préhistorique représenté par le sauvage sans loi ni mesure. N'est-il pas tentant de mettre ces pages ambiguës en parallèle avec les termes du rejet violent de Dostoïevski noté par Garnett, Curie et d'autres : « Pour Conrad, Dostoïevski représentait les forces ultimes de la confusion et de l'insanité, il le haïssait comme on peut haïr Lucifer *et les forces des ténèbres.* »

Et, à propos des *Frères Karamazov*, lui-même : « Je ne sais pas ce que Dostoïevski représente ou révèle mais je sais qu'il est trop russe pour moi. *Cela sonne comme des criailleries féroces venues des temps préhistoriques.* » Là le resurgissement du préhistorique équivaut aux surgissements chaotiques de l'inconscient (voir aussi l'esprit révolutionnaire), l'un et l'autre rejetés avec horreur comme vont être rejetés par-dessus bord les souliers ensanglantés. Mais ici, à un plus haut degré de sincérité, on reconnaît, avec la même horreur proclamée, l'aveu que c'est de soi qu'il s'agit, que l'homme préhistorique, on l'a en soi. Tous les mots comptent, même s'ils tiennent du lapsus : Marlow parle de l'écho en lui de la terrible *franchise* de ce bruit.

Bref, on remonte si bien à la rencontre de Kurtz qu'on l'a déjà trouvé.

Le brouillard blanc peut n'être que l'inversion des ténèbres. Les sauvages derrière ce mur de vapeur blanche, Conrad se rappelle-t-il pour les évoquer l'aventure dernière d'Arthur Gordon Pym ? Mais c'est surtout d'une pause qu'il s'agit entre deux séquences. On pourrait presque y joindre la mort du timonier noir, plus anecdotique qu'essentielle, mais qui fait un spectacle absurde, un exemple choisi du grotesque de Conrad et de ses méthodes. L'événement, comme tant d'autres, est imprévu, et l'esprit n'a pas eu le temps de préparer ses préperceptions. Aussi, il interprète mal les signes : cette sagaie, on la prend pour une canne ; il semble que le timonier éventré, qui l'a empoignée sans l'arracher de son corps, s'y cramponne, refuse qu'on l'en sépare ; entre les intentions, les gestes, les aspects et la réalité des choses tout est confusion. Cette agonie fait quiproquo. Quand tout est fini, reste, outre le sang sur les souliers, le corps. Et ici se place une marotte de Conrad, peut-être liée à une survivance enfantine et à l'érotisme oral dont on peut le soupçonner : le cannibalisme. Ce n'est pas qu'il fût rare au Congo, mais Conrad ne manque pas une occasion de le placer, sur terre ou sur mer (voir *Falk*). Marlow exagérerait au besoin la faim de l'équipage noir pour justifier sa hâte à jeter le corps par-dessus bord pour éviter qu'il soit mangé par ses camarades.

La dernière annonce de Kurtz – elles sont chaque fois plus précises – est le fait de son disciple innocent, le jeune Russe qui avec son vieux manuel de navigation plein de technicités périmées rêve toujours d'aventure marine alors qu'il semble avoir atteint dans la brousse le point de non-retour. Mais en lui et par lui est maintenue l'alternative – la danse, pire que dionysiaque, endémique sur ces rivages, ou parmi les hommes le labeur qui tire de la subjectivité et qui éloigne la préhistoire. Marlow reconnaît une fois de plus dans ces vieilles pages le souci d'action efficace (« les boulons », « la céruse »), le sens de la responsabilité, qui occupent l'esprit et chassent les fantasmes.

Le jeune Russe présente Kurtz en spectateur et zélateur subjugué ; mais imparfaitement convaincant. Ce qu'il dit de sa cupidité en matière d'ivoire (suffit-il qu'elle soit passionnée, obsessionnelle, pour changer de caractère ?), de la brutalité meurtrière à laquelle il n'a lui-même échappé que de justesse, ne correspond pas à sa vision d'une sorte de surhomme qui n'est pas passible des jugements dont sont passibles les médiocres. En fait, si, on le voit plus loin lorsque Marlow parle de son furieux usage des possessifs : la passion de tenir les âmes va chez lui avec la passion de tenir les choses, formant une *hubris* gigantesque et délirante : non pas un surhomme mais une parodie. Le cadre y convient : il est un demi-dieu pour la tribu (« des simples », dit bien le Russe), qui ne veut pas le laisser partir ; d'où, pour repousser les Blancs, l'attaque que d'ailleurs Kurtz leur avait suggérée.

La technique de Conrad est de donner les signes avant de les interpréter, pour un effet de révélation plus marqué : voici donc six poteaux autour de la case de Kurtz, coiffés de boules sculptées. C'est assez intéressant pour que Marlow regarde à la jumelle et découvre que ce sont des têtes. Le suspens puis la brusquerie soudaine d'une révélation sinistre ont été ménagés.

« Mais c'est un fou ! » s'écrie Marlow. Plus loin il corrigera la formule : « Son intelligence était parfaitement lucide… mais son âme était folle. » C'est à peu près dans les mêmes termes que, dans *Moby Dick*, Ismaël voyait Achab. Il s'agit, dans les deux cas, d'un possédé : « le milieu sauvage », dit Conrad, « lui avait murmuré sur lui-même des choses qu'il ne savait pas ». Et plus haut, déjà, « il [ce milieu] l'avait attaché à lui âme contre âme par les cérémonies inimaginables de quelque initiation diabolique ». « Combien de puissances de la nuit », se demandait Marlow, « le revendiquaient comme leur ? » Cette descente en soi que Marlow accomplit pour retrouver Kurtz, on pourrait dire qu'elle inverse le processus platonicien de la réminiscence cher à Wordsworth : ce ne sont pas des nuages de gloire que nous héritons d'un état antérieur ou de notre immortalité non encore incarnée. Ce que Kurtz a retrouvé dans la brousse d'humain-inhumain, c'est bien son passé et le nôtre, et les mots le disent : ce qui a été libéré en lui, ce sont des instincts « *oubliés* et brutaux »… « le *souvenir* de monstrueuses passions assouvies ».

Kurtz a jadis écrit un mémoire destiné à la « Société internationale pour la suppression des coutumes sauvages ». Déjà il liait les possibilités d'action civilisatrice au rapport qu'il avait perçu entre « les sauvages » et les Blancs – entre eux et lui : la position quasi surnaturelle où se trouvent les Blancs les invite à user de leur ascendant comme d'un pouvoir bénéfique sans limites. C'est à ces curieuses réflexions portant sur la découverte de la puissance qu'il avait ajouté par la suite un post-scriptum griffonné : « Qu'on extermine toutes ces brutes ! » La logique et l'écœurement de la puissance avaient fait leur chemin. La volonté de puissance effrénée se rencontre, partant du principe conradien, « l'homme est un animal méchant [1] », avec l'anarchie ennemie des lois : « Je souhaite l'extermination générale. »

Voilà sans doute pourquoi Marlow respecte Kurtz autant qu'il méprise le Directeur et sa bande – il respecte les terroristes pour leur nihilisme même. Mais il faut bien qu'il le dénonce, non sans une certaine obscurité : « le murmure de la sauvagerie avait eu en lui un bruyant écho *parce qu'il était creux au centre* ». En quoi consiste ce creux ? Au départ certes on peut parler d'un « idéalisme creux », formule banale et tout de même applicable : une non-inclusion de soi-même dans le monde à servir, hétérogénéité qui engendrera l'imposture. Le délire de puissance peut correspondre à un creux d'être précédant un violent appel d'être. Mais il faut ajouter que les boulons et la céruse, sinon même l'esprit de service de la marine marchande, constituent une pauvre et incertaine plénitude et qu'au fond Conrad le sait

---

1. « L'homme est un animal méchant. » Cette affirmation, qui correspond assez au climat moral du présent texte, se trouve, sur le ton qu'on pourrait dire *ad hominem*, car Conrad change de peau d'un correspondant à l'autre, dans une lettre à Cunninghame Graham du 8-III-99. Tout le passage est très « radical », tandis que Conrad est toujours gentleman conservateur boutonné dans ses lettres à ses *anciens* compatriotes, et pur homme de lettres dans ses lettres à Garnett. Mais le curieux est que les mêmes termes avaient été employés par Anatole France : « L'homme est naturellement un très méchant animal... Les sociétés ne sont abominables que parce qu'il met son génie à les former » (*Opinions de Jérôme Coignard*). Conrad avait donné un compte rendu de *Crainquebille*. Un souvenir resurgi de ses lectures s'est donné sans peine une allure personnelle, n'ayant pas été identifié. La mémoire de Conrad était dévorante.

et même le dit : ce salut au bout du compte vient de ce que Pascal appellerait divertissement.

Le choix de Kurtz, d'un bout à l'autre – peut-être est-ce toujours le choix secret de la volonté de puissance –, est le choix de la mort ; le culte auquel il est mêlé est le culte de la mort, et lorsqu'il meurt en criant « Horreur ! Horreur ! » il semble que la révélation de la minute ultime ne puisse guère être autre chose qu'un rappel de ses choix et une clarté soudaine sur ce qu'ils signifient. Est-ce de cela qu'il s'agit lorsque Marlow le loue d'avoir « atteint un moment suprême de complète connaissance » ? Ces belles pages incantatoires ne sont pas trop claires. La tirade de Marlow sur la destinée rappelle que pour Conrad c'est du *fatum* universel et universellement absurde qu'il s'agit. La volonté humaine n'y peut rien : nous sommes aux mains des tricoteuses.

Kurtz est une invention extraordinaire, et extrêmement perverse. Il a été fabriqué de toutes pièces à partir d'un modeste agent au crâne chauve, un Français nommé Antoine Klein, qui venait à peine d'être nommé à ce poste quand il fut ramené malade de l'intérieur pour mourir à bord du *Roi des Belges*. Entre *Klein et Kurtz* [1], pas plus de rapports qu'entre Olmeijer et Almayer. Il faut à Conrad un point de départ, pas plus. Mais le point de départ est-il vraiment Klein ? N'est-ce pas plutôt la brousse, la sauvagerie et l'extraordinaire impact qu'elles avaient eu sur l'imagination de Conrad-Marlow ? Il

1. Le manuscrit porte quelque part *Klein*. C'est un lapsus sans intérêt. Nul ne doute que Conrad était parti de Klein dont l'état moribond et sans doute le crâne chauve avaient suffi à déclencher l'imagination de l'écrivain. Georges Antoine Klein était arrivé au Congo à la fin de 1888. Il avait été nommé au comptoir de Stanley Falls au début de 1890 ; il mourut à bord du *Roi des Belges* le 21 septembre 1890. Un bon employé sans histoires. Jerry Allen (*Conrad's Western World*), voulant à tout prix, après avoir rejeté divers postulants, retrouver l'original du sinistre héros, est tombée sur un jeune officier anglais, Barttelot, dont les atrocités avaient été dénoncées par le *New York Times* (23 septembre 1890) : les combats de cannibales qu'il organisait devaient avoir une saveur, si j'ose dire, très conradienne. Mais il faut chercher Kurtz dans l'imaginaire, non dans une réalité extérieure.

y avait eu au début de la nouvelle une annonce : la fascination de l'abominable qui avait pu faire basculer les colonisateurs romains. La formule générale dont dépendrait Kurtz était alors donnée. Il n'y avait qu'à la compléter. La préhistoire, avec toute sa bestialité, est en nous, elle n'attend pour se réveiller que cette correspondance d'une pression et d'un creux. Soit on s'emplit de la présence des autres, soit on reste creux et on sera envahi.

Au fond, on pourrait simplifier : Kurtz a toujours été double, mais d'une dualité d'abord divergente, puis convergente ; il y avait d'abord un collecteur d'ivoire par métier, doublé d'un philanthrope par vocation. La collecte, selon le génie du lieu et l'insistance du lucre, est devenue exaction, et, la philanthropie jetée par-dessus bord, l'exaction de fait, quand on y a pris goût, est devenue principe de puissance, annoncé dans le mémoire par le sentiment d'une différence comme d'un être supérieur et quasi divin par rapport aux Noirs. Ainsi le chasseur d'ivoire devient-il chef de bande sauvage, et chasseur de têtes. Le cas d'Achab revient obstinément à l'esprit. Il n'est plus, sauf par simulacre, chasseur de baleines depuis qu'il s'est voué à l'extermination de Moby Dick. Sa monomanie fait sa grandeur, assure son statut de possédé. On voudrait penser que pour Kurtz l'ivoire est devenu un prétexte et que ce qui compte, c'est d'être devenu dans le sang un demi-dieu. Mais ce n'est pas clair.

L'une et l'autre œuvre ont forme de quête, qui devient celle d'une accélération de mouvement. *Moby Dick* : « La Chasse, premier jour… deuxième jour… troisième jour… » « Le matin du troisième jour… » Ici on dit : « Vers le soir du deuxième jour… » La grande différence, qui fait de *Heart of Darkness* une quête insolite, c'est que le héros en est non pas l'agent mais l'objet. C'est aussi que le rafiot de Marlow ne s'abîme pas mais qu'on assiste avant de virer de bord à cette parade d'opéra noir.

J'ai longtemps pensé, contrairement à l'estimation de Conrad, que l'épilogue bruxellois était une erreur totale. Je crois aujourd'hui qu'au moins la série des rencontres de Marlow décompose l'identité problématique de Kurtz en une série incohérente d'objets qui confirme la difficulté de l'établir comme sujet. C'est donc une énorme et parfaite culmination de cette ironie que constitue la visite à la « promise », et le processus de canonisation où est engagée cette pieuse personne. Ce qu'on peut dire, c'est que c'est un peu un Conrad-Maupassant que nous entendons ici et que l'accord avec le reste de la nouvelle n'est pas certain : il y a des moments de quiproquo sarcastiques, toutefois, qui maintiennent le rapport, comme l'insistance de l'un des nécrophages pour qu'on lui confie les documents relatifs à ces « terres inexplorées » où Kurtz s'est enfoncé.

De tous les critiques de Conrad, celui qui l'a le plus poussé au noir est Arthur Symons qui le voit comme jouant avec ses personnages un jeu satanique. Conrad s'en défend, et proteste : Kurtz n'est pas lui ; il a « souffert pour Kurtz, non Kurtz pour » lui.

Ce qui serait fort bien si nous acceptions la fiction (longtemps maintenue) que Kurtz n'en est pas une. On n'a pas manqué de trouver, dans la réalité, un Blanc sadique qui s'amusait à faire s'entre-dévorer les Noirs : aucun rapport de situation entre cet officier (britannique) et Kurtz. Il faut se résigner à la vérité que Symons avait pressentie : que Conrad a inventé Kurtz à partir de lui-même et de ses impressions d'Afrique, du choc qu'il avait reçu de son voyage au bout de la nuit. Kurtz n'est pas lui-même, ni proprement l'un de ses masques, mais bien l'un de ses fantômes.

Nulle nouvelle de Conrad n'est aussi constamment symbolique. Le Noir est d'un bout à l'autre la dominante. Et c'est d'abord le noir de la nuit matérielle – celle de la Tamise – ou celle du Congo et enfin la même nuit retombe, à Bruxelles, sur l'illusion et le mensonge ; puis ce sont les Noirs, ceux qu'on a dressés et qui n'intéressent que comme victimes ; et les autres, suscitant angoisse et mystère, sur fond de cannibalisme et de religions diaboliques. Enfin et surtout au cœur des ténèbres on trouve les ténèbres du cœur.

Le mode est celui d'un réalisme symbolique, c'est-à-dire d'un expressionnisme, avec à la fois un aspect visuel constant et un mouvement qui a quelque chose de celui d'un film, tantôt rapide, tantôt élargi en grandes scènes intenses. Il arrive rarement que la force de la vision ne paraisse pas coller aux sollicitations de l'écriture. Oserai-je pourtant mettre en question cette grande parade des sauvages au bord du fleuve – guerriers et amazones ? – que j'ai qualifiée de scène d'opéra noir ?

Leavis – c'est une peine dont il me soulage – a dénoncé « l'excès d'adjectifs » de cette prose : elle fait souvent penser à la « prose of power », à la grande prose intense et rhétorique prônée par De Quincey. Vocabulaire de l'ultime, dit un critique, qui nous met à l'extrême bord du réel, penchés sur l'abîme. L'écriture applique souvent à un réel relativement concret les qualificatifs que d'habitude elle réserve aux idées : « son existence même était improbable ». Les oxymorons du type « lugubre drôlerie » marquent cette imagination, comme les clauses binaires font à la fois un rythme et une vision : « noire et incompréhensible frénésie », « instincts oubliés et brutaux », « passions assouvies et monstrueuses ». L'épithète ne craint pas de porter un jugement de valeur : « farce sordide », « sinistre toile de fond », « noms burlesques », « rapacités imbéciles ». « Inconcevable », « innommable », c'est le choc d'une altérité inassimilable – pour continuer dans le même style – contre quoi bute l'esprit. Maniérismes certes, mais qui correspondent bien à un mode de vision, de sorte que, bien que le style mûrisse, on les retrouve d'œuvre en œuvre, jusque dans *Nostromo* ou *Under Western Eyes*. Cependant si c'est le visuel ou plutôt le survisuel en Conrad qu'on préfère au grand rhétoricien, on appréciera surtout des réussites plus subtiles, telles que la fin de la scène où le Directeur et son oncle s'éloignant « semblaient tirer sur cette pente leurs deux ombres ridicules, d'inégale longueur, qui traînaient lentement derrière eux ».

Conclusion

Conrad et la morale

Le groupe de Bloomsbury (Virginia Woolf, E.M. Forster) a été sévère pour Conrad moraliste ou plutôt moralisateur : non sans raisons. J'en dirai deux choses : la première, que cela n'importe guère à la force ni à l'intensité de sa création. La seconde, c'est que sa morale vient toute de son histoire personnelle, et doit lui être rapportée. Conrad a mis en accusation dans son œuvre, avec zèle, sa rêverie romanesque d'adolescent, son goût de l'aventure pour elle-même, pour lui-même, hors limites, hors tout souci de solidarité avec un groupe humain. De l'aventure même, pour le dénoncer, il a tôt isolé le ressort essentiel qui est la subjectivité égotiste, refermée sur elle-même, allant par la force des choses d'une solitude choisie à une solitude subie. Autour de cette donnée personnelle Conrad a construit ses personnages et leur histoire, et leur malheur. Un mouvement complémentaire, presque naïvement affirmé dans une première période (*Le Nègre du Narcisse*, *Au cœur des ténèbres*), proposait le remède auquel Conrad attribuait la conscience qu'il avait conquise de sa dignité d'homme au terme d'une adolescence impossible : l'acceptation d'une discipline et d'un esprit de service sous le pavillon britannique – base du moi social dans une société bourgeoise encore fière de l'être. Vers la fin de sa vie, dans les *Notes on Life and Letters* (1921), ce carlylien attardé déclarait : « un homme est un travailleur. S'il n'est pas cela, il n'est rien ». Conrad s'est identifié au surmoi moralisateur émané de son oncle-père Thaddeus Bobrowski et établi en lui par les années d'inégal conflit qui ont suivi son départ de Pologne. Elles ont réussi à créer un Conrad objet, un Conrad « travailleur » tout à fait présentable, et prosélyte. Lewis Carroll, par peur des mauvaises pensées qui viennent la nuit, faisait des mathématiques pour lui-même. Mauvaise solution. Conrad faisait marcher le navire pour la collectivité. Marlow-Conrad, dans cette perspective, n'avait tout simplement pas le temps de descendre à terre se livrer à la danse dionysiaque parmi les sauvages. L'âme pour son bien se fuyait elle-même. L'authenticité de l'être était une autre histoire.

Chaque œuvre donne sa leçon. *Le Nègre du Narcisse* c'est en effet la solidarité active qui fait marcher le bateau et l'humanité dans une vision assez stoïque : il s'agit de jouer son rôle et de faire sa tâche, et de repousser la contemplation attendrissante du malheur.

Lord Jim, c'est plus précisément mais pas très différemment le sens social et la responsabilité. Ce n'est pas seulement de ne pas se donner une image de soi-même que l'on orne de vives couleurs et dans laquelle on s'absorbe, de sorte que par rapport au monde, on devient un distrait, fatalement. Une fois les couleurs ternies et salies, Jim pourrait se détourner une bonne fois de son image. Pour son malheur d'idéaliste, il ne le peut pas, et finit par se prendre au piège d'une nouvelle image mêlée au désastre de l'ancienne. La responsabilité, ce sont les autres comme groupe à servir et non pas comme miroir. Il faut être et rester en situation, c'est-à-dire peser en dehors de soi-même à toute occasion les besoins de l'action à accomplir. Il n'y a pas d'autre salut.

À partir de *Nostromo* on croit reconnaître dans l'œuvre une dialectique de l'alternative inutile. D'un côté les efforts, au mieux à base d'idéalisme confus, pour changer la vie. En résultat les révolutions qui montrent l'animal humain incapable de faire mieux que détruire. En face de cela le matérialisme avoué qui a abouti au pouvoir écrasant de l'argent et qui à l'inchangeable misère de la nature humaine ajoute la destruction de la nature.

La liberté, invention anglaise graduellement affinée, humanisée, perfectionnée, reste une valeur parce qu'elle permet au moins à l'individu de se chercher, sinon de se trouver, dans une relative clarté. Cette lumière s'oppose une fois de plus aux ténèbres jointes de l'inconscient et de la préhistoire, dans le groupe d'œuvres qui ont pour centre *L'Agent secret*. Les révolutionnaires terroristes surgissent de la nuit de l'inconscient pour œuvrer dans la nuit des villes et ne laissent nul qui les ait approchés retrouver la lumière du jour. Dans *Sous les yeux de l'Occident*, la lumière contrastante n'est plus que supposée, implicite, tout se déroule dans la nuit des âmes. La seule opposition qui reste, et qui marque une évolution de Conrad commencée à vrai dire avec *Nostromo*, est celle de l'esprit de destruction et de l'amour. *L'Agent secret* avait celui, obsédant, de Winnie pour son frère. C'est encore un amour fraternel qui éclaire – un peu – ce livre-ci : celui de Natalia Haldin pour son frère.

C'est aussi l'amour jusqu'à sa mortelle victoire qui dans *Victory* s'oppose au sombre scepticisme de Heyst. Amour dans la tradition du mélo, ont dit les simplificateurs, d'une fille des rues pour son sauveur. Il faut le voir sous une autre étiquette comme l'amour d'une âme simple qui tente de racheter un cœur désolé.

Telle est donc brièvement rappelée la surface morale de l'œuvre. Déjà en fait nous avons touché deux niveaux : celui des propositions édifiantes (le salut, c'est les autres), et celui de la condition morale des individus dans la société. C'est de là que tout est sauvé. C'est de mauvaise critique, vînt-elle de Bloomsbury, que de ne pas voir que le Conrad édifiant était inévitable : hommage d'immigré à des comportements qu'il identifie à la terre d'accueil. Passons outre. Ses personnages signifiants, à partir de Kurtz même et même à travers Marlow, s'il les a vus comme coupables, ainsi qu'il se voyait lui-même, dès qu'il leur prêtait un développement imaginatif, il les éprouvait comme sentant et souffrant, et quiconque sent et souffre, il en faisait une victime. Ils étaient victimes d'un mouvement fatal de l'être dans l'imbroglio du monde, ils avaient répété un jour ou l'autre dans un moment d'inattention le geste de la chute, dont on ne revient pas. Il pouvait dès lors les reconnaître en lui-même, y reconnaître Jim, ou Razumov, ou même, par un éclat d'audace extrême sur lequel il revint quand Symons voulut l'y maintenir, Kurtz. Marlow découvre sous la Tentation de Kurtz sa propre Tentation, qui permet au flaubertien Conrad, pour une fois, de haleter, les yeux dilatés par l'horreur de ses visions, comme il ne l'osera jamais plus. Mais il restera le confident secret de tous ceux dont il crée la pauvre vie. Ce n'est pas seulement le mot clé du « Compagnon secret », mais celui de toute l'œuvre, et toute la véritable morale de Conrad : « Comprendre ! »

J'ai dit comme il changeait de peau avec ses correspondants, et comme, ayant « choisi la liberté » et l'Occident, il était *nécessairement* face à Kliszewski et autres Polonais un conservateur britannique. Je pense que c'est Cunninghame Graham qui contribuait le plus à le libérer et à le révéler. Le sentiment d'être perdu dans l'existence qu'il exprime à la veille de *Heart of Darkness* (14 janvier 1898) est sans doute assez proche de la vérité vraie :

> La vie ne nous connaît pas et nous ne connaissons pas la vie – nous ne connaissons même pas nos propres pensées. La moitié des mots dont nous nous servons n'ont aucun sens, et de l'autre moitié chaque homme comprend chaque mot à la façon de sa folie et de sa vanité.

Au moment de collaborer avec Ford Madox Hueffer il revendique « le droit de descendre dans [son] petit enfer personnel ». On ne peut douter qu'il en ait eu un. C'est le fondement de la morale imaginative.

Conrad et son art

À l'égard du personnage privilégié qui donne accès à l'œuvre, Conrad ne fait que feindre la distance, pour les besoins de sa mise en scène, mais dès que, comme je le disais, le personnage sent et souffre, il s'identifie à lui tout en le montrant, mais par une erreur fatale, responsable de sa souffrance. S'il n'est pas Kurtz – mais parce que Kurtz, tout bruit et fureur, ne souffre pas, donc n'existe pas – il est Jim, il est Razumov, et bien sûr, *a fortiori*, il est Heyst qui souffre doublement parce qu'il ne voulait pas souffrir.

D'où viennent-ils, ces personnages ? Selon Garnett (*Conrad's Prefaces*, 1937) « Conrad voit la Nature comme un fleuve de vie coulant sans trêve, hors duquel le minuscule atome de la vie individuelle de chaque homme surgit à la vue, se détache de l'atmosphère qui l'entoure, pour se perdre à nouveau ».

Garnett souligne encore chez lui « la prééminence des délicates relations de ses personnages avec l'environnement total – le mirage total de la vie… ».

Le critique doit se méfier des métaphores. Voici qu'en peu d'espace Garnett a parlé d'un fleuve de vie, c'est-à-dire d'une dynamique vitale, fût-elle antihumaine, et du mirage de la vie. Ce fleuve de la vie, je ne le vois pas. J'ai cité un passage où Conrad parle d'une machine qui tricote l'aventure temporelle, qui incorpore les vivants dans son tricot, et les élimine. Comme dynamique, c'est tout. Apollo Korzeniowski voyait sans doute la Nature comme Vigny, « Notre sang dans son onde et nos morts sous son herbe », mais Conrad ne la voit plus du tout. Il est presque aussi enfermé dans une inertie noire qu'un Beckett : pas un fleuve de vie, mais une sorte de lac noir, ou alors un de ces fleuves malais qui bougent à peine, sous un ciel mort, d'où émergent des formes qui s'animent ou qu'il anime, d'une animation assez infernale, avant qu'elles ne se perdent à nouveau.

Conrad a lui-même déclaré ce qui fait dans tous les sens du mot le fond de sa vie et de sa création : « la solitude sans échos » d'où il a tiré son œuvre.

Dans la fameuse préface au *Nègre du Narcisse*, il écrit : « ma tâche est avant tout de vous faire *voir* ». C'est qu'en tout état de cause tout commence pour l'artiste par ce don miraculeux de créer la présence. Par là il est thaumaturge et à l'occasion un peu diabolique : à certains moments privilégiés, si notre imagination s'y prête, il fait surgir devant nous, plus proche et surtout plus intense que nature, le personnage. Impressionniste ? Il s'est employé affectueusement pour Stephen Crane moribond, mais intellectuellement, comme il a marqué la distance ! Stephen Crane, dit-il, seul de ses contemporains, est « vraiment un impressionniste », et n'est que cela, et il n'y a que lui. Conrad, lui, n'est pas impressionniste, mais bien plutôt expressionniste, par la violence et la déformation du surgissement, de l'apparition. Il est, en tout cas, profondément un visuel, et ce que nous pourrions appeler un visuel dramatique, avec un sens extraordinaire de la scène à faire, et de la mise en scène – ne dit-il pas que l'essence de son art, c'est le groupement des personnages, la disposition et le mouvement de ces groupes (qu'il appelle « séquences »), les variations et les jeux de sa perspective : « mes groupes et mes perspectives libérés des conventions », écrit-il. Il tient peut-être de Henry James le don de faire éclater entre deux ou trois personnages l'instant de révélation – d'après l'illustre modèle, dans *Portrait of a Lady*, de la scène où Isabel entrant dans une pièce, à la pose d'Osmond et de Mme Merle, a la révélation soudaine de leurs rapports.

Tout grand art est symbolique, écrit-il, et on ne peut douter qu'il demande au sien les hautes astreintes du grand art. « Je pars d'une image et non d'une idée », déclare-t-il. En fait le symboliste qu'il est (non pas allégoriste, certes) part à la fois d'une image et d'une idée qui la valorise ou la dévalorise, la rend sursignifiante, fait de son mouvement dans le temps autre chose qu'une histoire – un épisode de l'histoire humaine.

Conrad, quelle que soit son application flaubertienne à trouver le mot juste, n'est pas tant, dans sa langue d'emprunt, un écrivain appliqué qu'un écrivain tourmenté, par le caprice et le mystère de la force des mots. Rappelons-nous la lettre à Wells : la création, c'est l'énergie nerveuse convertie en phrases. Il y a chez lui une passion créatrice plutôt qu'une volonté. Une autre lettre, à Garnett, marque en effet l'importance d'une sorte de passivité : « avant tout éteindre le courant critique de cogitation, travailler dans le noir – le noir créateur que ne hantera nul spectre de responsabilité ». Est-ce une contradiction fatale si Conrad dit ailleurs encore que son œuvre a chance de subsister parce qu'elle est fondée sur une intention ? Je pense qu'en vérité l'intention se forme dans le moment créateur qui englobe l'image en cours de formation, selon l'appréciation, disons plutôt la vision, de son potentiel symbolique.

« Le réalisme en art n'approchera jamais de la réalité », écrit-il à Bennett. C'est-à-dire que l'art n'est pas imitation de quelque chose qui lui serait extérieur et antérieur. Il est un arrangement suggestif – Téodor de Wyzewa dit de lui, « musical » (*Revue des Deux Mondes*, 15 avril 1914).

De la question du pouvoir des mots, une lettre à Hugh Clifford dit encore : « les mots, les groupes de mots, les mots isolés sont symboles de vie, ont le pouvoir, dans leur son ou leur aspect, de présenter la chose même ». Une fois de plus nous voici devant l'alchimie du verbe et son grand œuvre. Conrad semble faire écho au poète Browning qu'il n'a pas lu :

> Lui, avec un « Regardez ! » lâche une couple de rimes. Et voici que soudain surgit la rose même.
>
> Browning, *Transcendentalism*, 1855.

Chacune des œuvres a sa « morale », est une « leçon ». Mais chaque fois à l'encontre de la « morale » l'artiste porte un témoignage sympathique pour le coupable-victime ; et c'est cette tension entre la valeur sociale et la valeur humaine qui recèle la force symbolique. Quelle que soit l'importance des grands symboles explicites – l'argent, l'ivoire, etc., qui forment la dominante de la plupart des œuvres, sinon de toutes –, c'est la concentration et le reflet implicite de ces dominantes dans les grandes scènes qui constituent l'essence symbolique de cette création, et c'est cette dernière qui nous fait lire l'histoire de Jim, l'histoire de Razumov, l'histoire de Heyst, comme un fragment de notre histoire.

Jean-Jacques MAYOUX

AU CŒUR DES TÉNÈBRES

I

La *Nellie*, cotre de croisière, évita sur son ancre sans un battement de ses voiles, et s'immobilisa. La mer était haute, le vent était presque tombé, et comme nous voulions descendre le fleuve, il n'y avait qu'à venir au lof et attendre que la marée tourne [1].

La Tamise s'ouvrait devant nous vers la mer comme au commencement d'un chemin d'eau sans fin. Au loin la mer et le ciel se joignaient invisiblement, et dans l'espace lumineux les voiles tannées des barges dérivant avec la marée vers l'amont semblaient former des bouquets rouges de voilures aux pointes aiguës, avec des éclats de livardes vernies. Une brume dormait sur les côtes basses dont les aplats allaient s'effaçant vers la mer. L'air était sombre au-dessus de Gravesend et plus en deçà encore semblait condensé en triste pénombre et pesait immobile sur la plus vaste et la plus grande ville du monde.

Le Président-Directeur Général était notre capitaine et notre hôte. Tous quatre nous observions son dos tandis que debout à l'avant il regardait du côté de la mer. Sur toute l'étendue du fleuve rien n'avait, de loin, l'allure aussi marine. On eût dit un de ces pilotes, qui pour l'homme de mer sont la garantie personnifiée du salut. On avait peine à se rappeler que son travail ne se situait pas là-bas dans

1. Ford Madox Hueffer (ou F.M. Ford comme il était devenu), dans ses *Souvenirs sur Conrad*, rappelle que celui-ci, résidant alors à Stamford-le-Hope, était l'hôte habituel de Hope, propriétaire du yacht, et le P.-D.G. en question ici (N.d.T.).

l'estuaire lumineux, mais derrière lui dans cette pénombre appesantie.

Entre nous, il y avait, comme je l'ai déjà dit quelque part, le lien de la mer. Outre qu'il maintenait nos cœurs ensemble pendant les longues périodes de séparation, il avait pour effet de nous rendre réciproquement tolérants des histoires racontées et même des convictions exprimées. Le Juriste – la crème des vieux camarades – avait, à cause de toutes ses années et de toutes ses vertus, le seul coussin à bord, comme il était allongé sur l'unique carpette. Le Comptable avait déjà produit une boîte de dominos et jouait à l'architecte avec les tablettes. Marlow était assis à la turque tout à l'arrière, adossé au mât d'artimon. Il avait les joues creuses, le teint jaune, un dos très droit, l'aspect d'un ascète ; avec ses bras tombants, les mains retournées paumes en dehors, on eût dit une idole. Le Directeur, assuré que l'ancre crochait bien, revint à l'arrière et s'assit parmi nous. Nous échangeâmes paresseusement quelques paroles. Puis ce fut le silence à bord du yacht. Pour une raison ou une autre nous ne commencions pas cette partie de dominos. Nous étions d'humeur rêveuse, tout juste bons pour une paisible contemplation. Le jour finissait dans la sérénité exquise d'un éclat immobile. L'eau brillait doucement. Le ciel, qui n'avait pas une tache, était une immensité bénigne de lumière immaculée. Il n'était pas jusqu'à la brume sur les marais d'Essex qui ne fût comme une gaze radieuse accrochée aux coteaux boisés de l'intérieur et drapant les côtes basses de plis diaphanes. Seule la pénombre à l'ouest, appesantie sur l'amont du fleuve, s'obscurcissait de minute en minute, comme irritée par l'approche du soleil.

Enfin dans la courbe de son imperceptible déclin, l'astre, très bas, passa d'un blanc lumineux à un rouge terne sans rayons et sans chaleur, comme s'il allait s'éteindre d'un coup, frappé à mort par le contact de cette pénombre qui pesait sur une multitude d'hommes.

Aussitôt il se fit un changement sur les eaux, et la sérénité devint moins éclatante mais plus profonde. Dans la largeur de son cours, le vieux fleuve reposait sans une ride, au déclin du jour, après des siècles de bons services rendus à la race qui peuplait ses rives, épanoui dans sa tranquille dignité de chemin d'eau menant aux ultimes confins de la terre. Nous regardions le vénérable cours d'eau non point dans la vive animation d'une courte journée qui survient puis disparaît à jamais, mais dans l'auguste lumière des souvenirs durables. Et en vérité rien n'est plus facile pour un homme qui s'est « voué à la mer », comme on dit, dans un esprit de révérence et d'amour, que d'évoquer le noble esprit du passé dans l'estuaire de la Tamise. La marée porte son courant dans les deux sens, en un service sans trêve, peuplée de souvenirs des hommes et des vaisseaux qu'elle a menés vers le repos du foyer ou les batailles de la mer. Elle a connu et servi tous les hommes dont la nation est fière, de sir Francis Drake à sir John Franklin, tous chevaliers, qu'ils eussent ou non le titre – les grands chevaliers errants de la mer. Elle avait porté tous les navires dont les noms sont comme des joyaux étincelants dans la nuit des temps, depuis le *Golden Hind* revenant avec ses flancs arrondis pleins de trésors, pour recevoir la visite de l'Altesse Royale et puis sortir de l'immense légende, jusqu'à l'*Erebus* et au *Terror*, cinglant vers d'autres conquêtes – pour n'en jamais revenir [1]. Elle avait connu les vaisseaux et les hommes. Ils avaient appareillé de Deptford, de Greenwich, d'Erith – aventuriers, colons : les vaisseaux des rois et ceux des banquiers ; capitaines, amiraux, courtiers clandestins du

1. En 1588, seul de cinq vaisseaux de course, le *Golden Hind* de Drake regagna l'Angleterre chargé de richesses fabuleuses, or, argent, perles, émeraudes. La reine, qui pourtant n'était pas si délicate, hésita six mois avant de rendre la fameuse visite à ce pirate de génie, et encore eut recours à de curieux artifices. C'est l'ambassadeur de France qui arma Francis Drake chevalier et qui recueillit la Jarretière. Le butin se montait à un million de livres, dont le quart fut pour la souveraine. On voit que pour ce qui est du patriotisme britannique, Conrad « en remet ». Le cas de l'*Erebus* et du *Terror*, vaisseaux d'exploration perdus dans les glaces, et de sir John Franklin, est plus honorable (N.d.T.).

commerce d'Orient, « généraux » commissionnés des flottes des Indes orientales. Chasseurs d'or ou quêteurs de gloire, ils étaient tous partis par ce fleuve, portant l'épée, et souvent la torche, messagers de la puissance dans la nation, porteurs d'une étincelle du feu sacré. Quelle grandeur n'avait pas suivi le reflux de ce fleuve pour entrer dans le mystère d'une terre inconnue !... Les rêves des hommes, la semence des républiques, le germe des empires.

Le soleil se coucha, le crépuscule tomba sur le fleuve, et les lumières commencèrent à surgir sur la côte. Le phare de Chapman, une affaire à trois pattes élevée sur un banc de sable, brillait d'un vif éclat. Les lumières des navires se déplaçaient dans le chenal – un grand mouvement de lumières montantes et descendantes. Et plus à l'ouest, en amont, le lieu de la ville monstrueuse mettait encore sa marque sinistre sur le ciel : une lourde pénombre dans le soleil, une lueur livide sous les étoiles.

« Et ceci aussi, dit soudain Marlow, a été l'un des lieux ténébreux de la terre. »

Il était le seul de nous encore « voué à la mer ». Le pire qu'on pût dire de lui, c'était qu'il n'était pas représentatif de sa classe. C'était un marin, mais aussi c'était un errant, alors que la plupart des marins mènent, pour ainsi dire, une vie sédentaire. Leur esprit est d'espèce casanière, et ils portent toujours leur foyer avec eux – le navire ; et de même leur pays – la mer. Un navire est à peu près comme un autre, et la mer est toujours la même. Contre leur cadre immuable, les côtes étrangères, les visages étrangers, l'immensité changeante de la vie glissent et passent, voilés non point par un sentiment du mystère, mais par une ignorance un rien dédaigneuse. Car rien n'est mystérieux pour le marin sauf la mer elle-même, qui est la maîtresse de son existence, aussi inscrutable que la Destinée. Pour le reste, après les heures de travail, la chance d'une promenade, d'une virée à terre, suffit à lui révéler le secret de tout un continent, et généralement il conclut que le secret ne vaut pas la peine. Les contes de marins sont d'une franche simplicité, tout le sens en tiendrait dans la coquille d'une noix ouverte. Mais Marlow n'était pas typique (sauf pour son penchant à filer des contes) ; et pour lui le sens d'un épisode ne se trouve pas à l'intérieur, comme d'une noix, mais à l'extérieur, et enveloppe le conte qui l'a suscité, comme une lumière suscite une vapeur, à la ressemblance d'un de ces halos embrumés que fait voir parfois l'illumination spectrale du clair de lune.

Sa remarque ne parut pas du tout surprendre. C'était bien Marlow. On la reçut en silence. Personne ne prit même la peine de grogner ; et il enchaîna, très lentement – « Je pensais à des temps très anciens, lors de la première arrivée des Romains, il y a dix-neuf cents ans – l'autre jour... La lumière est venue de ce fleuve, – depuis les chevaliers, dites-vous ? Oui, mais c'est comme un embrasement qui court sur la plaine, comme un éclair dans les nuages. Nous vivons dans la lueur vacillante – puisse-t-elle durer aussi longtemps que roulera la vieille terre ! Mais les ténèbres étaient ici hier. imaginez l'état d'esprit du capitaine d'une belle – comment les appelait-on déjà ? – trirème de la Méditerranée, envoyé brusquement dans le Nord ; traversant la Gaule par terre à la hâte ; recevant la charge d'une de ces embarcations que les légionnaires – il faut qu'ils aient fait un étonnant assemblage d'habiles garçons – avaient coutume de construire par centaines, apparemment en un mois ou deux, si nous croyons ce que nous lisons. Imaginez-le ici – au fin bout du monde : une mer couleur de plomb, un ciel couleur de fumée, une espèce de bateau à peu près aussi ferme qu'un accordéon – et remontant ce fleuve avec du matériel, ou des instructions, ou ce que vous voudrez. Des bancs de sable, des marécages, des forêts, des sauvages, bougrement peu à manger qui convienne à un homme civilisé, rien à boire que l'eau de la Tamise. Pas de vin de Falerne, ici, pas de descentes à terre. Çà et là un camp militaire perdu dans le désert, comme une aiguille dans une botte de foin – le froid, le brouillard, les tempêtes, la maladie, l'exil et la mort – la mort tapie dans l'air, dans l'eau, dans la brousse. Ils ont dû mourir comme des mouches, ici. Bien sûr, l'homme s'est exécuté. Et même très bien, sans nul doute, et sans trop réfléchir, non plus, à la chose, sinon après coup pour se vanter de ce qu'il avait enduré de son temps, peut-être. Ils étaient assez solides pour faire face aux ténèbres. Et peut-être, pour se donner du cœur à l'ouvrage, guignait-il la chance d'une promotion, un de ces jours, à la flotte de Ravenne, s'il avait de bons amis à Rome et s'il survivait à l'abominable climat. Ou bien pensez à un honorable jeune citoyen portant toge – aurait-il abusé des dés ? – arrivant ici dans la suite de quelque préfet, ou collecteur d'impôts, ou même marchand, pour se refaire. Débarquer dans un marécage, marcher à travers bois, et dans quelque poste de l'intérieur, se sentir encerclé par cette sauvagerie, cette absolue sauvagerie – toute cette vie mystérieuse des solitudes, qui s'agite dans la forêt, dans la jungle, dans le cœur de l'homme sauvage. Et il n'y a pas non plus d'initiation à ces mystères. Il faut vivre au milieu de l'incompréhensible, et cela aussi est détestable. En outre il en émane une fascination qui fait son œuvre sur notre homme. La fascination, comprenez-vous, de l'abominable. Imaginez les regrets grandissants, le désir obsédant d'échapper, le dégoût impuissant, la capitulation, la haine. »

Il s'interrompit.

« Prenez-y garde », reprit-il, levant un avant-bras, du coude, la paume de la main tournée en dehors, de sorte qu'avec ses jambes pliées devant lui il avait la pose d'un Bouddha prêchant en habits européens et sans fleur de lotus, – « Prenez-y garde, nul de nous n'éprouverait tout à fait cela. Ce qui nous sauve, c'est l'efficacité – la volonté d'être efficace. Mais ces gars-là ne valaient pas cher, en réalité. Ce n'étaient pas des colonisateurs. Leur administration, c'était faire suer le burnous, rien de plus, je crois bien. C'étaient des conquérants, et pour ça, il ne faut que la force brute, pas de quoi se vanter, quand on l'a, puisque cette force n'est qu'un accident, résultant de la faiblesse des autres. Ils attrapaient ce qu'ils pouvaient selon les possibilités. C'était tout simplement la rapine à main armée, le meurtre avec circonstances aggravantes à grande échelle, et les hommes s'y livrant à l'aveuglette – comme il convient quand on a affaire aux ténèbres. La conquête de la terre, qui signifie principalement la prendre à des hommes d'une autre couleur que nous, ou dont le nez est un peu plus plat, n'est pas une jolie chose quand on la regarde de trop près. Ce qui la rachète n'est que l'idée. Une idée qui la soutienne ; pas un prétexte sentimental mais une idée ; et une foi désintéressée en cette idée – quelque chose à ériger, devant quoi s'incliner, à quoi offrir un sacrifice... »

Il s'interrompit. Des flammes glissaient sur le fleuve, petites flammes vertes, flammes rouges, flammes blanches, se poursuivant, se dépassant, se confondant, se croisant – puis se séparant, lentement ou brusquement. La circulation de la grande ville se poursuivait dans une nuit plus noire sur un fleuve sans sommeil. Nous regardions, attendant patiemment ; – il n'y avait que cela à faire jusqu'à marée haute. Mais ce fut seulement après un long silence, quand il dit d'une voix hésitante, « Je suppose, mes amis, que vous vous rappelez que je me suis fait une fois marin d'eau douce, pour un temps », que nous sûmes que nous étions destinés à entendre, avant le reflux, une des aventures indécises de Marlow.

« Je ne veux pas vous accabler de ce qui m'est arrivé personnellement », commença-t-il, montrant par cette remarque la faiblesse de tant de conteurs d'histoires qui semblent si souvent inconscients de ce que leurs auditeurs préféreraient entendre. « Mais pour comprendre ce que j'ai ressenti, il faut que vous sachiez comment je suis allé là-bas, ce que j'ai vu, comment j'ai remonté ce fleuve jusqu'à l'endroit où j'ai d'abord rencontré le pauvre type. C'était, au terme ultime de notre navigation, le point culminant de mon expérience. On aurait dit que cela jetait une sorte de lumière sur tout ce qui m'entourait – et sur mes pensées. La chose était, il faut dire, assez sombre – et lamentable – sans rien d'extraordinaire – pas trop distincte, non plus. Non, pas trop distincte. Et pourtant, cela jetait comme une sorte de lumière.

« J'étais tout récemment, vous vous en souvenez, revenu à Londres après une bonne dose d'Océan indien, de Pacifique, de mers de Chine – une bonne dose d'Orient, – six ans environ, et je traînais, je vous dérangeais, les copains, dans votre travail, j'envahissais vos maisons, comme si j'avais reçu du ciel mission de vous civiliser. Ça a marché un moment, mais après un bout de temps j'étais las de me reposer. Alors j'ai commencé à chercher un embarquement – j'ai idée qu'il n'y a pas sur terre de travail plus dur. Les bateaux ne voulaient même pas me voir. Si bien que je me suis dégoûté de ce jeu-là aussi.

« Or quand j'étais petit garçon j'avais une passion pour les cartes. Je passais des heures à regarder l'Amérique du Sud, ou l'Afrique, ou l'Australie, et je me perdais dans toute la gloire de l'exploration. En ce temps-là il restait beaucoup d'espaces blancs sur la terre, et quand j'en voyais un d'aspect assez prometteur sur la carte (mais ils le sont tous), je mettais le doigt dessus et je disais, "Quand je serai grand j'irai là." Le pôle Nord était l'un de ces endroits-là, je me souviens. En fait, je n'y suis pas encore allé, et ce n'est pas maintenant que j'essaierai. La magie s'est perdue. D'autres lieux se trouvaient épars vers l'équateur, et à toutes sortes de latitudes, partout dans les deux hémisphères. Je suis allé dans plusieurs d'entre eux. Eh bien… bon, n'en parlons pas. Mais il en restait un – le plus grand, le plus blanc, si l'on peut dire – par lequel je me sentais attiré.

« Il est vrai qu'entre-temps ce n'était plus un espace blanc. Il s'était rempli depuis mon enfance de rivières, de lacs et de noms. Ce n'était plus un espace blanc de délicieux mystère, – une zone vide propre à donner à un enfant des rêves de gloire. C'était devenu un lieu de ténèbres. Mais on voyait particulièrement sur la carte un fleuve, un grand fleuve puissant, qui ressemblait à un immense serpent déroulé, la tête dans la mer, le corps au repos, infléchi sur de vastes distances, la queue perdue au fond du pays. Et comme je regardais cette carte dans une vitrine, cela me fascinait comme un serpent fascine un oiseau – un petit oiseau naïf. Puis je me suis rappelé qu'il y avait une grosse affaire, une Compagnie affectée au commerce sur ce fleuve. Nom d'un chien ! Ils ne peuvent pas, me suis-je dit, commercer sans employer des espèces de bateaux sur toute cette eau douce – des vapeurs ! Pourquoi est-ce que je n'essaierais pas qu'on m'en confie un ? Je longeais Fleet Street sans pouvoir me débarrasser de cette idée. Le serpent m'avait ensorcelé.

« Vous n'ignorez pas que c'est une affaire continentale, cette compagnie commerciale. Mais j'ai des tas de parents qui vivent sur le Continent, parce que c'est bon marché et pas aussi déplaisant que ça en a l'air, à ce qu'ils disent.

« Je dois avouer que j'ai commencé à les relancer. C'était déjà une nouveauté pour moi. Je n'avais pas l'habitude d'user de cette pratique, vous savez. J'ai toujours suivi mon chemin, allant à mon pas où je voulais aller. Je n'aurais pas cru ça de moi ; mais, voyez-vous – je m'étais mis en tête qu'il fallait à tout prix que j'aille là-bas. Je les ai donc relancés. Les hommes ont dit “Mon cher Ami”, et n'ont rien fait. Alors – le croiriez-vous ? – j'ai essayé les femmes. Moi, Charlie Marlow, j'ai mis les femmes en œuvre – pour avoir un boulot. Bon Dieu ! Mais, voyez-vous, c'est que l'idée me travaillait. J'avais une tante, un brave cœur, et chaleureuse. Elle m'a écrit : “Ce serait un plaisir. Je suis prête à faire n'importe quoi, n'importe quoi pour toi. C'est une idée splendide. Je connais la femme d'un personnage très haut placé dans l'Administration, et aussi quelqu'un qui a une grosse influence sur…”, etc. Elle était décidée à tout mettre en branle pour que je sois nommé capitaine d'un vapeur du fleuve, si c'était ça que je voulais.

« J'ai eu mon poste – bien sûr ; et très vite. À ce qu'il semble, la Compagnie avait été informée qu'un de ses capitaines avait été tué dans une échauffourée avec les indigènes.

Cela me donnait ma chance, et accroissait mon envie de partir. Ce ne fut que bien des mois après, quand je tentai de recouvrer ce qui restait du corps, que j'appris qu'à l'origine de la querelle il y avait un malentendu sur une affaire de poules. Oui, deux poules noires. Fresleven – c'est comme ça que s'appelait ce type, un Danois – estimant qu'il avait été refait dans ce marché, débarqua et se mit à tabasser le chef du village avec un bâton. Oh je ne fus pas surpris le moins du monde de l'apprendre, alors qu'on me disait en même temps que Fresleven était l'être le plus doux, le plus tranquille qui ait jamais marché sur deux jambes. C'était sûrement vrai ; mais il y avait déjà une couple d'années qu'il était engagé dans la noble cause, voyez-vous, et à la fin il éprouvait sans doute le besoin de réaffirmer d'une façon ou d'une autre son respect de lui-même. Ce pourquoi il flanqua au vieux nègre une raclée sans merci, cependant que son peuple en grande foule regardait, pétrifié, jusqu'à ce que quelqu'un – le fils du chef, à ce qu'on m'a dit, au désespoir d'entendre le vieux brailler, esquissât un vague coup de lance contre le Blanc, et naturellement il n'eut pas de mal à l'enfoncer entre les omoplates. Alors la population entière s'esquiva dans la forêt, s'attendant à toutes sortes de calamités, tandis que par ailleurs le vapeur que commandait Fresleven partait de son côté en proie à la panique, sous les ordres, je crois, de l'officier mécanicien. Après quoi personne ne parut se soucier beaucoup des restes de Fresleven, jusqu'à ce que j'arrive pour prendre sa place. Je ne parvenais pas à laisser dormir l'affaire. Quand l'occasion finit par se présenter de rencontrer mon prédécesseur l'herbe qui lui poussait à travers les côtes était assez haute pour cacher ses os. Ils étaient tous là. Une fois tombé, on n'avait pas touché à cet être surnaturel. Et le village était abandonné, les cases béantes, pourrissantes, tout basculait à l'intérieur des palissades effondrées. Une calamité s'était bel et bien abattue sur lui. La population s'était évanouie. Une terreur folle l'avait dispersée, hommes, femmes, enfants, dans la brousse, et ils n'étaient jamais revenus. Quant aux poules, je ne sais pas non plus ce qu'elles étaient devenues. J'imagine, quoi qu'il en soit, qu'elles étaient allées à la Cause du Progrès. En tout cas c'est à cette glorieuse affaire que je devais ma nomination, alors que je ne me risquais pas encore à l'espérer.

« Je me suis démené comme un fou pour être prêt et, moins de quarante-huit heures après, je traversais la Manche pour me montrer à mes employeurs et signer le contrat. En très peu d'heures j'arrivai dans une cité qui me fait toujours penser à un sépulcre blanchi, préjugé, bien sûr. Je n'ai pas eu de mal à trouver les bureaux de la Compagnie. C'était ce qu'il y avait de plus grand dans la ville, et tous les gens que je rencontrais en avaient plein la bouche. Cette affaire allait prendre la tête d'un empire d'outre-mer, et faire des tas d'argent par le commerce.

« Une rue étroite et déserte dans une ombre épaisse, de hautes maisons, d'innombrables fenêtres à jalousies, un silence mortel, de l'herbe qui poussait entre les pavés, d'imposantes portes cochères à droite et à gauche, d'immenses doubles portes à l'entrebâillement impressionnant. Je me suis glissé par une de ces fentes, j'ai monté un escalier nu et balayé, aride comme un désert, et j'ai ouvert la première porte rencontrée. Deux femmes, l'une grasse et l'autre mince, étaient assises sur des chaises paillées, et tricotaient de la laine noire. La mince se leva et marcha droit vers moi – tricotant toujours, les yeux baissés – et c'est seulement comme je pensais m'écarter de son chemin, comme on ferait pour une somnambule, qu'elle s'arrêta et leva la tête. Son vêtement était aussi neutre qu'un fourreau de parapluie. Elle fit demi-tour sans dire un mot et me précéda dans une salle d'attente. Je donnai mon nom, et je regardai autour de moi. Une table de bois blanc au milieu, des chaises de série tout autour des murs, à un bout une grande carte brillante, marquée de toutes les couleurs de l'arc-en-ciel. Il y avait une grande quantité de rouge – qui fait toujours plaisir à voir, parce qu'on sait qu'il se fait là un travail sérieux ; un sacré tas de bleu, un peu de vert, des taches d'orange, et sur la côte est un morceau de violet pour montrer où les joyeux pionniers du progrès boivent la joyeuse bière blonde. Mais je n'allais ni ici ni là. J'allais dans le jaune. En plein centre. Et le fleuve était là – fascinant, mortel – comme un serpent. Pouah ! Une porte s'ouvrit, une tête blanche de secrétaire apparut, l'air compatissant, et un index osseux me convoqua dans le sanctuaire. La lumière y était obscure, et montrait un bureau massif accroupi au milieu. De derrière cet édifice surgissait une impression de rondeur pâle en redingote. Le grand homme en personne. Haut de cinq pieds six pouces, autant que je puisse juger, il tenait dans sa poigne le bout de tant et tant de millions. Il me serra la main, je crois, murmura quelque chose, se montra content de mon français. “Bon Voyage !”

« Au bout de quarante-cinq secondes je me retrouvai dans la salle d'attente avec le compatissant secrétaire, qui, toute désolation et sympathie, me fit signer un quelconque document. Je crois bien que je m'engageais entre autres choses à ne point trahir de secrets commerciaux. Bon, je m'en garderais bien.

« Je commençais à me sentir mal à l'aise. Comme vous le savez, je ne suis pas habitué à ce genre de cérémonies, et il y avait comme une menace dans l'atmosphère. On aurait dit que j'avais été inclus dans quelque conspiration – comment dire – quelque chose de pas tout à fait régulier ; et j'étais content de sortir. Dans l'antichambre, les deux femmes tricotaient leur lame noire, fiévreusement. Des gens arrivaient, et la jeune allait et venait, pour les introduire. La vieille était assise sur sa chaise. Ses chaussons de lisière, tout plats, s'appuyaient sur une chaufferette, et un chat reposait sur son giron. Elle portait une espèce de coiffe blanche empesée sur la tête, elle avait une verrue sur une joue, et des lunettes cerclées d'argent lui pendaient au bout du nez. Elle me regarda par-dessus les verres. La promptitude placide et indifférente de ce regard me troubla. Deux jeunes gens au visage niaisement jovial suivaient leur guide, et elle portait sur eux le même regard rapide de sagesse indifférente. Elle semblait tout savoir d'eux et de moi aussi bien. Je me sentis envahir par un sentiment d'insolite. Je la voyais magicienne et fatale. Souvent une fois là-bas j'ai pensé à ces deux, gardant la porte des Ténèbres, tricotant leur laine noire comme pour un chaud catafalque, l'une introduisant sans cesse à l'inconnu, l'autre examinant les visages niaisement réjouis de son vieux regard indifférent. *Ave !* Vieille tricoteuse de laine noire. *Morituri te salutant.* De ceux qu'elle dévisagea ils ne furent pas nombreux à la revoir – pas la moitié, loin de là.

« Il y avait encore la visite au docteur. "Une simple formalité", m'assura le secrétaire, avec l'air de prendre une part immense à toutes mes tristesses. En conséquence un jeune type, le chapeau sur le sourcil gauche, un employé je suppose – il fallait bien des employés dans l'affaire bien que la maison fût aussi silencieuse qu'une demeure de la cité des morts –, apparut, de quelque étage supérieur, et me précéda. Il était râpé et négligé, avec des taches d'encre sur les manches de son veston ; sa cravate était volumineuse et bouffante, sous un menton en forme de pointe de vieille bottine. Il était un peu trop tôt pour le docteur, et je proposai un verre, sur quoi il donna cours à une effusion de jovialité. Tandis que nous sirotions nos vermouths il glorifia les affaires de la Compagnie, et de fil en aiguille je me trouvai exprimer ma surprise de ce qu'il ne partait pas là-bas. Il redevint d'un coup froid et réservé. "Je ne suis pas si sot que j'en ai l'air, dit Platon à ses disciples", fit-il, sentencieux, vida son verre avec une grande détermination, et nous nous levâmes.

« Le vieux docteur prit mon pouls, en pensant manifestement à autre chose. "Bon, bon pour aller là-bas", marmonna-t-il ; puis avec une certaine animation il me demanda si je voulais le laisser mesurer ma tête. Assez surpris je dis oui, et il produisit une sorte de compas et prit les dimensions devant, derrière et sous tous les angles, prenant soigneusement des notes. C'était un petit homme mal rasé, portant une veste élimée – une manière de surtout –, des pantoufles aux pieds, et qui me fit l'effet d'un sot pas méchant. "Je demande toujours la permission, dans l'intérêt de la science, de mesurer les crânes de ceux qui s'en vont là-bas", dit-il. "Et aussi à leur retour ?" demandai-je. "Oh, je ne les vois jamais, fit-il ; en outre les changements se produisent à l'intérieur, vous savez." Il sourit, comme d'une discrète plaisanterie. "Donc, vous allez là-bas. Parfait. Intéressant, aussi." Il m'inspecta du regard, et prit une autre note. "Des cas de folie dans la famille ?" demanda-t-il, d'un ton détaché. J'étais furieux. "Est-ce que cette question-là aussi est dans l'intérêt de la science ?" "Ce serait, dit-il, sans prendre garde à mon irritation, intéressant pour la science d'observer les changements de mentalité des individus, sur place, mais…" "Êtes-vous aliéniste ?" interrompis-je. "Tout docteur devrait l'être… un peu, répondit le bonhomme, imperturbable. J'ai une petite théorie que vous autres, Messieurs qui allez là-bas vous devez m'aider à prouver. C'est ma part des avantages que mon pays retirera de la possession d'une si magnifique dépendance. La simple richesse, je la laisse aux autres. Excusez mes questions, mais vous êtes le premier Anglais à s'offrir à mon observation…" Je m'empressai de l'assurer que je n'étais pas typique le moins du monde. "Si je l'étais, dis-je, je ne causerais pas comme ça avec vous." "Ce que vous dites n'est pas sans profondeur, mais probablement erroné, dit-il, avec un rire. Évitez l'irritation, pire que les coups de soleil. Adieu. Comment dites-vous, vous autres Anglais, hein ? Good bye. Ah ! Good-bye. Adieu. Sous les tropiques il faut avant tout garder son calme."… Il m'avertit de l'index levé… "*Du calme, du calme. Adieu.*"

« Il ne restait qu'une chose à faire – dire au revoir à mon excellente tante. Je la trouvai triomphante. Je pris une tasse de thé – la dernière tasse de thé convenable de longtemps – et dans une pièce qui avait toute la douceur d'aspect qu'on attend d'un salon de dame, nous causâmes longuement, paisiblement, au coin du feu. Au cours de ces confidences, il m'apparut clairement que j'avais été représenté à la femme d'un haut dignitaire, et Dieu sait à combien d'autres, comme un être exceptionnellement doué – une bonne affaire pour la Compagnie –, un homme comme on n'en trouve pas tous les jours. Juste Ciel ! et j'allais prendre en charge un rafiot d'eau douce à quatre sous nanti d'un sifflet de deux sous ! Il semblait toutefois que j'étais aussi un des Ouvriers – avec la majuscule – vous voyez la chose. Quelque chose comme un émissaire des Lumières, comme un apôtre au petit pied. Il s'était répandu un flot de ces blagues par l'imprimé et la parole précisément en ce temps-là, et l'excellente femme, qui vivait en plein dans le courant de ces fumisteries, avait été entraînée. Elle parlait "d'arracher ces millions d'ignorants à leurs mœurs abominables" tant que, ma parole, elle me mit tout à fait mal à l'aise. Je me risquai à faire remarquer que la Compagnie avait un but lucratif.

« "Vous oubliez, mon bon Charlie, que l'ouvrier donne la mesure de l'ouvrage", dit-elle, finement. C'est étrange, à quel point les femmes sont sans contact avec le vrai. Elles vivent dans un monde à elles, et rien n'avait jamais été à sa semblance, ni ne saurait jamais l'être. C'est bien trop beau et si elles allaient le mettre en place, il serait en pièces avant le premier soir. Une maudite réalité dont nous autres hommes nous nous contentons depuis le jour de la création, viendrait tout culbuter.

« Après quoi on m'embrassa, me dit de porter de la flanelle, de ne pas manquer d'écrire souvent, et ainsi de suite – et je partis. Dans la rue – je ne sais pourquoi – il me vint bizarrement le sentiment que j'étais un imposteur. Drôle d'affaire : moi, habitué à déguerpir dans les vingt-quatre heures à destination de n'importe quelle partie du monde, sans y penser autant que la plupart des hommes pour traverser la rue, j'eus un moment, je ne dirai pas d'hésitation, mais de stupeur interdite, devant cette affaire banale. La meilleure façon de vous l'expliquer, c'est de dire que pendant une seconde ou deux, j'ai eu le sentiment, au lieu d'aller au centre d'un continent, d'être sur le point de partir pour le centre de la terre.

« Je m'embarquai sur un vapeur français, qui fit escale dans tous les fichus ports qu'ils ont par là, à seule fin, autant que je puisse voir, de débarquer des soldats et des douaniers. Je regardais la côte. Regarder d'un navire la côte filer, c'est comme réfléchir à une énigme. La voilà devant vous – souriante, renfrognée, aguichante, majestueuse, mesquine, insipide ou sauvage et toujours muette avec l'air de murmurer, Venez donc voir. Celle-là était presque sans visage, comme en cours de fabrication, d'aspect hostile et monotone. Le bord d'une jungle colossale, d'un vert sombre au point de paraître presque noir, frangé d'une houle blanche, courait droit comme une ligne tracée à la règle, loin, loin le long d'une mer bleue dont le scintillement était estompé par un brouillard traînant. Le soleil était violent, la terre semblait luire et dégoutter de vapeur. Çà et là des taches d'un gris blanchâtre apparaissaient groupées au-delà de la houle blanche, avec à l'occasion un drapeau qui flottait au-dessus.

« Des comptoirs vieux de plusieurs siècles et toujours pas plus gros que des têtes d'épingle sur l'étendue intacte de leur entourage. Notre machine allait, s'arrêtait, nous débarquions des soldats, nous repartions, débarquions des gabelous pour percevoir l'octroi sur ce qui paraissait une sauvagerie abandonnée de Dieu, avec une baraque en tôle ondulée et un mât de drapeau perdu dedans ; nous débarquions d'autres soldats – pour veiller sur les gabelous, sans doute. Quelques-uns, à ce que j'entendis, furent noyés dans le ressac ; vrai ou pas, personne ne paraissait s'en soucier beaucoup. On les collait là, et nous poursuivions. Chaque jour la côte avait même aspect, comme si nous n'avions pas bougé ; mais nous dépassions divers lieux – des comptoirs – avec des noms comme Grand Bassam, Petit Popo ; des noms qui semblaient appartenir à quelque farce sordide jouée sur le devant d'une sinistre toile de fond. Mon oisiveté de passager, mon isolement parmi tous ces hommes avec qui je n'avais aucun point de contact, la mer huileuse et languide, l'uniformité sombre de la côte, semblaient me tenir à distance de la vérité des choses, dans les rets d'une illusion lugubre et absurde. La voix de la houle perçue de temps à autre était un plaisir positif, comme le langage d'un frère. C'était quelque chose de naturel, cela avait une raison, un sens. Parfois un bateau venu de la côte donnait un contact momentané avec la réalité. Il avait des pagayeurs noirs. On leur voyait de loin luire le blanc des yeux. Ils criaient, ils chantaient, leurs corps ruisselaient de sueur ; ils avaient des visages comme des masques grotesques, ces types ; mais ils avaient des os, des muscles, une vitalité sauvage, une énergie intense de mouvement, qui étaient aussi naturels et vrais que la houle le long de leur côte. Ils n'avaient pas besoin d'excuse pour être là. C'était un grand réconfort de les regarder. Un moment, j'avais le sentiment d'appartenir encore à un monde de faits normaux ; mais il ne durait guère. Quelque chose survenait pour le chasser. Une fois, je me rappelle, nous sommes tombés sur un navire de guerre à l'ancre au large de la côte. On n'y voyait pas même une baraque, et ils bombardaient la brousse. Apparemment les Français faisaient une de leurs guerres dans ces parages. Le pavillon du navire pendait mou comme un chiffon ; les gueules des longs canons de six pouces pointaient partout de la coque basse ; la houle grasse, gluante le berçait paresseusement et le laissait retomber, balançant ses mâts grêles. Dans l'immensité vide de la terre, du ciel et de l'eau, il était là, incompréhensible, à tirer sur un continent. Boum ! partait un canon de six pouces ; une petite flamme jaillissait, puis disparaissait, une petite fumée blanche se dissipait, un petit projectile faisait un faible sifflement – et rien n'arrivait. Rien ne pouvait arriver. L'action avait quelque chose de fou, le spectacle un air de bouffonnerie lugubre, qui ne furent pas amoindris parce que quelqu'un à bord m'assura sérieusement qu'il y avait un camp d'indigènes – il disait ennemis ! – cachés quelque part hors de vue.

« Nous leur avons donné leurs lettres (j'ai appris que les hommes sur ce navire solitaire mouraient des fièvres à raison de trois par jour) et nous avons poursuivi. Nous avons mouillé à d'autres endroits aux noms burlesques où la joyeuse danse de la mort et du trafic se poursuit dans un air torpide et terreux comme celui d'une catacombe surchauffée ; tout le long d'une côte informe bordée de flots dangereux, comme si la nature elle-même avait voulu écarter les intrus. Nous avons pénétré dans des rivières, d'où nous sommes ressortis : des courants de mort vivante, dont les rives se faisaient pourriture boueuse, dont l'eau épaissie en vase s'infiltrait parmi les palétuviers tourmentés qui semblaient se tordre vers nous dans l'extrémité d'un désespoir impuissant. Nulle part nous ne nous sommes arrêtés assez longtemps pour avoir une impression plus particulière, mais un sentiment diffus de stupeur oppressive et vague grandissait en moi. C'était comme un pèlerinage lassant parmi des débuts de cauchemar.

« Ce n'est qu'au bout de plus de trente jours que j'ai vu l'embouchure du grand fleuve. Nous avons mouillé au large du siège du gouvernement. Mais ma tâche ne devait commencer qu'à environ deux cents milles plus loin. Aussi dès que je pus je me mis en route pour un poste situé à trente milles en amont.

« J'avais un passage sur un petit vapeur maritime. Le capitaine était suédois, et sachant que j'étais marin, m'invita sur la passerelle. C'était un homme jeune, maigre, blond, morose, le cheveu plat et la démarche molle. Comme nous quittions le misérable petit quai il tendit la tête avec mépris en direction de la côte. "Vous y avez habité ?" demanda-t-il. Je dis que oui. "Un joli ramassis, ces types du gouvernement, hein ? poursuivit-il, parlant anglais avec beaucoup de précision et une grande amertume. C'est étonnant ce que des gens peuvent faire pour quelques francs par mois. Je me demande ce qui arrive à cette engeance quand ils montent à l'intérieur." Je lui dis que je m'attendais à le découvrir prochainement. "A-a-a-h !" s'exclama-t-il. Traînant les pieds il s'écarta, tout en regardant devant lui avec vigilance. "N'en soyez pas trop sûr, continua-t-il. L'autre jour j'ai emmené un homme qui s'est pendu en chemin. C'était un

Suédois, lui aussi." "Pendu ! Et pourquoi, au nom du Ciel ?" m'écriai-je. Il surveillait toujours attentivement. "Qui sait ? Pas supporté le soleil, ou le pays, peut-être."

« Enfin nous débouchâmes. Une falaise rocheuse apparut, des monticules de terre retournée près du rivage, des cases sur une colline, d'autres au toit de tôles ondulées plantées dans une étendue vague d'excavations, ou accrochées à la pente. Le bruit continu des rapides en amont planait sur cette scène de dévastation habitée. Des tas de gens, la plupart noirs et nus, allaient comme des fourmis. Une jetée saillait dans le fleuve. Un soleil aveuglant noyait tout cela par moments dans une soudaine recrudescence de réverbération. "Voilà le poste de votre Compagnie, dit le Suédois indiquant trois constructions en bois qui faisaient comme une caserne sur la pente rocheuse. Je ferai porter vos affaires. Quatre malles, avez-vous dit ? Bon. Adieu."

« Je rencontrai une chaudière vautrée dans l'herbe, puis je trouvai un chemin qui menait à la colline. Il contournait des rochers, et aussi un wagonnet de modèle réduit qui gisait là sur le dos, les roues en l'air. L'une d'elles manquait. L'engin semblait aussi mort que la carcasse d'une bête. Je rencontrai d'autres débris de machines, une pile de rails rouillés. Sur la gauche un bouquet d'arbres faisait un coin d'ombre où des choses sombres semblaient s'agiter faiblement. Je battais des cils, la montée était rude. Une corne retentit sur la droite, et je vis les Noirs courir. Une détonation lourde et sourde secoua le sol, une bouffée de fumée sortit de la falaise, et ce fut tout. Nul changement ne parut sur la face du roc. Ils construisaient un chemin de fer. La falaise ne gênait pas, en aucune façon ; mais ce dynamitage sans objet était tout le travail en cours.

« Un léger tintement derrière moi me fit tourner la tête. Six Noirs, s'avançant en file indienne, montaient péniblement le chemin. Marchant lentement, droits, ils balançaient de petits paniers pleins de terre sur leur tête, et le tintement marquait la mesure de leurs pas. Ils portaient des haillons noirs enroulés autour des hanches, dont les bouts brinquebalaient derrière, courts, comme des queues. Je leur voyais toutes les côtes, les jointures de leurs membres étaient comme les nœuds d'une corde. Ils avaient chacun un collier de fer au cou, et ils étaient reliés par une chaîne dont les segments oscillaient entre eux, avec ce tintement rythmique. Une autre explosion dans la falaise me fit penser soudain à ce navire de guerre que j'avais vu faire feu sur un continent. C'était la même sorte de voix sinistre ; mais ces hommes-ci ne pouvaient par aucune débauche d'imagination être qualifiés d'ennemis. On les disait criminels, et la loi outragée, comme ces explosions d'obus, leur était tombée dessus, mystère insondable venu de la mer. Leurs maigres poitrines haletaient toutes ensemble, les narines violemment dilatées frémissaient, les regards se tournaient pétrifiés vers la crête. Ils me dépassèrent à me frôler, sans un coup d'œil, avec l'indifférence complète, mortelle, des sauvages malheureux. Derrière cette matière première un des rachetés produits par les nouvelles forces à l'œuvre marchait, morose, tenant un fusil par le milieu. Il avait une tunique d'uniforme, où manquait un bouton, et voyant un Blanc dans le chemin, haussa son arme sur son épaule, vivement. C'était simple prudence, les Blancs étant tellement pareils à distance qu'il n'aurait su dire qui je pouvais être. Il se sentit vite rassuré et avec un grand éclat de sourire canaille et un coup d'œil sur sa chiourme, sembla faire de moi un partenaire de sa haute mission. Après tout, moi aussi je participais de la grande cause qui inspirait ces actions élevées et justes.

« Au lieu de monter je me détournai et descendis sur la gauche. Mon idée était de laisser disparaître de ma vue ces bagnards avant de monter la colline. Comme vous savez je ne suis pas spécialement tendre. Il m'a fallu donner et parer des coups, me défendre, attaquer à l'occasion – ce qui n'est qu'une façon de se défendre – sans compter la note à payer, suivant les demandes de la sorte de vie où je m'étais fourvoyé. J'ai vu le démon de la violence, celui de la convoitise, celui du désir ; mais, par le vaste ciel ! c'étaient des démons forts et gaillards à l'œil de flamme qui dominaient et qui menaient des hommes – des hommes, vous dis-je. Mais là debout à flanc de colline je pressentais que dans le soleil aveuglant de ce pays je ferais connaissance avec le démon flasque, faux, à l'œil faiblard, de la sottise rapace et sans pitié. À quel point il pouvait se révéler insidieux, en outre, je ne devais le découvrir que des mois plus tard et à quinze cents kilomètres de là. Un moment je restai horrifié, comme si j'avais reçu un avertissement. Finalement je descendis la colline, obliquant vers les arbres que j'avais vus.

« J'évitai un vaste trou que quelqu'un avait creusé sur la pente, et dont j'étais incapable de deviner l'objet. Ce n'était pas une carrière, ni une sablière, en tout cas. Ce n'était qu'un trou. Il se rattachait peut-être au désir philanthropique de donner aux criminels quelque chose à faire. Je ne sais pas. Puis je faillis tomber dans un ravin très étroit, à peine plus qu'une balafre au flanc de la colline. Je découvris qu'un tas de tuyaux de drainage destinés à l'établissement y avait été versé. Il n'y en avait pas un d'intact. C'était un massacre gratuit. À la fin j'arrivai sous les arbres. Mon idée était de marcher quelques instants à l'ombre ; mais je ne m'y trouvai pas plus tôt que je crus être entré dans le sombre cercle de quelque Enfer. Les rapides étaient proches et le bruit d'un flot ininterrompu, uniforme, précipité, emplissait l'immobilité lugubre du bosquet, où pas un souffle ne bougeait, pas une feuille ne s'agitait, d'un bruit mystérieux – comme si le mouvement furieux de la terre lancée était tout à coup devenu perceptible.

« Des formes noires étaient accroupies, prostrées, assises entre les arbres, appuyées aux troncs, cramponnées au sol, à demi surgissantes, à demi estompées dans l'obscure lumière, dans toutes les attitudes de la douleur, de l'abandon, du désespoir. Une autre mine explosa sur la falaise, suivie d'un léger frémissement du sol sous mes pieds. Le travail continuait. Le travail ! Et c'était ici le lieu où quelques-uns des auxiliaires s'étaient retirés pour mourir.

« Ils mouraient lentement – c'était bien clair. Ce n'étaient pas des ennemis, pas des criminels, ce n'était rien de terrestre maintenant – rien que des ombres noires de maladie et de famine, gisant confusément dans la pénombre verdâtre. Amenés de tous les recoins de la côte dans toutes les formes légales de contrats temporaires, perdus dans un milieu hostile, nourris d'aliments inconnus, ils tombaient malades, devenaient inutiles, et on leur permettait alors de se traîner à l'écart et de se reposer. Ces formes moribondes étaient libres comme l'air, et presque autant insubstantielles... Je commençai à distinguer la lueur des yeux sous les arbres. Puis abaissant mon regard je vis un visage près de ma main. La sombre ossature reposait tout de son long, une épaule contre l'arbre, et lentement les paupières se soulevèrent et les yeux creux se levèrent sur moi, énormes et vides, avec une espèce d'étincelle aveugle et blanche dans la profondeur des orbites, qui s'éteignit lentement. L'homme semblait jeune – presque un gamin – mais comme vous savez avec eux on ne peut pas dire. Je ne vis rien d'autre à faire que de lui offrir un des biscuits de marin de mon bon Suédois, que j'avais en poche. Ses doigts le serrèrent lentement et le gardèrent – il n'y eut pas d'autre mouvement ni d'autre regard. Il s'était attaché un bout de fil blanc autour du cou... Pourquoi ? Où l'avait-il trouvé ? Était-ce un insigne ? Un ornement ? Un grigris ? Un acte propitiatoire ? S'y rattachait-il une idée quelconque ? Cela surprenait autour de son cou noir, ce bout de coton blanc d'outre-mer.

« Près du même arbre deux autres paquets d'angles aigus étaient assis, leurs jambes remontées. L'un, le menton appuyé sur les genoux, regardait dans le vide, d'une façon horrible, intolérable. Son frère spectral appuyait son front comme s'il fût accablé d'une grande lassitude. Et tout alentour d'autres étaient éparpillés dans toutes les poses et les contorsions de leur prostration, comme dans un tableau de peste ou de massacre. Tandis que j'étais là pétrifié d'horreur un de ces êtres se dressa sur les mains et les genoux et descendit à quatre pattes boire au fleuve. Il lapa dans sa main, puis s'assit au soleil, croisant ses tibias devant lui et au bout d'un moment laissa tomber sa tête crépue sur ses clavicules.

« Je n'avais plus envie de m'attarder à l'ombre, et je me hâtai vers le poste. Près des bâtiments je rencontrai un Blanc, dans une élégance si inattendue de vêture, qu'au premier moment je le pris pour une sorte de vision. Je vis un col droit empesé, des manchettes blanches, un veston léger d'alpaga, des pantalons blancs comme neige, une cravate claire, des bottines vernies. Pas de chapeau. Une raie, les cheveux brossés, brillantinés, sous une ombrelle doublée de vert que tenait une grosse main blanche : il était stupéfiant. Derrière l'oreille il avait un porte-plume.

« Je serrai la main de ce miracle et j'appris qu'il était le comptable en chef de la Compagnie, et que toute la tenue des livres se faisait dans ce poste. Il était sorti un moment, me dit-il, prendre un peu d'air frais. L'expression semblait bizarre et singulière, suggérant une vie de bureau sédentaire. Je ne vous aurais même pas parlé de ce type, mais c'est de sa bouche que j'entendis pour la première fois le nom de l'homme qui est si indissolublement lié aux souvenirs de ce temps-là. En outre je le respectais, ce bonhomme. Oui, je respectais ses cols, ses vastes manchettes, ses cheveux brossés. À coup sûr son aspect était celui d'un mannequin de coiffeur. Mais au milieu de la grande démoralisation du pays il maintenait les apparences. Question de cran. Ses cols empesés, ses plastrons fermes étaient des marques de caractère. Il était là depuis bientôt trois ans ; et plus tard je n'ai pas pu m'empêcher de lui demander comment il réussissait à arborer ce linge. Il eut la plus légère rougeur et dit modestement, “J'ai appris à une des femmes indigènes du poste. Ça n'a pas été commode. Elle n'aimait pas ce travail.” Cet homme avait donc véritablement réussi quelque chose. Et il était dévoué à ses livres de compte, qui étaient impeccablement tenus.

« Tout le reste dans ce poste était confusion – les têtes, les choses, les bâtiments. Des théories de Noirs poussiéreux aux pieds épatés arrivaient et repartaient ; un flot de produits manufacturés, de cotonnades camelote, de perles, de fil de cuivre partait pour les profondeurs des ténèbres, et en retour il arrivait un précieux filet d'ivoire.

« J'ai eu dix jours à attendre dans ce poste – une éternité. Je vivais dans une case sur la cour, mais pour être à l'écart du chaos j'allais parfois au bureau du comptable. Il était bâti en planches horizontales, si mal assemblées que penché sur son grand bureau il était strié de la tête aux pieds de barres étroites de soleil. Il n'y avait pas besoin d'ouvrir le grand volet pour y voir. On avait chaud, aussi, là-dedans. De grosses mouches bourdonnaient férocement ; elles ne piquaient pas, elles poignardaient. Je m'asseyais généralement à terre, tandis qu'impeccable d'aspect (et même légèrement parfumé), perché sur un grand tabouret, il écrivait, écrivait. Parfois il se levait pour prendre de l'exercice. Quand un lit pliant avec un malade (quelque agent ramené de l'intérieur) y fut placé, il manifesta une douce irritation. "Les gémissements de ce malade, dit-il, détournent mon attention. Et si elle fait défaut, il est extrêmement difficile d'éviter les erreurs d'écritures sous ce climat."

« Un jour il observa, sans relever la tête : "Dans l'intérieur vous rencontrerez sûrement M. Kurtz." Comme je demandais qui était M. Kurtz, il dit que c'était un agent de premier ordre. Et me voyant déçu de ce renseignement il ajouta lentement, posant sa plume : "C'est un homme très remarquable." Sur d'autres questions il précisa que M. Kurtz avait à présent la charge d'un comptoir, très important, en plein pays de l'ivoire, "au fin fond. Il envoie autant d'ivoire que tous les autres réunis...". Il se remit à écrire. Le moribond était trop malade pour gémir. Les mouches bourdonnaient dans un grand calme.

« Soudain il y eut un murmure grandissant de voix et un grand piétinement. Une caravane était arrivée. Un babil excité de sons inconnus éclata de l'autre côté des planches. Tous les porteurs parlaient à la fois et au milieu de la clameur la lamentable voix de l'agent principal déclarait qu'il renonçait, pour la vingtième fois de la journée... Il se leva, lentement. “Quel horrible vacarme”, dit-il. Il traversa la pièce doucement pour regarder le malade, et, revenant, me dit : “Il n'entend plus.” “Quoi, mort ?” demandai-je, stupéfait. “Non, pas encore”, répondit-il, très grave. Puis, indiquant d'un mouvement de la tête le tumulte de la cour : “Quand il faut porter des inscriptions correctes, on en vient à détester ces sauvages – les détester à mort.” Il resta pensif un moment. “Quand vous verrez M. Kurtz, poursuivit-il, dites-lui de ma part que tout ici” – il jeta un coup d'œil à son bureau – “marche très bien. Je n'aime pas lui écrire – avec ces messagers que nous avons on ne sait jamais entre les mains de qui la lettre peut tomber – au passage par ce Poste Central !”. Il me regarda un temps fixement de ses yeux placides, saillants. “Oh il ira loin, très loin, reprit-il. Il sera quelqu'un dans l'administration avant longtemps. Les patrons – ceux du Conseil, en Europe, vous voyez qui, ont ça en tête.”

« Il se remit au travail. Le bruit dehors avait cessé, et là-dessus je sortis, m'arrêtant à la porte. Dans le bourdonnement régulier des mouches, l'agent sur le chemin du retour gisait rouge de fièvre et insensible ; l'autre penché sur ses livres portait correctement les inscriptions relatives à des transactions parfaitement correctes. Et à cinquante pieds au-dessous du seuil je voyais les cimes d'arbres immobiles du bosquet de la mort.

« Le lendemain je quittai enfin le poste, avec une caravane de soixante hommes, pour une marche de deux cents milles.

« Pas la peine de vous en dire le détail. Des pistes, des pistes, partout ; un réseau piétiné de pistes en tous sens dans ce pays vide, à travers l'herbe haute, l'herbe brûlée, les fourrés, montant et descendant par de froides ravines, par des collines pierreuses embrasées de chaleur ; et la solitude, la solitude, personne, pas une case. La population avait filé, longtemps avant. Parbleu, si un tas de Noirs mystérieux, munis de toutes sortes d'armes terribles, se mettaient tout d'un coup à suivre la route de Deal à Gravesend, attrapant les culs-terreux à droite et à gauche pour leur faire porter de lourds fardeaux, j'imagine que toutes les fermes et toutes les chaumières du voisinage auraient vite fait de se vider. Seulement ici les maisons aussi étaient parties. D'ailleurs je traversai quand même plusieurs villages abandonnés. Il y a quelque chose de pitoyablement puéril dans des ruines de torchis. Jour après jour, dans les foulées et le traînement de soixante paires de pieds nus derrière moi, chaque paire sous un fardeau de soixante livres. De temps à autre un porteur mort sous le harnois, reposant dans l'herbe haute près du chemin, avec une gourde à eau vide et son long bâton allongé à ses côtés. Un grand silence alentour et au-dessus. À l'occasion par une nuit tranquille le frémissement de lointains tam-tams, faiblissant, s'enflant, un frémissement vaste, léger, un bruit étrange, tentateur, suggestif, et sauvage – et qui peut-être avait un sens aussi profond que le son des cloches en pays chrétien. Une fois un Blanc, en uniforme déboutonné, qui campait sur la piste avec une escorte armée de Zanzibariens efflanqués, très hospitalier, de joyeuse humeur – pour ne pas dire ivre –, surveillait la route, l'entretien de la route, déclara-t-il. Peux pas dire que j'aie vu ni route ni entretien, à moins que le corps d'un Noir d'âge mûr, le front troué d'une balle, sur lequel je butai littéralement à trois milles de là, puisse être considéré comme une amélioration durable. J'avais un compagnon blanc, aussi, pas un mauvais type, mais un peu trop bien en chair, qui avait l'habitude exaspérante de s'évanouir dans la chaleur des montées, à des milles de distance de l'ombre et de l'eau. C'est agaçant, vous savez, de tenir son paletot comme une ombrelle sur la tête d'un bonhomme pendant qu'il revient à lui. Je n'ai pas pu m'empêcher de lui demander un jour ce qui lui avait mis en tête de venir dans ces parages. “Pour faire des sous, bien sûr. Qu'est-ce que vous croyez ?” demanda-t-il, méprisant. Il finit par attraper les fièvres, et il fallut le porter dans un hamac suspendu à une perche. Comme il pesait cent kilos il me causa des chamailleries sans fin avec les porteurs. Ils mettaient en panne, ils filaient, ils s'esquivaient la nuit avec leurs chargements – une vraie mutinerie. Un soir donc je fis un discours en anglais avec des gestes dont pas un ne fut perdu pour les soixante paires d'yeux qui me faisaient face, et le matin suivant je fis démarrer le hamac en tête comme il fallait. Une heure après je tombai sur toute l'affaire effondrée dans un buisson – l'homme, le hamac, les gémissements, les couvertures, le frisson. La lourde perche avait écorché son pauvre nez. Il avait grande envie que je tue quelqu'un, mais il n'y avait pas auprès l'ombre d'un porteur. Je me rappelai : le vieux docteur : “Ce serait intéressant pour la science d'observer l'évolution mentale des individus, sur place.” Je sentis que je devenais scientifiquement intéressant. N'importe, tout ça ne fait rien à l'affaire. Le quinzième jour j'arrivai de nouveau en vue du grand fleuve, et je fis une entrée boiteuse dans le Poste Central. Il était situé sur un bras mort entouré de brousse et de forêt, avec une jolie bordure de vase puante d'un côté, tandis que sur les trois autres il était clos d'une palissade croulante de roseaux. Une brèche négligée tenait lieu de porte, et le premier coup d'œil sur l'endroit suffisait pour voir quel sinistre mollasson gouvernait cette affaire. Des Blancs qui tenaient de grands bâtons parurent, languides, d'entre les bâtiments, avancèrent nonchalamment pour m'examiner, puis se retirèrent quelque part hors de vue. L'un d'eux, un gaillard corpulent, nerveux, à moustaches noires, m'informa avec beaucoup de volubilité et mainte digression, dès que je lui eus dit qui j'étais, que mon vapeur était au fond du fleuve. J'étais stupéfait. Quoi, comment, pourquoi ? Oh, “tout allait bien”. “Le Directeur lui-même” était sur place. Tout était parfait. “Tout le monde s'était conduit magnifiquement ! Magnifiquement !” “Il faut, dit-il, très nerveux, que vous alliez voir tout de suite le Directeur en chef. Il attend !”

« Je ne vis pas tout de suite la portée de ce naufrage. Je crois que je la vois maintenant mais je n'en suis pas sûr, pas du tout. À coup sûr c'était trop bête, maintenant que j'y pense, pour être tout à fait naturel. Pourtant… Mais sur le moment la chose se présentait simplement comme un déplorable contretemps. Le vapeur avait coulé. Ils étaient partis deux jours avant dans une hâte précipitée pour remonter le fleuve avec le Directeur à bord, aux soins d'un capitaine bénévole, et ils n'avaient pas appareillé depuis trois heures qu'ils arrachaient sa coque sur des rochers, et que le bateau sombrait près de la rive sud. Je me suis demandé ce que j'allais faire dans le coin, maintenant que mon bateau était perdu. En fait j'avais bien de l'occupation, à repêcher du fleuve le vapeur dont j'étais capitaine. Je dus m'y mettre dès le jour suivant. Ça, et les réparations quand j'eus amené les pièces au poste, prit des mois.

« Ma première entrevue avec le Directeur fut curieuse. Il ne me pria pas de m'asseoir, après ma marche de vingt milles dans la matinée. Tout en lui était commun, le teint, les traits, les manières, la voix. Il était de taille moyenne, avec un corps quelconque. Ses yeux, d'un bleu banal, étaient peut-être particulièrement froids, et véritablement il pouvait vous assener un regard tranchant et pesant comme une hache. Mais même à ces moments le reste de sa personne semblait se dissocier de l'intention. Autrement il n'y avait qu'une vague, indéfinissable expression sur ses lèvres, quelque chose de sournois – sourire, pas sourire – je me la rappelle, mais je ne saurais l'expliquer. C'était inconscient, ce sourire, bien qu'après qu'il eut dit quelque chose ce soit devenu un instant plus fort. Cela venait au terme de ses discours comme un sceau apposé sur les mots pour faire paraître le sens de la phrase la plus commune totalement inscrutable. C'était un trafiquant vulgaire, employé depuis sa jeunesse dans ces parages – rien de plus. Il était obéi, pourtant il n'inspirait ni affection ni crainte, ni même respect. Ce qu'il faisait, c'était mettre mal à l'aise. Voilà ! Mal à l'aise. Pas exactement en méfiance – simplement, mal à l'aise : rien de plus. Vous n'avez pas idée à quel point un tel… un tel… talent peut être efficace. Il n'avait pas le don de l'organisation, ni de l'initiative ni de l'ordre, même.

C'était évident à voir l'état déplorable du poste. Il n'avait ni connaissances ni intelligence. Sa situation lui était venue, comment ? Peut-être de ce qu'il n'était jamais malade. Il avait servi trois périodes de trois ans là-bas… C'est que, une santé triomphale dans la débâcle générale des organismes est une force en soi. Quand il prenait un congé au pays, il faisait bombance à grande échelle – pompeusement. Le Marin en bordée – avec une nuance – superficielle seulement. C'est ce qu'on pouvait inférer de ses propos décousus. Il n'était pas homme à faire du neuf, il s'entendait à maintenir une routine – c'est tout. Mais il avait une grandeur. Elle venait de cette petite chose, qu'il était impossible de dire ce qui avait prise sur un homme de son espèce. Il n'en a jamais révélé le secret. Peut-être était-il entièrement creux. Un tel soupçon faisait réfléchir – car là-bas il n'y avait pas de contraintes extérieures. Un jour que des maladies tropicales diverses avaient mis sur le flanc presque tous les "agents" du poste, on l'entendit dire : "Les gens qui viennent ici ne devraient pas avoir d'entrailles." Il scella cette déclaration de son fameux sourire, comme si c'eut été une porte ouverte sur des ténèbres dont il avait la garde. Vous pensiez que vous aviez vu quelque chose mais les scellés étaient apposés. Quand il se trouva agacé aux repas par les constantes querelles de préséance des Blancs, il commanda une immense table ronde, pour laquelle il fallut construire un bâtiment. Ce fut le mess du poste. Où il s'asseyait, c'était la première place, les autres n'existaient pas. On sentait que c'était là son inébranlable conviction. Il n'était ni courtois ni discourtois. Il était serein. Il laissait son "boy" – un jeune nègre trop bien nourri de la côte – traiter les Blancs, sous son nez, avec une insolence provoquante.

« Il prit la parole dès qu'il me vit. J'avais été longtemps en chemin. Il ne pouvait pas attendre. Il avait fallu partir sans moi. Il fallait relever les postes d'amont. Il y avait déjà eu tant de délais qu'il ne savait qui était mort, qui vivait, ni comment allaient leurs affaires. Et ainsi de suite. Il ne fit pas attention à mes explications, et, jouant avec un bâton de cire à cacheter, répéta plusieurs fois que la situation était "très grave, très grave". Selon certaines rumeurs un poste très important était en péril, et son chef, M. Kurtz, était malade. Il espérait qu'il n'en était rien. M. Kurtz était… Je me sentais las, irritable. Au diable Kurtz, pensais-je. Je l'interrompis en disant que j'avais entendu parler de M. Kurtz sur la côte. "Ah ! On parle donc de lui là-bas", murmura-t-il en aparté. Puis il reprit, m'assurant que M. Kurtz était le meilleur de ses agents, un homme exceptionnel, de la plus grande importance pour la Compagnie. Je pouvais donc comprendre l'inquiétude. Il était, dit-il, "très très préoccupé". À coup sûr, il s'agitait beaucoup sur sa chaise. Il s'exclama, "Ah, M. Kurtz !" cassa le bâton de cire à cacheter et parut confondu par l'accident. Après quoi il voulut savoir "combien de temps cela prendrait de…". Je l'interrompis de nouveau. J'avais faim, voyez-vous, et d'être laissé debout, en plus, je devenais enragé. "Comment le saurais-je ? dis-je. Je n'ai même pas encore vu l'épave. Des mois, sûrement." Tout ce bavardage me semblait si puéril. "Des mois, dit-il. Eh bien, disons trois mois avant que nous puissions démarrer. Oui. Ça doit faire l'affaire [1]." Je me précipitai hors de sa case (il vivait seul dans une case de pisé pourvue d'une sorte de véranda), grommelant à part moi ce que je pensais de lui. C'était un crétin bavard. Par la suite je retirai mon jugement quand j'eus la révélation surprenante de l'extrême précision avec laquelle il avait estimé le temps que demanderait l'affaire.

« Je me mis à l'ouvrage le lendemain, tournant le dos, en idée, à ce poste. Ce n'était qu'ainsi, à ce qu'il me parut, que je pouvais garder une prise sur les faits positifs de la vie. C'est qu'il faut parfois jeter un regard alentour, et quand je voyais ce poste, ces hommes déambuler sans but dans le soleil de la cour, je me demandais parfois ce que tout cela

1. *That ought to do the affair*. Gros gallicisme. Le Directeur, bien sûr, parle français (N.d.T.).

signifiait. Ils erraient çà et là tenant ces grands bâtons ridicules, comme un tas de pèlerins sans la foi, ensorcelés, à l'intérieur d'une palissade croulante. Le mot "ivoire" résonnait dans l'air, se murmurait, se soupirait. On aurait dit qu'ils lui adressaient des prières. Une souillure de rapacité imbécile soufflait à travers le tout, comme un relent de quelque cadavre. Tonnerre ! Je n'ai jamais rien vu d'aussi irréel de ma vie. Et dehors cette contrée sauvage et muette qui entourait ce carré débroussaillé de la terre me frappait comme quelque chose de grand et d'invincible, comme le mal ou la vérité, qui attendait patiemment le départ de cette invasion fantastique.

« Ah, ces mois ! Mais n'importe. Diverses choses survinrent. Un soir un abri de paille plein de calicot, d'indiennes, de perles, de je ne sais quoi encore, s'enflamma si brusquement qu'on aurait dit que la terre s'était entrouverte pour permettre à un feu vengeur de consumer toute cette camelote. Je fumais ma pipe tranquillement près de mon vapeur démantibulé, et je les vis tous gigoter dans la lumière, agitant les bras en l'air, quand le gros homme à moustaches descendit au fleuve à toutes jambes, un seau de fer-blanc à la main, m'assura que tout le monde "se conduisait magnifiquement, magnifiquement", puisa un peu plus d'un litre d'eau et à toutes jambes remonta. Je remarquai qu'il y avait un trou au fond de son seau.

« Je remontai à petits pas. Il n'y avait pas de presse. Vous comprenez, le truc avait pris comme une boîte d'allumettes. C'était sans espoir dès le premier instant. Les flammes avaient jailli très haut, écartant tout le monde, éclairant tout, puis s'étaient rabattues. L'abri était déjà un tas de braises qui rougeoyaient furieusement. Près de là on battait un Noir : on le disait responsable du feu, d'une façon ou d'une autre ; quoi qu'il en soit il glapissait horriblement. Plus tard je le vis, pendant plusieurs jours, assis dans un coin d'ombre, l'air très mal en point, essayant de se reprendre. Après cela il se leva et sortit – et la brousse, sans un son, le reprit dans son sein.

« Comme dans le noir je m'approchais du brasier je me trouvai derrière deux hommes qui causaient. J'entendis prononcer le nom de Kurtz, puis les mots, “tirer profit de ce malheureux accident”. L'un des hommes était le Directeur. Je lui dis bonsoir. “Avez-vous jamais rien vu de pareil, hein ? C'est incroyable !” dit-il, et s'en alla. L'autre resta. C'était un agent de première classe, jeune, distingué, un peu réservé, avec une barbiche fourchue et un nez crochu. Il gardait ses distances avec les autres agents, et quant à eux ils disaient que c'était l'espion du Directeur parmi eux. Pour moi, c'est à peine si je lui avais parlé auparavant. Nous engageâmes la conversation et au bout d'un moment nous nous éloignâmes des ruines fumantes. Puis il m'invita dans sa chambre qui faisait partie du bâtiment principal du poste. Il frotta une allumette et je vis que ce jeune aristocrate n'avait pas seulement une trousse de toilette à monture d'argent mais aussi toute une bougie pour lui seul. À cette date précise il n'y avait que le Directeur qui était supposé avoir droit aux bougies. Des nattes indigènes couvraient les murs de pisé ; une collection de javelots, de sagaies, de boucliers, de couteaux était accrochée en trophées. La fonction dont ce type était chargé, c'était la manufacture des briques – à ce qu'on m'avait dit ; mais il n'y avait pas trace de briques où que ce fût dans le poste, et il était là depuis plus d'un an, en attente. Apparemment il lui manquait, pour faire des briques, quelque chose, je ne sais pas au juste, de la paille peut-être. En tout cas ça ne se trouvait pas sur place, et comme il n'était pas probable qu'on l'expédie d'Europe, je ne voyais pas clairement ce qu'il attendait. Une Création particulière, peut-être. D'ailleurs ils attendaient tous, tous les seize ou vingt pèlerins qu'ils étaient, quelque chose, et, ma parole, ça ne semblait pas leur déplaire, à voir la façon dont ils prenaient la chose, encore que tout ce qui leur arrivait jamais fût la maladie – pour autant que je puisse voir. Ils tuaient le temps en médisant et en intriguant les uns contre les autres d'assez sotte manière. Il y avait un air de conspiration dans ce poste, mais qui ne produisait rien, bien sûr. C'était aussi irréel que tout le reste – que l'imposture philanthropique de toute l'entreprise, que leur conversation, que leur gouvernement, que leur simulacre d'action. Le seul sentiment réel était un désir d'être nommé à un comptoir où on trouvait de l'ivoire, de façon à se faire des pourcentages. Ils intriguaient et calomniaient et se haïssaient l'un l'autre pour ce seul motif – mais quant à, effectivement, lever le petit doigt, oh non. Bon Dieu ! c'est quelque chose après tout que ce monde permette à l'un de voler un cheval tandis qu'un autre ne doit pas regarder la bride. Voler carrément le cheval. Fort bien. Il l'a fait. Peut-être qu'il sait aller à cheval. Mais il y a une façon de regarder la bride qui tenterait le saint le plus charitable d'allonger un coup de pied.

« Je ne voyais pas pourquoi il voulait être sociable, mais tandis que nous bavardions chez lui il me vint soudain à l'idée que le gaillard essayait de pêcher quelque chose – en fait, de me tirer les vers du nez. Il faisait constamment allusion à l'Europe, aux gens que j'étais censé y connaître – il me posait des questions tendancieuses sur mes connaissances dans la cité funèbre, et ainsi de suite. Ses petits yeux scintillaient comme des disques de mica – de curiosité – bien qu'il essayât de garder de la hauteur. Au début je m'étonnai mais bientôt je me sentis terriblement curieux de voir ce qu'il voulait que je lui découvre. Je n'arrivais pas à imaginer ce que j'avais qui valût sa peine. C'était un plaisir de le voir se fourvoyer, car en fait mon corps n'était plein que de refroidissements, et ma tête que de cette misérable affaire du vapeur. Il était évident qu'il me prenait pour un prévaricateur parfaitement éhonté. À la fin il s'irrita, et, pour dissimuler un mouvement d'exaspération furieuse, il bâilla. Je me levai. Alors je remarquai une petite étude à l'huile, sur un panneau, qui représentait une femme drapée, les yeux bandés, portant une torche allumée. Le fond était sombre, presque noir. Le mouvement de la femme était majestueux, et l'effet de la torche sur le visage, sinistre.

« Je m'immobilisai ; il se tenait poliment auprès, portant une demi-bouteille à champagne (ordonnance du docteur) avec la bougie fichée dedans. Sur ma question il dit que c'était M. Kurtz qui avait peint cela – dans ce même poste, il y avait plus d'un an – tandis qu'il attendait un moyen de gagner son poste à lui. “Dites-moi, je vous prie, dis-je, qui est ce M. Kurtz ?”

« “Le chef du Poste de l'Intérieur”, répondit-il d'un ton bref, le regard ailleurs. “Merci beaucoup, dis-je en riant. Et vous êtes le briquetier du Poste Central. Tout le monde le sait.” Il garda un temps le silence. “C'est un prodige, dit-il enfin. Il a une mission de charité, de science, de progrès, et du diable sait quoi d'autre.” “Il nous faut, se mit-il soudain à déclamer, pour guider la cause que nous a confiée l'Europe, pour ainsi dire, une intelligence élevée, des sympathies ouvertes, une seule idée en tête.” “Qui donc le dit ?” demandai-je. “Beaucoup, répliqua-t-il. Certains même l'écrivent ; et voilà que *lui*, il arrive, un être unique, comme vous devriez le savoir.” “Pourquoi devrais-je le savoir ?” interrompis-je, vraiment surpris. Il n'y prêta pas attention. “Oui. Aujourd'hui il est le chef du meilleur poste, l'année prochaine il sera directeur adjoint, deux ans de plus et… et… mais je suppose que vous savez ce qu'il sera dans deux ans. Vous appartenez à la nouvelle bande, la bande des gens de bien. Les mêmes qui l'ont spécialement désigné vous ont aussi recommandé. Ah, ne dites pas non. Je me fie à ce que je vois.” La lumière se fit en moi. Les connaissances influentes de ma chère tante avaient produit un effet inattendu sur ce jeune homme. Je faillis éclater de rire. “Lisez-vous la correspondance confidentielle de la Compagnie ?” demandai-je. Il resta coi. C'était très drôle. “Quand M. Kurtz, continuai-je sévèrement, sera Directeur général, vous n'en aurez pas l'occasion.”

« Il souffla brusquement la bougie, et nous sortîmes. La lune s'était levée. Des silhouettes noires allaient distraitement de çà de là, versant de l'eau sur le brasier, d'où provenait un sifflement. De la vapeur montait dans le clair de lune, le nègre battu gémissait quelque part. “Quel vacarme fait cette brute !” dit l'infatigable homme aux moustaches, apparaissant près de nous. “Bien fait pour lui. Faute – châtiment – vlan ! Sans pitié, sans pitié. Il n’y a que ça. Ça empêchera tous les incendies à l’avenir. Je disais justement au Directeur…” Il remarqua mon compagnon et parut d’un seul coup tout déconfit. “Pas encore couché, dit-il avec une sorte de cordialité servile. C’est naturel. Ah ! Danger – agitation.” Il disparut. Je descendis au bord de l’eau, et l’autre me suivit. J’entendis un murmure de mépris à mon oreille. “Tas de gourdes – au diable !” On voyait les pèlerins par paquets gesticuler, discuter. Plusieurs tenaient encore leurs bâtons. Je crois bien qu’ils les emmenaient coucher. Au-delà de la palissade la forêt montait spectrale dans le clair de lune et à travers l’agitation obscure, les bruits vagues de cette lamentable cour, le silence de la terre vous arrivait en plein jusqu’au cœur – son mystère, sa grandeur, la stupéfiante réalité de sa vie cachée. Le nègre endolori gémit faiblement non loin, et poussa un profond soupir qui me fit hâter le pas pour m’éloigner. Je sentis une main qui se glissait sous mon bras. “Mon cher Monsieur, dit le compagnon, je ne voudrais pas être mal compris, surtout de vous qui verrez M. Kurtz longtemps avant que je n’aie ce plaisir. Je ne voudrais pas qu’il ait une idée fausse de mes dispositions…”

« Je le laissai poursuivre, ce Méphistophélès de papier mâché. Il me semblait que si je voulais je pourrais le crever de l’index, et que je ne trouverais dedans qu’un peu de saleté sans consistance, peut-être. C’est, vous pensez, qu’il avait projeté de devenir directeur adjoint par la suite sous le chef actuel, et je voyais bien que l’arrivée de ce Kurtz les avait dérangés plus qu’un peu. Il parlait précipitamment et je n’essayais pas de l’arrêter. J’appuyais mes épaules contre l’épave de mon vapeur, tiré sur le rivage comme la carcasse d’une grosse bête fluviale. L’odeur de la boue, de la boue primitive, sapristi ! était dans mes narines, la vaste immobilité de la forêt primitive était devant mes yeux ; il y avait des marbrures luisantes sur la crique noire. La lune avait répandu sur toute chose une mince couche d’argent

– sur l'herbe folle, sur la boue, sur la muraille de végétation emmêlée qui se dressait plus haut que le mur d'un temple, sur le grand fleuve que je voyais par une brèche sombre scintiller, scintiller, en suivant sans un murmure son ample cours. Tout cela était grand, en attente, muet ; et cependant l'homme jacassait sur ses affaires. Je me demandais si l'impassible figure de l'immensité qui nous regardait tous les deux avait valeur d'appel ou de menace. Qu'étions-nous, qui nous étions fourvoyés en ces lieux ? Pouvions-nous prendre en main cette chose muette, ou nous empoignerait-elle ? Je sentais la grandeur, la démoniaque grandeur de cette chose qui ne parlait pas, qui était sourde aussi, sans doute. Que recelait-elle ? Je voyais un peu d'ivoire en venir, et j'avais entendu dire que M. Kurtz y était. J'en avais assez entendu, Dieu sait ! Pourtant, je ne sais comment, cela ne produisait aucune image – pas plus que si on m'avait dit qu'il y avait là un ange, ou un démon. Je le croyais de la même façon que l'un de vous pourrait croire qu'il y a des habitants sur la planète Mars. J'ai connu jadis un voilier écossais qui était sûr, absolument sûr, qu'il y a des gens sur Mars. Si vous lui demandiez quelque notion de leur aspect ou de leur conduite, il était pris de timidité et parlait indistinctement de “marcher à quatre pattes”. Si vous osiez seulement sourire il se mettait – malgré sa soixantaine – en position de pugilat. Je n'aurais pas été jusqu'à me battre pour Kurtz, mais en sa faveur je fus tout proche du mensonge. Vous savez comme je hais, comme je déteste, et ne puis souffrir le mensonge, non parce que je suis plus rigide que les autres, mais seulement parce qu'il m'horrifie. Il y a une corruption funeste, une saveur de mort dans le mensonge, qui sont exactement ce que je hais et déteste au monde – ce que je préfère oublier. Cela me rend malheureux et m'incommode, comme si je mordais dans une pourriture. Question de tempérament, je suppose. Eh bien j'en fus assez proche lorsque je laissai ce jeune sot croire ce qu'il lui plaisait d'imaginer concernant mon influence en Europe. Je devins en un instant un faux bonhomme au même degré que le reste de ces pèlerins ensorcelés. Et simplement parce que j'avais idée que de quelque manière cela rendrait service à ce Kurtz qu'à ce moment-là je ne voyais pas – vous voyez le cas. Il n'était qu'un mot pour moi. Je ne voyais pas plus l'homme sous le nom que vous ne faites. Le voyez-vous ? Voyez-vous l'affaire ? Voyez-vous quoi que ce soit ? Il me semble que j'essaie de vous dire un rêve – que je fais un vain effort, parce que nulle relation d'un rêve ne peut communiquer la sensation du rêve, ce mélange d'absurdité, de surprise, de confusion, dans un effort frémissant de révolte, cette notion qu'on est prisonnier de l'incroyable, qui est de l'essence même du rêve… »

Il fut un moment silencieux.

« … Non, c'est impossible ; il est impossible de communiquer la sensation vivante d'aucune époque donnée de son existence – ce qui fait sa vérité, son sens – sa subtile et pénétrante essence. C'est impossible. Nous vivons comme nous rêvons – seuls… »

Il s'interrompit à nouveau comme s'il réfléchissait, puis reprit :

« Naturellement, mes amis, vous en voyez plus que je ne pouvais alors. Vous me voyez, moi que vous connaissez… »

L'obscurité était devenue si profonde que nous qui écoutions nous pouvions à peine nous voir l'un l'autre. Depuis longtemps déjà, assis à part, il n'était plus pour nous qu'une voix. Personne ne disait mot. Les autres pouvaient s'être endormis, mais j'étais éveillé. J'écoutais, j'écoutais, guettant la phrase, le mot, qui me donnerait la clé du léger malaise inspiré par ce récit qui semblait se former sans avoir besoin de lèvres humaines dans l'air lourd de la nuit du fleuve.

« … Oui – je l'ai laissé aller, reprit Marlow, et penser ce qu'il voulait sur les puissances qui étaient derrière moi. Oui ! Et il n'y avait rien derrière moi ! Il n'y avait rien que ce misérable vieux vapeur éventré contre quoi je m'appuyais, tandis qu'il parlait d'abondance du "besoin qu'avait tout un chacun de réussir". "Et quand on vient dans ces parages, vous pensez, ce n'est pas pour regarder la lune." M. Kurtz était un "génie universel", mais même un génie trouverait son avantage à travailler avec "des outils convenables – des hommes intelligents". Il ne faisait pas ses briques – eh bien, c'est que c'était matériellement impossible – comme j'en étais bien conscient ; et s'il faisait office de secrétaire du Directeur, c'était parce que "nul homme raisonnable ne rejette par caprice la confiance de ses supérieurs". Est-ce que je voyais ? Je voyais. Que voulais-je de plus ? Ce que je voulais vraiment, c'était des rivets, bon Dieu ! Des rivets. Avancer le travail, boucher le trou. Des rivets, c'était ça. Il y en avait des caisses sur la côte – des caisses – empilées, éclatées, fendues ! On butait dans un rivet qui traînait, tous les deux pas, dans cette cour du poste à flanc de colline. Il avait roulé des rivets dans le bosquet de la mort. On pouvait s'emplir les poches de rivets si on se donnait la peine de se baisser – et on ne pouvait pas mettre la main sur un rivet là où il en fallait. Nous avions des plaques qui feraient l'affaire, mais rien pour les attacher. Et toutes les semaines le messager, un Noir solitaire, sac postal sur l'épaule et bâton à la main, quittait notre poste pour la côte. Et plusieurs fois par semaine une caravane de la côte arrivait avec sa marchandise de trafic – affreux calicot glacé qui faisait frémir rien qu'à le regarder, perles de verre à deux sous le litre, minables mouchoirs de coton à pois. Mais pas de rivets. Ces porteurs auraient pu apporter tout ce qu'il fallait pour renflouer ce vapeur.

« Il se faisait confidentiel maintenant mais j'imagine que mon attitude indifférente avait fini par l'exaspérer, car il jugea nécessaire de m'informer qu'il ne craignait Dieu ni diable, bien moins nul homme au monde. Je dis que je le voyais bien mais que ce que je voulais c'était une certaine quantité de rivets – et que les rivets, c'était réellement ce qui manquait à M. Kurtz, s'il l'avait seulement su. Or des lettres partaient pour la côte toutes les semaines… "Mon cher Monsieur, s'écria-t-il, j'écris sous la dictée." Je réclamais des rivets. Il y avait la manière – question d'intelligence. Il changea d'attitude ; se fit très froid, et soudain se mit à parler d'un hippopotame ; il se demandait si dormant à bord du vapeur (je restais cloué à mon épave nuit et jour), je n'étais pas dérangé. Il y avait un vieil hippo qui avait la mauvaise habitude de monter sur la berge et de vagabonder la nuit dans les terrains du poste. Les pèlerins sortaient en corps et vidaient sur lui tous les fusils sur lesquels ils pouvaient mettre la main. Certains lui avaient même consacré des nuits de veille. Énergie perdue que tout cela. "Cet animal a une vie magique, dit-il ; mais on ne peut dire cela que des bêtes brutes dans ce pays. Nul homme – vous saisissez – nul homme ici n'a une vie magique." Il resta là un moment debout au clair de lune, son délicat nez crochu un peu de travers, et ses yeux de mica scintillant sans un clignement, puis avec un bref "Bonne nuit", il s'esquiva. Je voyais bien qu'il était troublé et fort déconcerté, ce qui me rendit plus confiant que je n'étais depuis des jours. C'était un grand réconfort de me retourner de ce type vers mon influent ami, ce vapeur tabassé, tordu, ruiné, ce tas de fer-blanc. Je grimpai à bord. Il sonnait sous mes pieds comme une boîte à biscuits vide qu'on pousse à coups de pied dans le caniveau ; il était loin d'être d'aussi bonne fabrication, et plutôt moins élégant de forme, mais je lui avais prodigué assez de dur labeur pour que je le chérisse. Nul ami influent ne m'aurait mieux servi. Il m'avait donné une chance de me risquer un peu – de m'assurer de ce que je savais faire. Non, ce n'est pas que j'aime le travail. J'aime bien mieux paresser en pensant à toutes les belles choses qu'on pourrait faire. Je n'aime pas le travail – personne ne l'aime – mais j'aime ce que le travail recèle – la chance de se trouver. Sa réalité propre – pour soi-même, pas pour les autres –, ce que personne d'autre ne pourra jamais savoir. Ils ne sauraient jamais voir que la seule apparence, sans jamais pouvoir dire ce qu'elle signifie vraiment.

« Je ne fus pas surpris de voir quelqu'un assis à l'arrière sur le pont, les jambes pendantes au-dessus de la vase. Voyez-vous, j'étais assez copain avec les quelques mécanos qui se trouvaient dans ce poste, et que naturellement les autres pèlerins méprisaient – par suite de leurs manières déficientes, je suppose. Celui-ci, c'était le contremaître – chaudronnier de son état –, un homme capable. Il était efflanqué, osseux, jaune de visage, avec de grands yeux intenses. Il avait un air soucieux, et sa tête était aussi chauve que la paume de ma main. Mais ses cheveux en tombant semblaient s'être raccrochés à son menton, et avaient prospéré dans cette nouvelle position, de sorte que sa barbe lui descendait jusqu'à la taille. Il était veuf, avec six jeunes enfants (il les avait confiés aux soins d'une sœur pour venir ici), et la passion de sa vie, c'était d'être colombophile. C'était un enthousiaste et un connaisseur. Les pigeons le transportaient. Après les heures de travail il lui arrivait de venir de sa cabane causer de ses enfants et de ses pigeons ; au travail, quand il fallait ramper dans la vase sous la coque du vapeur il attachait sa fameuse barbe dans une espèce de serviette blanche apportée à cette fin. Elle avait des boucles à passer sur les oreilles. Le soir on pouvait le voir accroupi sur la berge rincer ce linge dans la crique très soigneusement puis l'étendre solennellement pour sécher sur un buisson.

« Je lui tapai sur le dos et je criai : "Nous aurons des rivets !" Il se mit debout d'un bond, s'exclamant "Non ! Des rivets !" comme s'il n'en pouvait croire ses oreilles. Puis à voix basse : "Vous… hein !" Je ne sais pourquoi nous nous sommes conduits comme des piqués. Je mis un doigt contre ma narine et je fis signe que oui, mystérieusement. "Vous avez bien travaillé !" s'exclama-t-il, claquant ses doigts au-dessus de sa tête, levant une jambe. J'esquissai une gigue. Nous nous mîmes à gambader sur le pont de fer. Un terrible vacarme sortait de cette coque, et la forêt vierge, de l'autre rive de la crique, le renvoyait en roulement de tonnerre sur le poste endormi. Il avait dû faire asseoir quelques-uns des pèlerins dans leurs tanières. Une figure sombre obscurcit le porche éclairé du Directeur, disparut, puis, environ une seconde après, le porche disparut aussi. Nous nous arrêtâmes, et le silence mis en fuite par le martèlement de nos pieds, revenu des retraites de la terre, se répandit à nouveau. La grande muraille de végétation, masse exubérante et emmêlée de troncs, de branches, de feuilles, de rameaux, en festons, immobile au clair de lune, était comme une invasion folle de vie muette, une vague roulante de plantes, empilée, crêtée, prête à s'abattre sur la crique, à balayer chacune de nos petites humanités hors de sa petite existence. Rien ne bougeait. Un éclat sourd d'éclaboussements et de renâclements puissants arrivait de loin jusqu'à nous, comme si un ichtyosaure avait pris un bain de scintillements dans le grand fleuve. "Après tout, dit le chaudronnier, d'une voix raisonnable, pourquoi ne les aurions-nous pas, ces rivets ?" Pourquoi pas en vérité ! Je ne voyais pas de raison contre. "Ils viendront dans trois semaines", dis-je, avec assurance.

« Mais ils ne vinrent pas. Au lieu de rivets, il vint une invasion, une plaie, une visitation. Cela se fit par sections, pendant les trois semaines qui suivirent, chaque section précédée d'un âne portant un Blanc vêtu de neuf, avec des souliers jaunes, et qui s'inclinait de cette hauteur à droite et à gauche vers les pèlerins impressionnés. Une bande querelleuse de nègres boudeurs aux pieds endoloris marchait sur les talons de l'âne ; un stock de tentes, de pliants, de cantines, de caisses blanches, de ballots bruns se déversait dans la cour, et l'air de mystère s'épaississait un peu sur la confusion du poste. Cinq semblables lots arrivèrent, avec leur air absurde de fuite désordonnée dérobant le butin d'innombrables magasins de confection et d'alimentation qu'on les imaginait après un raid emportant dans la brousse pour les partager équitablement. C'était un fouillis inextricable d'objets convenables en eux-mêmes mais que la folie des hommes faisait paraître comme le produit d'une rapine.

« Cette pieuse bande se nommait Expédition Pour l'Exploration de l'Eldorado, et je crois qu'ils s'étaient engagés au secret. Leur langage en tout cas était celui de boucaniers sordides : insouciant sans hardiesse, avide sans audace, cruel sans courage. Il n'y avait pas un atome de prévision ni d'intention sérieuse dans tout le tas, et ils ne semblaient pas conscients qu'il en faut pour œuvrer dans ce monde. Arracher leur trésor aux entrailles de la terre, tel était leur désir, sans plus d'intention morale pour les soutenir que n'en auraient des cambrioleurs de coffre-fort [1]. Qui finançait cette noble entreprise ? je ne sais ; mais l'oncle de notre Directeur était le chef de la troupe.

« Extérieurement, on eût dit un boucher de quartier pauvre, et ses yeux avaient un air de ruse somnolente. Il portait sa grasse bedaine avec ostentation sur deux courtes jambes, et tout le temps que sa bande infesta le poste ne parla à personne qu'à son neveu. On les voyait tous les deux aller de çà de là tout le jour, tête contre tête en un éternel conciliabule.

« J'avais cessé de me tourmenter pour ces rivets. Ce qu'on a de capacité pour ce genre de sottise est plus limité qu'on n'imagine. Je dis Au diable ! – et laissai courir. J'avais tout mon temps pour méditer, et de temps à autre je donnais une pensée à Kurtz. Ce n'est pas que j'étais très intéressé par lui. Non. Cependant, j'étais curieux de voir si cet homme qui était venu équipé d'espèces d'idées morales grimperait finalement au sommet et comment il envisagerait son ouvrage une fois-là. »

1. Il n'y avait que trois ans que Conrad avait abandonné son projet de mine d'or. J'ignore quel avait été le dessein moral qui le justifiait (N.d.T.).

II

« Un soir que j'étais allongé sur le pont de mon vapeur, j'entendis des voix se rapprocher – c'étaient le neveu et l'oncle qui déambulaient sur la rive. Je reposai ma tête sur mon bras, et je m'étais presque perdu dans une somnolence, quand quelqu'un dit presque à mon oreille, "Je suis aussi inoffensif qu'un petit enfant, mais je n'aime pas qu'on me fasse la loi. Est-ce moi le Directeur, oui ou non ? On m'a ordonné de l'envoyer là. C'est incroyable."… Je me rendis compte qu'ils se tenaient sur la rive contre l'avant du vapeur, juste au-dessous de ma tête. Je ne bougeai pas ; il ne me vint pas à l'idée de bouger : j'avais sommeil. "Oui, c'est déplaisant", grogna l'oncle. "Il a demandé à l'Administration à être envoyé là-bas, dit l'autre, avec l'idée de montrer ses capacités, et j'ai reçu des instructions en conséquence. Tu vois l'influence que ce type peut avoir. N'est-ce pas terrible ?" Ils tombèrent d'accord que c'était terrible, puis firent d'étranges remarques : "Faire la pluie et le beau temps – un seul homme – le Conseil – par le bout du nez" – des fragments absurdes de phrases qui triomphèrent de ma somnolence, de sorte que j'avais à peu près tous mes esprits quand l'oncle dit, "Le climat résoudra peut-être le problème pour toi. Est-il seul là-bas ?" "Oui, répondit le Directeur ; il a renvoyé son assistant avec un billet pour moi en ces termes : 'Débarrassez le pays de ce pauvre diable, et ne vous donnez pas la peine d'en envoyer d'autres du même acabit. J'aime mieux être seul que d'avoir avec moi le genre d'homme dont vous pouvez disposer. Il y a plus d'un an. Peux-tu imaginer pareille impudence ?'" "Et depuis ?"

demanda l'autre, d'une voix rauque. “De l'ivoire, aboya le neveu : des tas – première qualité – des tas – exaspérant, que ça vienne de lui.” “Et avec ça ?” questionna la grosse voix. “Facture”, telle fut la réplique tirée comme une balle. Puis le silence. Ils avaient parlé de Kurtz.

« Maintenant j'étais bien réveillé, mais allongé tout à mon aise, je restai tranquille, n'ayant pas de raison de changer de position. “Comment cet ivoire est-il arrivé de si loin ?” grogna le vieux, qui semblait très irrité. L'autre expliqua qu'il était venu par une flottille de pirogues sous la charge d'un métis anglais, un employé de Kurtz ; qu'apparemment Kurtz avait l'intention de revenir en personne, le poste étant désormais dépourvu de marchandises et de provisions, mais qu'après avoir fait trois cents milles il avait brusquement décidé de s'en retourner, ce qu'il avait entrepris seul dans une petite pirogue avec quatre pagayeurs, laissant le métis poursuivre la descente avec l'ivoire. Mes deux gaillards semblaient abasourdis que quiconque ait rien tenté de pareil. Ils n'arrivaient pas à imaginer une raison valable. Quant à moi il me semblait voir Kurtz pour la première fois. C'était une vision distincte : la pirogue, quatre pagayeurs sauvages et le Blanc solitaire tournant brusquement le dos au quartier général, à la relève, à l'idée du pays natal – peut-être ; se tournant vers les profondeurs de la brousse, vers son poste vide et désert. Je ne savais pas la raison. Peut-être était-ce tout simplement un type sérieux qui était attaché à son travail, sans plus. Son nom, comprenez bien, n'avait pas été prononcé une seule fois. Il était, “cet homme”. Le métis, qui pour autant que je puisse juger, avait dirigé une descente difficile avec beaucoup de prudence et de cran, était invariablement désigné comme “cette canaille”. La “canaille” avait rapporté que “l'homme” avait été très malade, était imparfaitement guéri… Les deux types, au-dessous de moi, firent alors quelques pas, allant et venant non loin. J'entendis, “poste militaire – docteur – deux cents milles – tout à fait seul maintenant – retards inévitables – neuf mois – pas de nouvelles – d'étranges rumeurs”. Ils se rapprochèrent, au moment précis où le Directeur disait : “Personne, pour autant que je sache, sauf une espèce de trafiquant nomade – un infect bonhomme, qui extorque de l’ivoire aux indigènes.” De qui parlaient-ils maintenant ? Je saisis par bribes qu’il s’agissait d’un homme censé se trouver dans la contrée de Kurtz, et qui n’avait pas l’approbation du Directeur. “Nous ne serons pas débarrassés de la concurrence malhonnête tant qu’un de ces types n’aura pas été pendu pour l’exemple.” “Certainement, grogna l’autre, fais-le pendre. Pourquoi pas ? Tout – tout est possible dans ce pays-ci. C’est ce que je dis : personne ici – comprends bien, ici – ne peut compromettre ta position. Et pourquoi ? Tu supportes le climat – tu leur survis à tous. Le danger est en Europe ; mais là, avant de partir j’ai pris soin de…” Ils s’éloignèrent en murmurant, puis leurs voix s’élevèrent de nouveau. “L’extraordinaire série de retards n’est pas ma faute. J’ai fait de mon mieux.” Le gros soupira “Désolant”. “Et l’absurdité empoisonnante de ses propos, continua l’autre ; il m’a bien fait souffrir quand il était ici.” “Chaque poste devrait être un phare sur la voie du progrès, un centre de commerce, bien sûr, mais aussi d’humanisation, d’amélioration, d’instruction.” “Tu te rends compte – cet âne ! Et ça veut être directeur ! Non, c’est…” Là il s’étrangla d’excessive indignation et je relevai un rien la tête. Je fus surpris de voir comme ils étaient près – juste au-dessous de moi. J’aurais pu cracher sur leurs chapeaux. Ils regardaient le sol, perdus dans leurs pensées. Le Directeur cinglait sa jambe avec une mince baguette : son sagace parent releva la tête. “Tu te portes bien depuis ton dernier retour ?” demanda-t-il. L’autre sursauta. “Qui ? Moi ? Oh ! Comme un charme – comme un charme. Mais les autres – bonté divine ! Tous malades. Ils meurent si vite, en plus, que je n’ai pas le temps de les renvoyer d’ici – c’est incroyable !” “Hem, tout à fait, grogna l’oncle. Ah ! mon garçon, compte sur tout ça – je dis bien, compte sur tout ça.” Je le vis étendre un bras comme une courte nageoire en un geste qui embrassait la forêt, la crique, la vase, le fleuve – semblant d'un geste déshonorant faire signe, à la face ensoleillée de la terre, pour solliciter traîtreusement la mort tapie, le mal caché, les profondes ténèbres au cœur des choses. C'était si stupéfiant que je me levai d'un bond et tournai mon regard vers la lisière de la forêt, comme si j'avais attendu une manière de réponse à cette noire démonstration de confiance. Vous savez quelles sottes idées nous viennent parfois. L'altière sérénité faisait face à ces deux figures avec sa patience inquiétante, attendant que s'éloigne une invasion fantastique.

« Ensemble ils jurèrent tout haut – de simple peur, je pense – puis faisant mine de ne rien savoir de mon existence, ils retournèrent vers le poste. Le soleil était bas ; et penchés en avant, côte à côte, ils semblaient tirer péniblement sur cette pente leurs deux ombres ridicules, d'inégale longueur, qui traînaient lentement derrière eux sur les hautes herbes sans courber un seul brin.

« Au bout de quelques jours l'expédition pour l'Eldorado passa dans la patiente brousse, qui se referma sur elle comme fait la mer sur un plongeur. Longtemps après vint la nouvelle que tous les ânes étaient morts. Je ne sais rien du sort des animaux moins précieux. Eux, sans nul doute, comme le reste d'entre nous, trouvèrent ce qu'ils méritaient. Je ne me suis pas renseigné. J'étais alors plutôt ému par la perspective de rencontrer bientôt Kurtz. Quand je dis bientôt, je l'entends comparativement. Ce fut précisément à deux mois du jour de notre départ de la crique que nous arrivâmes à la berge située sous le poste de Kurtz.

« Remonter ce fleuve, c'était comme voyager en arrière vers les premiers commencements du monde, quand la végétation couvrait follement la terre et que les grands arbres étaient rois. Un cours d'eau vide, un grand silence, une forêt impénétrable. L'air était chaud, épais, lourd, languide. Il n'y avait pas de joie dans l'éclat du soleil. La voie fluviale poursuivait longuement son cours, déserte, vers l'obscurité des lointains que couvrait l'ombre. Sur les bancs de sable argenté les hippopotames et les crocodiles prenaient le soleil côte à côte. Les larges eaux couraient à travers un désordre d'îles boisées ; on perdait son chemin sur ce fleuve comme on ferait dans un désert, et on butait tout le jour sur des hauts-fonds, essayant de trouver le chenal, tant qu'on se croyait ensorcelé et coupé à jamais de tout ce qu'on avait connu jadis – quelque part – bien loin – dans une autre existence peut-être. Il y avait des moments où le passé vous revenait, comme il fait parfois quand on n'a pas un moment à perdre sur soi-même ; mais c'était avec un aspect de rêve agité et bruyant, remémoré avec étonnement parmi les réalités accablantes de ce monde étrange de plantes, d'eau, de silence. Et cette immobilité de la vie ne ressemblait nullement à une paix. C'était l'immobilité d'une force implacable appesantie sur une intention inscrutable. Cela vous regardait d'un air vengeur. Je m'y accoutumai par la suite ; je cessai de le voir : je n'avais plus le temps. Il fallait que je devine continuellement le chenal ; que je distingue, affaire principalement d'inspiration, les signes des bancs cachés ; je guettais les pierres des fonds ; j'apprenais à serrer les dents avant que le cœur ne me faille, quand je frôlais par chance quelque vieille saleté d'obstacle qui aurait déchiré les œuvres vives du vapeur de fer-blanc et noyé tous les pèlerins ; il fallait que je guette les indices de bois mort à couper la nuit pour la navigation du lendemain. Quand il faut s'occuper de ce genre de chose, des simples incidents de surface, la réalité – je dis bien, la réalité – s'évanouit. Le cœur de la vérité se dissimule – heureusement, heureusement. Mais je le sentais tout de même : je sentais souvent sa mystérieuse immobilité qui observait mes singeries, comme il vous regarde, mes amis, marcher sur vos cordes raides respectives pour – combien ça fait, à une demi-couronne la culbute. »

« Tâchez d'être poli, Marlow », grogna une voix, et je vis qu'il y avait au moins un auditeur éveillé en plus de moi-même.

« Je vous demande pardon. J'oubliais la peine de cœur qui fait le reste du prix. Et en vérité qu'importe le prix si le tour est réussi ? Vous faites fort bien vos tours. Et quant à moi je ne m'en suis pas tiré si mal, puisque j'ai réussi à ce que ce vapeur ne coule pas à mon premier voyage. J'en suis encore tout étonné. Imaginez un homme, un bandeau sur les yeux, ayant à conduire un fourgon sur une mauvaise route. J'ai sué et j'ai frémi, de cette affaire, considérablement, je peux vous le dire. En somme, pour un marin, accrocher le fond d'un truc qui est censé continuer à flotter sous son contrôle, c'est le péché impardonnable. Il se peut que personne ne le sache, mais vous n'oublierez jamais le choc – pas vrai ? Un coup en plein cœur. Vous vous le rappelez, vous en rêvez, vous vous réveillez la nuit et vous y pensez – des années après – et vous en avez des frissons. Je ne veux pas faire croire que ce vapeur était tout le temps à flot. Plus d'une fois il a dû passer pour un temps à gué, avec vingt cannibales barbotant autour et poussant. Nous avions enrôlé quelques-uns de ces gaillards en route comme équipage. Très bien, les cannibales, à leur place. C'étaient des hommes avec qui on pouvait travailler, et je leur suis reconnaissant. Et après tout ils ne se mangeaient pas l'un l'autre sous mon nez. Ils avaient apporté une provision de viande d'hippopotame, qui pourrit, et qui fit puer dans mes narines le mystère de la brousse. Pouah ! Je la renifle encore. J'avais le Directeur à bord et trois ou quatre pèlerins, avec leurs bâtons – rien n'y manquait. Parfois nous tombions sur un poste proche de la berge, accroché aux basques de l'inconnu, et les Blancs, accourant d'une masure croulante, avec de grands gestes de joie, de surprise, de bienvenue, semblaient tout étranges, ayant l'air d'être tenus là captifs par un enchantement. Le mot ivoire retentissait dans l'air un moment – et nous repartions, dans le silence, sur des étendues vides, tournant autour de courbes endormies, entre les hautes murailles de notre sinueux parcours, réverbérant en roulements sourds le lourd battement de la roue arrière [1]. Des arbres, des arbres, des millions d'arbres, massifs, immenses, jaillissant très haut ; et à leur pied, serrant la rive à contre-courant, se traînait le petit vapeur encrassé, comme un bousier paresseux rampant sur le sol d'un noble portique. On se sentait tout petit, tout perdu, et pourtant ce n'était pas absolument déprimant, cette sensation. Après tout, si on était petits, le bousier crasseux avançait – ce qui était exactement ce qu'on voulait. Vers où, dans l'imagination des pèlerins, je ne sais. Quelque endroit où ils espéraient quelque profit, je gage ! Pour moi il se traînait vers Kurtz – exclusivement. Mais quand les conduites de vapeur se mirent à fuir, nous nous traînâmes fort lentement. Une longueur de fleuve s'ouvrait devant nous et se refermait derrière, comme si la forêt avait tranquillement traversé l'eau pour nous barrer le passage au retour. Nous pénétrions de plus en plus profondément au cœur des ténèbres. Quelle quiétude il y régnait ! La nuit parfois le roulement des tam-tams derrière le rideau d'arbres remontait le fleuve et restait vaguement soutenu, planant en l'air bien au-dessus de nos têtes, jusqu'à l'aube. S'il signifiait guerre, paix ou prière, nous n'aurions su dire. Les aurores étaient annoncées par la tombée d'une froide immobilité ; les coupeurs de bois dormaient, leurs feux brûlaient bas ; le craquement d'un rameau faisait sursauter. Nous étions des errants sur la terre préhistorique, sur une terre qui avait l'aspect d'une planète inconnue. Nous aurions pu nous prendre pour les premiers hommes prenant possession d'un héritage maudit à maîtriser à force de profonde angoisse et de labeur immodéré. Mais soudain, comme nous suivions péniblement une courbe, survenait une vision de murs de roseaux, de toits d'herbe pointus, une explosion de hurlements, un tourbillon de membres noirs, une masse de mains battantes, de pieds martelant, de corps ondulant, d'yeux qui roulaient… sous les retombées

---

1. Les vapeurs à aube unique à l'arrière n'ont guère laissé de trace dans la mémoire des hommes (N.d.T.).

du feuillage lourd et immobile. Le vapeur peinait lentement à longer le bord d'une noire et incompréhensible frénésie. L'homme préhistorique nous maudissait, nous implorait, nous accueillait – qui pourrait le dire ? Nous étions coupés de la compréhension de notre entourage ; nous le dépassions en glissant comme des fantômes, étonnés et secrètement horrifiés, comme des hommes sains d'esprit feraient devant le déchaînement enthousiaste d'une maison de fous. Nous ne pouvions pas comprendre parce que nous étions trop loin et que nous ne nous rappelions plus, parce que nous voyagions dans la nuit des premiers âges, de ces âges disparus sans laisser à peine un signe et nul souvenir.

« La terre semblait n'être plus terrestre. Nous avons coutume de regarder la forme enchaînée d'un monstre vaincu, mais là – là on regardait la créature monstrueuse et libre. Ce n'était pas de ce monde, et les hommes étaient – Non, ils n'étaient pas inhumains. Voilà : voyez-vous, c'était le pire de tout – ce soupçon qu'ils n'étaient pas inhumains. Cela vous pénétrait lentement. Ils braillaient, sautaient, pirouettaient, faisaient d'horribles grimaces, mais ce qui faisait frissonner, c'était bien la pensée de leur humanité – pareille à la nôtre –, la pensée de notre parenté lointaine avec ce tumulte sauvage et passionné. Hideux. Oui, c'était assez hideux. Mais si on se trouvait assez homme on reconnaissait en soi tout juste la trace la plus légère d'un écho à la terrible franchise de ce bruit, un obscur soupçon qu'il avait un sens qu'on pouvait – si éloigné qu'on fût de la nuit des premiers âges – comprendre. Et pourquoi pas ? L'esprit de l'homme est capable de tout – parce que tout y est, aussi bien tout le passé que tout l'avenir. Qu'y avait-il là, après tout ? – Joie, crainte, tristesse, dévouement, courage, colère – qui peut dire ? – mais vérité, oui – vérité dépouillée de sa draperie de temps. Que le sot soit bouche bée et frissonne – l'homme sait, et peut regarder sans ciller. Mais il faut qu'il soit homme, au moins autant que ceux-là sur la rive. Il faut qu'il rencontre cette vérité-là avec la sienne – avec sa force intérieure. Les principes ne collent pas. Les acquis ?

vêtements, jolis oripeaux – oripeaux qui s'envoleraient à la première bonne secousse. Non : il faut une croyance réfléchie. Un appel qui me vise dans ce chahut démoniaque – oui ? Fort bien. J'entends. J'admets, mais j'ai une voix, moi aussi, et pour le bien comme le mal elle est une parole qui ne peut être réduite au silence. Naturellement le sot – c'est affaire de peur panique aussi bien que de beaux sentiments – est toujours sauf. Qui grogne par là ? Vous vous demandez pourquoi je n'ai pas gagné la rive pour être du cri et de la danse ? Eh bien non, je ne l'ai pas fait. Beaux sentiments, dites-vous ? Au diable les beaux sentiments ! Je n'avais pas le temps. Il fallait que je tripote céruse et bandes de couvertures de laine pour aider à bander ces conduites qui fuyaient – je vous dis. Il fallait que je surveille la barre, et que je déjoue les obstacles, et que je fasse marcher mon pot de fer-blanc vaille que vaille. Il y avait dans tout ça assez de vérité de surface pour sauver un homme plus sage. Et entre-temps il fallait que je m'occupe du sauvage qui était chauffeur. C'était un spécimen amélioré : il savait mettre à feu une chaudière verticale. Il était là au-dessous de moi, et, ma parole, le regarder était aussi édifiant que de voir un chien, en une caricature de pantalons et chapeau à plumes, qui marche sur ses pattes de derrière. Quelques mois d'instruction avaient réglé le compte de ce type de réelle qualité. Il louchait vers la jauge de vapeur et la jauge d'eau avec un évident effort d'intrépidité, et avec ça il avait les dents limées et trois cicatrices ornementales sur chaque joue. Il aurait dû battre des mains et des pieds sur la rive, au lieu de quoi il besognait dur, dans l'esclavage d'une étrange sorcellerie, riche en savoir et progrès. Il était utile parce qu'il avait été instruit, et ce qu'il savait, c'était ceci : que si l'eau dans ce truc transparent disparaissait, l'esprit mauvais dans la chaudière se mettrait en colère tant il aurait soif, et qu'il prendrait une terrible revanche. Il suait donc et chauffait et surveillait cette jauge dans la crainte (avec un gris-gris improvisé, fait de chiffons, attaché au bras, et un morceau d'os poli, gros comme une montre, fiché à plat dans la lèvre inférieure). Les rives boisées glissaient contre notre passage, lentement, la brève rumeur passait en arrière, les milles de silence étaient interminables, et nous nous traînions, vers Kurtz. Mais les écueils étaient drus, l'eau traîtresse et les fonds hauts, la chaudière semblait en vérité possédée d'un diable sournois, de sorte que ni ce chauffeur ni moi nous n'avions le temps d'un regard pour nos pensées insidieuses.

« À quelque cinquante milles du Poste de l'Intérieur nous rencontrâmes une cabane de roseaux, avec un poteau penché, mélancolique, d'où flottaient les lambeaux méconnaissables de ce qui avait été jadis une façon de drapeau et un tas de bois empilé avec soin. C'était inattendu. Nous abordâmes, et sur le tas de bois nous trouvâmes un morceau de carton, portant un crayonnage pâli. Déchiffré, cela disait : "Du bois pour vous. Dépêchez-vous. Approchez prudemment." Il y avait une signature, mais illisible – pas Kurtz, un mot beaucoup plus long. Se dépêcher, vers où ? Vers l'amont ? "Approchez prudemment…" Nous ne l'avions pas fait. Mais l'avertissement ne pouvait pas s'appliquer à l'endroit d'où il fallait d'abord s'approcher pour le trouver. Quelque chose clochait en amont. Mais quoi, et à quel point ? C'était la question. Nous commentâmes sévèrement l'imbécillité de ce style télégraphique. La brousse autour de nous ne disait rien, ni ne laissait pénétrer loin nos regards. Un rideau de croisé rouge déchiré pendait dans la porte de la cabane et nous battait tristement le visage. L'habitation était dégarnie, mais on voyait qu'un Blanc y avait vécu il n'y avait pas si longtemps. Il restait une table grossière – une planche sur deux poteaux ; des débris s'entassaient dans un coin sombre, et près de la porte je ramassai un livre. Il avait perdu sa couverture, et à force d'avoir été tournées, les pages étaient extrêmement sales et ramollies ; mais le dos avait été pieusement recousu de fil blanc, qui semblait encore propre. C'était une extraordinaire trouvaille. Le titre était, *Recherche sur quelques points de navigation*, par un nommé Tower, Towson, quelque chose comme ça, Maître en la Marine Royale. La matière semblait d'assez pénible lecture, avec des diagrammes pour l'illustrer et de rébarbatives tables de chiffres, et l'exemplaire avait soixante ans. Je maniais cette stupéfiante antiquité avec la plus grande tendresse possible, de peur qu'elle ne se dissolve dans mes mains. Là-dedans Towson ou Towser s'enquérait gravement de la force de résistance des chaînes de navire et des gréements, et de tels autres sujets. Pas très captivant. Mais au premier regard on y voyait une unité de dessein, un souci honnête de la bonne façon de se mettre à l'œuvre, qui rendait ces humbles pages, pensées il y avait tant d'années, lumineuses d'une lumière autre que professionnelle. L'honnête vieux marin, avec ses propos sur les chaînes et les cartahus, me fit oublier la jungle et les pèlerins en une sensation délicieuse d'avoir rencontré quelque chose d'indubitablement réel. Qu'un tel livre se trouvât là, c'était assez étonnant ; mais plus surprenantes encore étaient les notes au crayon dans la marge, clairement liées au texte. Je n'en croyais pas mes yeux ! Elles étaient codées ! Oui, cela semblait bien un chiffre. Voyez-vous un homme traîner avec lui un livre de cette sorte dans cette absence de lieu et l'étudier – et prendre des notes – et en code, en plus ! – C'était un mystère extravagant.

« J'étais vaguement conscient depuis un moment d'un bruit préoccupant, et quand je levai les yeux, je vis que le tas de bois n'était plus là, et que le Directeur, aidé de tous les pèlerins m'appelait à grands cris du bord de l'eau. Je glissai le livre dans ma poche. Je vous assure que de cesser de lire, c'était comme de m'arracher à l'abri d'une vieille et solide amitié.

« Je mis en marche ce moteur bancal. “Ça doit être ce misérable trafiquant, cet intrus”, s'exclama le Directeur, regardant derrière lui d'un œil malveillant l'endroit que nous venions de quitter. “Il doit être anglais”, dis-je. “Ça ne l'empêchera pas d'avoir des ennuis, s'il n'y prend pas garde", marmonna le Directeur sinistrement. Je fis remarquer avec une feinte innocence que nul n'était garanti contre les ennuis dans ce monde.

« Le courant était plus rapide maintenant, le vapeur semblait à son dernier souffle, la roue arrière flottait mollement, et je me surpris à écouter sur la pointe des pieds le prochain battement du bateau, car pour dire l'honnête vérité je m'attendais à voir le misérable outil rendre l'âme à tout moment. C'était comme d'observer les dernières lueurs d'une vie. Mais nous nous traînions toujours. Parfois je repérais un arbre un peu en avant pour mesurer notre progrès vers Kurtz, mais je le perdais invariablement avant que nous ne soyons de niveau. Garder les yeux trop longtemps fixés, c'était trop pour la patience humaine. Le Directeur manifestait une belle résignation. Je me rongeais, je fumais, je me mis à discuter en moi-même si oui ou non je parlerais franchement avec Kurtz ; mais avant que je n'arrive à aucune conclusion, il me vint à l'esprit que ma parole ou mon silence, en vérité toute action possible, serait parfaitement futile. Qu'importait ce que tel ou tel savait, ou ignorait ? Qu'importait qui était directeur ? On reçoit parfois un tel éclair de révélation. L'essentiel de cette affaire gisait loin sous la surface, au-delà de mon atteinte, et de mon pouvoir de m'en mêler.

« Vers le soir du second jour nous jugeâmes que nous étions à huit milles environ du poste de Kurtz. Je voulais poursuivre, mais le Directeur prit un air grave, et me dit que la navigation par là était si dangereuse qu'il serait sage, le soleil étant déjà très bas, d'attendre là où nous étions jusqu'au lendemain. En outre il me fit remarquer que si l'avertissement d'avoir à approcher prudemment devait être suivi, il fallait approcher en plein jour – non pas au crépuscule, ni dans le noir. C'était assez raisonnable. Huit milles signifiaient dans notre cas près de trois heures de navigation, et je voyais aussi des ondulations suspectes à l'autre bout de cette longueur de fleuve. Néanmoins j'étais irrité du délai au-delà de toute expression et, il faut le dire, contre toute raison, car une nuit de plus n'importait guère après tant de mois. Comme nous étions bien pourvus de bois, et que prudence était le mot, je stoppai au milieu du fleuve. Il était, sur cette longueur, étroit, rectiligne, entre des berges hautes comme une tranchée de chemin de fer. Le crépuscule s'y glissa longtemps avant le coucher du soleil. Le courant était lisse et rapide, mais une immobilité muette était installée sur les rives. Les arbres vivants, ficelés ensemble par les lianes et tous les buissons vifs du sous-bois, semblaient changés en pierre, jusqu'au plus mince rameau, jusqu'à la feuille la plus légère. Ce n'était pas un sommeil, pas un état naturel, mais une sorte de transe. On n'entendait pas le plus faible bruit d'aucune sorte. On regardait interdit et on commençait à se croire sourd – puis la nuit tomba d'un coup, vous frappant aussi bien de cécité. Vers trois heures du matin un gros poisson bondit et frappa l'eau si fort que je sautai comme si on avait tiré un coup de feu. Quand le soleil se leva il y avait un brouillard blanc, très chaud et moite, et plus aveuglant que la nuit. Il ne bougeait ni n'avançait : simplement, il était là, dressé tout autour comme une matière solide. À huit ou neuf heures, à peu près, il se leva comme on lève un store. Nous eûmes la vision d'une multitude d'arbres étagés, de l'immense jungle enchevêtrée, avec la petite boule enflammée du soleil au-dessus – le tout parfaitement immobile – puis le store blanc redescendit sans heurts comme s'il eût passé dans des glissières huilées. Je commandai de laisser filer la chaîne que nous avions commencé à relever. Elle n'avait pas fini sa course avec un sourd cliquetis, qu'un cri, un cri très fort, comme d'infinie désolation, s'éleva dans l'air opaque. Il cessa. Une vocifération plaintive, modulée en discordances sauvages, nous remplit les oreilles. C'était tellement inattendu que mes cheveux se dressèrent sous ma casquette. Je ne sais comment les autres en furent frappés ; à moi il sembla que c'était la brume même qui avait hurlé, tellement soudaine et apparemment surgie de tous les côtés à la fois, s'était élevée cette tumultueuse et lugubre clameur. Elle culmina en une explosion précipitée de hurlements presque intolérablement excessifs, qui s'arrêta d'un coup, nous laissant raidis dans une variété de sottes attitudes, écoutant obstinément un silence presque aussi terrifiant et excessif. "Bon Dieu ! Qu'est-ce que ça veut dire" – bredouilla à mon coude un des pèlerins – un petit homme gras, blond de poil et roux de favoris, qui portait des bottes à élastiques et des pyjamas roses rentrés dans ses chaussettes. Deux autres restèrent bouche bée une minute entière, puis se précipitèrent dans la petite cabine, d'où ils resurgirent aussitôt pour jeter des regards effarés, des Winchesters armées à la main. Ce que nous pouvions voir n'était que la vapeur où nous étions, son contour brouillé comme s'il avait été sur le point de se dissoudre, et un ruban d'eau brumeuse, de peut-être deux pieds de large, autour de lui – et c'était tout. Le reste du monde n'était nulle part, pour autant que nos yeux et nos oreilles fussent concernés. Parti, disparu, balayé sans laisser un murmure ou une ombre.

« J'allai sur l'avant, et je commandai que la chaîne fût halée au plus court, de sorte que nous soyons prêts à reprendre l'ancre et à pousser le bateau immédiatement si besoin était. "Attaqueront-ils ?" murmura une voix apeurée. "Nous serons tous massacrés dans ce brouillard", dit un autre à voix basse. Les figures avaient des tics de tension, les mains tremblaient légèrement, les yeux oubliaient de cligner. C'était fort curieux, de voir le contraste entre l'expression des Blancs et celle des Noirs de notre équipage, qui étaient aussi étrangers à cette partie du fleuve que nous, quoique leur contrée ne fût qu'à huit cents milles. Les Blancs, très troublés, naturellement, avaient en outre un curieux air, d'être douloureusement choqués par un tumulte aussi scandaleux. Les autres avaient une expression alerte, naturellement intéressée ; mais leurs visages étaient essentiellement calmes, même ceux d'un ou deux qui ricanaient en hissant la chaîne. Plusieurs échangèrent des phrases courtes, grognées, qui semblèrent régler la question à leur satisfaction. Leur chef, un jeune Noir à large poitrine, sévèrement drapé d'étoffes à franges bleu foncé, avait la narine féroce et tous les cheveux artistement coiffés en bouclettes huileuses. Il était debout près de moi. "Ahah !" dis-je en signe d'amitié. "Prendre eux", fit-il sèchement, ses yeux injectés de sang s'ouvrant plus larges, avec une lueur de dents aiguës – "prendre eux. Nous donner eux !". "À vous hein ? demandai-je, qu'est-ce que vous leur feriez ?" "Manger eux", dit-il brièvement, et s'appuyant du coude au bastingage, il regardait le brouillard, dans une attitude digne et profondément pensive. J'aurais été sans nul doute proprement horrifié, s'il ne m'était venu à l'esprit que lui et ses gars, ils devaient avoir très faim : qu'ils devaient avoir de plus en plus faim depuis au moins un mois. On les avait engagés pour six mois. (Je ne pense pas qu'un seul d'entre eux avait une idée claire du temps, du genre de la nôtre au bout d'époques sans nombre. Ils appartenaient encore au commencement des âges, sans aucune expérience héritée pour les enseigner, en somme.) Et, naturellement, du moment qu'il y avait un bout de papier écrit en accord avec quelque loi burlesque fabriquée au bas du fleuve, il n'était entré dans la tête de personne de se demander comment ils vivraient. Bien sûr, ils avaient apporté de la viande d'hippopotame pourrie qui n'aurait pas duré longtemps, n'importe comment, même si les pèlerins n'en avaient pas, au milieu de braillements abominables, jeté une quantité considérable par-dessus bord. Ce qui semblait un comportement tyrannique ; mais qui était réellement un cas de légitime défense : on ne peut pas, éveillé, endormi, mangeant, respirer de l'hippopotame mort, et en même temps garder une prise précaire sur l'existence. En outre on leur avait donné chaque semaine trois longueurs de fil de cuivre, chacun d'environ vingt-cinq centimètres ; et la théorie était qu'ils devaient avec cette monnaie acheter leurs provisions dans les villages de la rive. Vous imaginez comment ça marchait. Soit il n'y avait pas de villages, soit la population était hostile, soit le Directeur, qui comme nous tous se nourrissait de conserves, avait pour ne pas arrêter le vapeur une raison plus ou moins obscure. Ainsi à moins qu'ils n'avalent ce même fil, ou qu'ils n'en fassent des boucles pour attraper les poissons, je ne vois pas quel profit ils pouvaient avoir de leur absurde salaire. Je dois dire qu'il était payé avec une régularité digne d'une grande et honorable compagnie commerciale. Pour le reste, la seule chose à manger, bien qu'elle ne parût pas mangeable le moins du monde, – que j'aie vue en leur possession, c'étaient quelques boules d'une substance comme de la pâte mi-cuite, couleur lavande sale, qu'ils gardaient enveloppées de feuilles, et dont de temps à autre ils avalaient un morceau, mais si petit que cela semblait plutôt fait pour la forme que pour une intention sérieuse de s'alimenter. Pourquoi au nom de tous les tenaillements des diables de la faim ils ne se jetaient pas sur nous – ils étaient à trente contre cinq – et ne se payaient pas une bonne ventrée pour une fois, cela me stupéfie maintenant que j'y pense. C'étaient des hommes de forte taille, sans grande capacité de peser les conséquences, avec du courage et de la force, encore maintenant, bien que leur peau ne fût plus si luisante, ni leurs muscles si fermes. Je voyais qu'une force contraignante, un de ces secrets humains qui déroutent les probabilités, était entrée en jeu. Je les regardais avec un intérêt avivé – non qu'il me vînt à l'esprit que je pourrais être mangé par eux avant longtemps, quoi que je doive vous avouer qu'à ce moment précis je perçus – dans un éclairage nouveau, en quelque sorte, l'aspect combien malsain des pèlerins, et j'eus l'espoir, oui, positivement l'espoir, de n'avoir pas l'air si – comment dire ? – si peu appétissant : une marque d'extravagante vanité qui allait bien avec la sensation de rêve qui dominait mes jours en ce temps-là. Peut-être avais-je un peu la fièvre, aussi. On ne peut pas vivre le doigt perpétuellement sur son pouls. J'avais souvent “un peu de fièvre”, ou un petit accès d'autres choses – les coups de patte malicieux de la brousse, les amusements préliminaires avant l'assaut plus sérieux qui vint en son temps. Oui : je les regardais comme on ferait de tout être humain, avec la curiosité de leurs impulsions, de leurs motifs, de leurs capacités, de leurs faiblesses, quand ils seraient mis à l'épreuve d'une inexorable nécessité physique. Un frein ? Quel frein concevable ? Serait-ce la superstition, le dégoût, la patience, la crainte – ou une espèce primitive d'honneur ? Nulle crainte ne tient contre la faim, nul patience n'en viendrait à bout, le dégoût n'existe simplement pas où est la faim ; et quant à la superstition, aux croyances, à ce qu'il vous plaît de nommer principes, ils sont moins que fétus dans le vent. Ne connaissez-vous pas la force démoniaque d'un état d'inanition qui n'en finit pas, le tourment exaspérant, les pensées noires, la sombre férocité qui couve ? Moi, si. Cela demande toute la force innée d'un homme de combattre proprement la faim. Il est réellement plus facile de faire face à un deuil, un déshonneur, la perte de son âme, qu'à cette sorte de faim qui se prolonge. Triste, mais vrai. Et ces gars, en plus n'avaient de raison concevable pour aucune espèce de scrupule. Un frein ? Je me serais aussi bien attendu à en rencontrer chez une hyène rôdant parmi les cadavres d'un champ de bataille. Mais le fait était là devant moi, éblouissant, visible, comme l'écume sur les fonds marins, comme une ride sur une énigme insondable ; un mystère plus grand – quand j'y pensais – que la note curieuse, inexplicable, de douleur désespérée de cette clameur sauvage qui avait passé sur nous depuis la rive, derrière la blancheur aveugle du brouillard.

« Deux pèlerins argumentaient avec des murmures précipités, concernant la rive en cause. “Gauche.” “Non, non : vous n'y pensez pas ? Droite, droite, bien sûr.” “C'est très sérieux, dit la voix du Directeur derrière moi : je serais désolé si quelque chose arrivait à M. Kurtz avant notre arrivée.” Le regardant, je ne pouvais avoir le moindre doute de sa sincérité. C'était tout à fait le type d'homme qui souhaiterait sauver les apparences. C'était son frein à lui. Mais quand il marmonna quelque chose sur l'urgence de repartir aussitôt, je ne pris même pas la peine de lui répondre. Je savais, et il savait, que c'était impossible. Si nous lâchions notre prise sur le fond, nous serions absolument en l'air – dans l'espace. Nous n'aurions nul moyen de dire où nous allions – si c'était vers l'amont, vers l'aval, ou de côté – jusqu'à ce que nous ayons touché un bord ou l'autre – sans d'abord savoir lequel. Bien entendu je ne fis rien. Je n'avais pas envie de tout démolir. Vous ne pourriez pas imaginer un endroit plus fatal pour un naufrage. Que nous soyons noyés sur le coup ou pas, nous étions sûrs de périr rapidement d'une façon ou d'une autre. "Je vous autorise à prendre tous les risques", dit-il, après un court silence. "Je refuse d'en prendre aucun", dis-je sèchement, ce qui était exactement la réponse qu'il attendait, bien que le ton ait pu le surprendre. "Bon, je dois m'incliner devant votre jugement. Vous êtes le capitaine", dit-il avec une civilité marquée. Je tournai l'épaule vers lui en signe d'appréciation, et je regardai le brouillard. Combien de temps durerait-il ? C'était la perspective la plus désespérée. Notre approche de ce Kurtz farfouillant en quête d'ivoire dans cette misérable brousse était semée d'autant de périls que s'il avait été une princesse enchantée dormant dans un château fabuleux. "Attaqueront-ils, à votre avis ?" demanda le Directeur, sur un ton confidentiel.

« Je ne pensais pas qu'ils attaquent, pour plusieurs raisons évidentes. L'épais brouillard en était une. S'ils quittaient la rive dans leurs pirogues ils se perdraient dedans, comme nous si nous tentions de bouger. Cependant j'avais aussi jugé la jungle des deux rives parfaitement impénétrable – et pourtant elle recelait des yeux, des yeux qui nous avaient vus. Les buissons des bords étaient à coup sûr très denses, mais le sous-bois par-derrière était évidemment pénétrable. Pourtant, pendant la courte éclaircie je n'avais pas vu de pirogues, nulle part sur cette longueur de fleuve – certainement pas à notre hauteur. Mais ce qui rendait l'idée d'une attaque inconcevable pour moi c'était la nature du bruit – des cris que nous avions entendus. Ils n'avaient pas le caractère furieux qui annoncerait une intention immédiatement hostile. Inattendus, sauvages, violents comme ils avaient été, ils m'avaient donné une impression irrésistible de tristesse. La vision du vapeur avait pour une raison quelconque rempli ces sauvages d'un chagrin sans bornes. Le danger, s'il existait, exposai-je, venait de ce que nous approchions du lieu où une grande passion humaine se déchaînait. L'extrémité de la douleur même peut finalement s'exprimer par la violence, bien qu'elle prenne plus fréquemment la forme de l'apathie.

« Ah si vous aviez vu les regards des pèlerins ! Ils n'avaient pas le cœur à ricaner, ni même à m'injurier ; mais je crois bien qu'ils pensaient que j'étais devenu fou – de peur peut-être. Je fis une vraie conférence. Mes bons amis, il n'y avait pas à se tracasser. Faire le guet ? Eh bien vous pouvez croire que je surveillais le brouillard, en quête de signes qu'il se levait, comme un chat guette une souris ; pour toute autre chose, nos yeux ne nous étaient pas plus utiles que si nous avions été ensevelis sous des kilomètres d'ouate. Et on en avait la sensation – étouffante, chaude, suffocante. En outre tout ce que je disais, bien que cela pût paraître extravagant, était simplement vérité de fait. Ce que par la suite nous qualifiâmes d'attaque était réellement une tentative pour nous repousser. L'action était loin d'être agressive – elle n'était même pas défensive, dans le sens ordinaire du terme : elle était entreprise dans la tension du désespoir, et en essence était purement de protection.

« Elle se développa, ajoutons-le, deux heures après que le brouillard se fut levé, et commença à un endroit situé, approximativement, à un mille et demi au-dessous du poste de Kurtz. Nous avions tourné une boucle, barbotant et vasouillant, quand je vis un îlot, une simple motte herbeuse d'un vert vif, au milieu du fleuve. C'était la seule chose de son espèce ; mais quand le cours s'ouvrit plus largement, je vis que cela formait la tête d'un long banc de sable, ou plutôt d'une chaîne de plaques de surface qui s'allongeaient au milieu du fleuve. Elles étaient délavées, au ras de l'eau, et l'ensemble était tout juste visible dessous, exactement comme l'échine d'un homme se voit courant à mi-dos sous la peau. Ainsi, pour autant que je puisse voir, je pouvais passer à leur droite ou à leur gauche. Je ne connaissais bien entendu ni l'un ni l'autre chenal. Les berges paraissaient assez semblables, la profondeur semblait la même ; mais comme j'avais été informé que le poste était sur la rive occidentale, je mis naturellement le cap sur le passage ouest.

« Nous n'y étions pas plus tôt engagés que je me rendis compte qu'il était bien plus étroit que je n'avais supposé. À notre gauche était le haut-fond ininterrompu, et à notre droite une haute berge abrupte à couverture dense de buissons. Au-dessus de la brousse les arbres se dressaient en rangs serrés. Les rameaux surplombaient massivement le courant, et de loin en loin une grosse branche s'allongeait rigide sur le fleuve. Nous étions maintenant avancés dans l'après-midi, la face de la forêt était sombre, et une large bande d'ombre était déjà descendue sur l'eau. Dans cette ombre nous poussions de l'avant – très lentement, vous vous en doutez. J'obliquai fort vers la rive, car c'est là que l'eau était la plus profonde, comme me le disait la perche de sondage.

« L'un de mes amis affamés et endurants sondait à l'avant exactement sous moi. Ce vapeur était fait comme un chaland ponté. Sur le pont se dressaient deux petits roufs avec des portes et fenêtres. La chaudière était sur l'avant, et les machines en plein arrière. Le tout était couvert d'un toit léger soutenu par des montants. La cheminée dépassait au travers et devant la cheminée une petite cabine bâtie de planches légères servait au pilotage. Elle contenait une couchette, deux pliants, une carabine chargée Martini-Henry accotée dans un coin, une table minuscule, et la roue. Elle avait une large porte par-devant et un grand volet de chaque côté. Tout cela était toujours grand ouvert, naturellement. Je passais mes journées perché là-haut à l'extrême avancée de ce toit, devant la porte. La nuit je dormais, ou j'essayais, sur cette couchette. Un Noir athlétique appartenant à quelque tribu de la côte, et instruit par mon pauvre prédécesseur, était le timonier. Il était paré d'une paire d'anneaux d'oreilles en cuivre, portait un pagne d'étoffe bleue de la taille aux chevilles, et se tenait en prodigieuse estime. C'était le sot le plus capricieux que j'aie jamais vu. Il barrait à vous époustoufler quand vous étiez là, mais s'il vous perdait de vue il devenait instantanément la proie d'une panique abjecte, et laissait cet éclopé de vapeur lui faire la loi en une minute.

« Je regardais le piquet de sondage, et j'étais fort mécontent d'en voir un peu plus hors de l'eau à chaque essai, quand je vis mon sondeur lâcher le travail d'un seul coup, et s'allonger à plat sur le pont sans même prendre la peine de haler son piquet. Il le tenait toujours cependant, et le laissait traîner dans l'eau. En même temps le chauffeur, que je voyais aussi sous moi, s'assit brusquement devant son foyer, et courba la tête. J'étais stupéfait. Puis il fallut que je regarde le fleuve en toute hâte, parce qu'il y avait un obstacle dans le passage. Des bâtons, de petits bâtons, volaient drus : ils me sifflaient devant le nez, ils tombaient devant moi, ils frappaient derrière moi contre ma cabine de pilotage. Tout ce temps, le fleuve, la côte, les bois, étaient fort paisibles – parfaitement paisibles. Je n'entendais que le lourd battement de la roue arrière éclaboussant l'eau, et le tambourinage de ces objets. Nous doublâmes l'obstacle, gauchement. Des flèches, par Dieu ! On nous tirait dessus. Je rentrai vite fermer le volet du côté terre. Cet imbécile de timonier, les mains sur les rayons, levait haut les genoux, battait des pieds, mâchonnait comme un cheval tenu de court. Le diable l'emporte ! Nous zigzaguions à dix pieds de la rive. Il fallut que je me penche en plein pour faire pivoter le lourd volet, et je vis une figure parmi les feuilles au niveau de la mienne, qui me regardait, très féroce et décidée ; et soudain comme si un voile s'était levé devant mes yeux, je distinguai, enfoncés dans la confusion obscure, des poitrines nues, des bras, des jambes, des regards furieux – la brousse fourmillait de membres humains en mouvement, luisants, couleur de bronze. Les rameaux remuaient, s'agitaient, bruissaient, les flèches en partaient – et puis le volet fut clos. “Gouvernez droit devant”, dis-je au timonier. Il tenait la tête raide, de pleine face, mais ses yeux roulaient, il continuait à lever et baisser les pieds doucement, sa bouche écumait un peu. “Tenez-vous tranquille !” dis-je en fureur. Autant commander à un arbre de ne pas osciller dans le vent. Je bondis dehors. Au-dessous de moi il y avait un grand bruit de pieds sur le pont de fer ; des exclamations confuses ; une voix hurla, “Pouvez-vous faire demi-tour ?” J'aperçus une ondulation en V sur l'eau devant nous. Quoi ? Un autre obstacle ! Une fusillade éclata sous mes pieds. Les pèlerins avaient fait feu de leurs Winchesters et lâchaient tout bonnement du plomb dans la brousse. Un satané nuage de fumée monta et dériva doucement vers l'avant. Je jurai. Maintenant je ne pouvais plus voir l'ondulation, ni l'obstacle. Je me tenais dans la porte, écarquillant les yeux, et les flèches arrivaient par essaims. Elles étaient peut-être empoisonnées, mais elles n'avaient pas l'air bonnes à tuer un chat. La brousse se mit à hurler. Nos coupeurs de bois poussèrent un cri de guerre ; la détonation d'une carabine droit derrière mon dos m'assourdit. Je regardai par-dessus mon épaule, et la cabine de pilote était encore pleine de bruit et de fumée quand je fis un bond vers la roue. Cet idiot de nègre avait tout lâché pour ouvrir grand le volet et actionner la Martini-Henry. Il se tenait devant la large ouverture, les yeux écarquillés, et je lui criai de revenir, tandis que je rectifiais l'inflexion soudaine du vapeur. Il n'y avait pas la place de tourner même si je l'avais voulu, l'écueil était quelque part très proche devant dans cette maudite fumée, il n'y avait pas de temps à perdre, de sorte que je ne pus que serrer la rive – serrer la rive en plein, là où je savais que l'eau était profonde.

« Nous frôlions lentement les buissons surplombants dans un tourbillon de branchages cassés et de feuilles volantes. La fusillade, en bas, tourna court, comme j'avais prévu qu'elle ferait quand les chargeurs seraient vides. Je rejetai la tête en arrière quand une lueur sifflante traversa la cabine de pilotage, entrant par le trou d'un volet et sortant par l'autre. Mon regard au-delà de ce timonier fou, qui brandissait la carabine vide et braillait vers la côte, vit des formes vagues d'hommes qui couraient courbés en deux, sautant, glissant, distincts, partiels, évanescents. Quelque chose d'épais parut en l'air devant le volet, la carabine passa par-dessus bord, et l'homme fit un pas rapide en arrière, me regarda par-dessus son épaule d'une façon extraordinaire, profonde, familière, et me tomba sur les pieds. Le côté de sa tête frappa deux fois la roue, et le bout de ce qui semblait une longue canne tourna bruyamment et renversa un petit pliant. On aurait dit qu'après avoir arraché cet objet à quelqu'un du rivage, il avait perdu l'équilibre dans son effort. La mince fumée avait été emportée, nous avions doublé l'écueil, et regardant devant moi, je vis que à cent mètres de là environ, je serais libre de m'éloigner de la rive et de prendre le large ; mais je me sentais les pieds si chauds et mouillés que je dus baisser les yeux. L'homme avait roulé sur le dos et me fixait du regard ; ses deux mains avaient empoigné cette canne. C'était la tige d'un javelot qui, soit jeté ou poussé par l'ouverture, l'avait touché au côté juste sous les côtes. La lame était passée hors de vue, après avoir fait une déchirure effrayante ; mes souliers étaient tout pleins ; il y avait une mare de sang très immobile, luisant rouge sombre, sous la roue ; ses yeux brillaient d'un éclat stupéfiant. La fusillade éclata de nouveau. Il me regardait anxieusement, serrant le javelot comme quelque chose de précieux, avec l'air d'avoir peur que j'essaie de le lui enlever. Il me fallut faire un effort pour libérer mes yeux de son regard et m'occuper de la barre. D'une main je cherchai au-dessus de ma tête la corde du sifflet à vapeur, et je lâchai en hâte stridence après stridence. Le tumulte de braillements coléreux et guerriers fut aussitôt arrêté, et alors des profondeurs des bois s'éleva une lamentation, tremblante et prolongée, de lugubre crainte et de total désespoir, telle qu'on l'imaginerait suivant la perte du dernier espoir sur la terre. Il y eut une grande agitation dans la brousse, l'averse de flèches s'arrêta, quelques coups de feu s'égrenèrent, sonores, puis ce fut le silence, dans lequel le battement languide de la roue arrière m'arrivait distinctement à l'oreille. Je mis la barre à tribord toute au moment où le pèlerin en pyjama rose, en sueur et très agité, apparaissait dans la porte. "Le Directeur m'envoie" – commença-t-il sur un ton formel, et s'arrêta court. "Grand Dieu !" s'écria-t-il, les yeux fixés sur le blessé.

« Les deux Blancs que nous étions se tenaient au-dessus de lui, et son regard brillant et interrogateur nous enveloppait tous les deux. Ma foi, il semblait sur le point de nous poser une question en langue intelligible ; mais il mourut sans proférer un son, sans bouger un membre, sans contracter un muscle. Seulement au tout dernier moment, comme en réponse à quelque signe que nous ne pouvions pas voir, à quelque murmure que nous ne pouvions pas entendre, il fronça fortement le sourcil, ce qui donna à la noirceur de son masque de mort une expression inimaginablement sombre, préoccupée, menaçante. L'éclat du regard interrogateur fit bientôt place à une absence vitreuse. "Savez-vous gouverner ?" demandai-je vivement à l'agent. Il parut très incertain, mais je lui empoignai le bras, et il comprit aussitôt que j'avais décidé qu'il gouvernerait en tout état de cause. À dire vrai, j'avais un besoin maladif de changer de souliers et de chaussettes. "Il est mort", murmura le type, immensément impressionné. "Sans nul doute", dis-je, tirant comme un fou sur les lacets. "Et entre nous je suppose que M. Kurtz est mort aussi à présent."

« Pour le moment c'était la pensée dominante. Un sentiment d'extrême désappointement se faisait jour, comme si je m'étais aperçu que je m'étais tendu vers une chose absolument privée de substance. Je n'aurais pas pu me sentir plus écœuré si j'avais fait tout ce voyage dans le seul dessein de causer avec M. Kurtz. Causer avec… Je jetai un soulier par-dessus bord, et je me rendis compte que c'était exactement cela que j'avais escompté : une conversation avec M. Kurtz. Je fis l'étrange découverte que je ne l'avais jamais imaginé agissant, voyez-vous, mais discourant. Je ne me dis pas, “Maintenant je ne le verrai jamais”, ou “Maintenant je ne lui serrerai jamais la main”, mais, “Maintenant je ne l’entendrai jamais”. L’homme se présentait comme une voix. Ce n’est pas, bien sûr, que je ne l’aie pas rattaché à quelque forme d’action. Ne m’avait-on pas dit sur tous les tons de la jalousie et de l’admiration qu’il avait ramassé, échangé, escroqué ou volé plus d’ivoire que tous les autres agents réunis ? Ce n’était pas la question. La question était que c’était un être doué, et que de tous ses dons celui qui ressortait de façon prééminente, qui comportait le sens d’une présence réelle, c’était son aptitude verbale, ses paroles, le don d’expression, déconcertant, illuminant, le plus exalté et le plus méprisable, le flot battant de lumière, ou de flux trompeur émané du cœur de ténèbres impénétrables.

« L’autre soulier vola à l’adresse du dieu-démon de ce fleuve. Je pensai, Par Dieu ! tout est fini. Nous arrivons trop tard : il a disparu – le don a disparu, par l’effet d’un javelot, d’une flèche, d’une massue. Finalement je n’entendrai jamais parler ce type – et ma tristesse participait d’une stupéfiante extravagance d’émotion, tout à fait du même ordre que celle que j’avais remarquée dans la tristesse hurlante de ces sauvages de la brousse. Je n’aurais pu ressentir pire désolation ni pire solitude, si je m’étais vu dérober une croyance, ou si j’avais manqué ma destinée… Pourquoi soupirer si détestablement, quelqu’un ? Absurde ? Bon, absurde. Seigneur ! ne faut-il jamais – allez, passez-moi du tabac… »

Il y eut une pause de profonde immobilité, puis une allumette flamba, et le maigre visage de Marlow apparut, las, creux, avec des plis tombants, les paupières baissées, et un air d’attention concentrée. Et comme il tirait vigoureusement sur sa pipe, il semblait reculer puis avancer hors de la nuit dans le papillotement régulier de la petite flamme. L’allumette s’éteignit.

« Absurde ! s’écria-t-il. C’est le pire d’essayer de raconter… Vous voilà tous, amarrés chacun à deux bonnes adresses, comme un rafiot à ses deux ancres, un boucher à un coin de rue, un agent de police à l'autre, bon appétit, température normale – vous entendez bien, normale d'un bout de l'année à l'autre. Et vous dites, Absurde ! Au diable l'absurde ! Absurde ! Mes chers garçons, que pouvez-vous attendre d'un homme qui parce qu'il a ses nerfs vient de flanquer par-dessus bord une paire de souliers neufs ! Maintenant que j'y pense, je suis bien surpris de n'avoir pas versé des larmes. Je suis, tout considéré, fier de ma force d'âme. J'étais touché à vif à l'idée que j'avais perdu le privilège inestimable d'écouter le talentueux Kurtz. Naturellement je me trompais. Le privilège m'attendait. Ah oui, j'en entendis plus qu'assez. Et j'avais raison, par ailleurs. Une voix. Il n'était guère autre chose qu'une voix. Et je l'entendis – lui – elle – cette voix – d'autres voix – tout cela n'était guère plus que des voix – et le souvenir de ce temps même traîne autour de moi, impalpable, comme la vibration mourante d'une immense jacasserie, stupide, atroce, sordide, sauvage ou simplement mesquine, et sans aucun sens. Des voix, des voix – même la jeune fille – alors. »

Il resta longtemps silencieux.

« J'ai fini par exorciser le fantôme de ses talents, par un mensonge, reprit-il, soudain. La jeune fille ! Hein ? Ai-je parlé d'une jeune fille ? Ah, elle est en dehors du coup, complètement. Elles – les femmes, veux-je dire – sont hors de cause – doivent l'être. Il faut les aider à rester dans le beau monde qui est le leur, de peur que le nôtre se gâte plus. Ah, il fallait qu'elle soit en dehors. Si vous aviez entendu le corps déterré de M. Kurtz dire, "Ma Promise". Vous auriez senti immédiatement à quel point elle était hors du coup. Et le noble os frontal de M. Kurtz ! On dit que les cheveux continuent à pousser parfois..., mais ce, euh... spécimen portait une calvitie impressionnante. La brousse l'avait tapoté sur la tête, et, voici, c'était comme une boule – une boule d'ivoire. Elle l'avait caressé, et voilà ! il s'était flétri. Elle l'avait pris, aimé, étreint, était entrée dans ses veines, avait consumé sa chair, avait soudé leurs âmes par les cérémonies inimaginables de quelque initiation diabolique. Il était son favori, gâté et choyé. De l'ivoire ? Je crois bien. Des tas, des piles. Le vieil abri de pisé en était bourré à éclater. On aurait pensé qu'il ne restait pas une seule défense sur pied ou en terre dans tout le pays. "Surtout fossile", avait observé le Directeur, critique. Il n'était pas plus fossile que moi ; mais ils l'appellent fossile quand il est déterré. Il appert que ces nègres enterrent parfois les défenses – mais évidemment ils n'avaient pas pu enterrer ce lot assez profondément pour sauver M. Kurtz de son destin. Nous en remplîmes le vapeur, et il fallut en empiler une quantité sur le pont. De sorte qu'il put le voir et en jouir tant qu'il put voir, car il garda son appréciation de cette faveur jusqu'au bout. Il fallait l'entendre dire, "Mon ivoire". Ah oui, je l'ai entendu. "Ma Promise, mon ivoire, mon poste, mon fleuve, mon..." tout était à lui. J'en retenais mon souffle dans l'attente d'entendre la brousse partir d'un prodigieux éclat de rire qui serait à secouer les étoiles fixes en leur lieu. Tout était à lui – mais c'était une bagatelle. Le point c'était de savoir à quoi, lui, il appartenait, combien de puissances des ténèbres le revendiquaient pour leur. C'était la réflexion qui vous faisait frémir tout entier. C'était impossible – et ce n'était pas non plus salutaire – de se risquer à l'imaginer. Il occupait un siège élevé parmi les diables de cette terre – je l'entends littéralement. Vous ne comprenez pas. Comment feriez-vous ? – avec du pavé solide sous les pieds, entouré de bons voisins prêts à vous applaudir ou à vous tomber dessus, allant à pas comptés du boucher à l'agent de police, dans la sainte terreur du scandale, de la potence et de la maison de fous – comment imagineriez-vous la région précise des premiers temps où la démarche sans entraves d'un homme peut l'entraîner, en passant par la solitude – la solitude absolue sans agent de police – par le silence – le silence absolu où ne s'entend nulle voix de bon voisin, d'avertissements chuchotés touchant l'opinion publique ? Ces petites choses font toute une énorme différence. En leur absence, il faut retomber sur sa force intérieure, sur sa propre capacité de fidélité. Naturellement il se peut qu'on soit trop sot pour se fourvoyer, trop obtus pour savoir seulement qu'on est assailli par les puissances des ténèbres. Je présume qu'aucun sot n'a jamais marchandé son âme au diable : le sot est trop sot, ou le diable est trop diabolique – je ne sais. Ou il se peut que vous soyez un être si formidablement exalté que vous resterez absolument sourd et aveugle à tout sauf au céleste visible ou audible. Alors la terre pour vous n'est qu'un lieu où vous tenir – et que cet état soit pour votre perte ou votre profit, je ne me prononcerai pas. Mais la plupart d'entre nous ne sont ni l'un ni l'autre. La terre pour nous est un lieu où vivre, où il faut se faire à des spectacles, des bruits, des odeurs aussi, bon Dieu ! respirer de l'hippopotame mort, pour ainsi parler, et ne pas être contaminé. Et c'est là, voyez-vous, qu'on trouve sa force, la foi en sa capacité de creuser de modestes trous pour y enterrer la camelote – son pouvoir de dévouement, non à soi-même, mais à un labeur obscur, éreintant. Et c'est rudement difficile. Notez bien, je n'essaie pas d'excuser ou même d'expliquer – j'essaie de me rendre raison de – M. Kurtz – de l'ombre de M. Kurtz. Ce spectre initié de l'ultime Nullepart m'honora de ses stupéfiantes confidences avant de disparaître absolument. C'est qu'il pouvait me parler anglais. Le Kurtz originel avait été élevé en partie en Angleterre, et – comme il eut la bonté de le dire – ses sympathies allaient où il fallait. Sa mère était à demi anglaise, son père était à demi français. Toute l'Europe avait contribué à la création de Kurtz ; et par degrés j'appris que, comme c'était tout indiqué, l'Association Internationale pour la Suppression des Coutumes Sauvages lui avait confié la préparation d'un rapport, pour sa gouverne future. Et de plus, il l'avait écrit. Je l'ai vu. Je l'ai lu. Il était éloquent, vibrant d'éloquence, mais trop tendu, à mon sens. Dix-sept pages d'écriture serrée, il en avait trouvé le temps ! Mais ce dut être avant que ses – disons ses nerfs – se détraquent, lui faisant présider certaines danses nocturnes couronnées par des rites inavouables qui – pour autant que j'ai pu le comprendre par ce que j'ai entendu malgré moi à diverses reprises – lui étaient offerts – vous saisissez ? – à lui, M. Kurtz. Mais c'était un beau morceau d'écriture. Le paragraphe d'ouverture, toutefois, à la lumière d'informations ultérieures, me frappe maintenant comme de mauvais augure. Il commence par l'argument que nous autres Blancs, du point de développement auquel nous sommes arrivés, "doivent nécessairement leur apparaître [aux sauvages] comme une classe d'êtres surnaturels – à notre approche ils perçoivent une puissance comme d'une déité", etc. "Par le simple exercice de notre volonté nous pouvons exercer un pouvoir bénéfique pratiquement sans limites", etc. De ce point il s'élevait et m'entraînait. La péroraison était magnifique, bien que difficile à se rappeler, comme vous pensez. Elle me donnait l'idée d'une Immensité exotique gouvernée par une auguste Bienfaisance. Elle me donna des picotements d'enthousiasme. C'était là le pouvoir sans bornes de l'éloquence, des mots, des mots nobles et brûlants. Il n'y avait pas une suggestion pratique pour interrompre le cours magique des phrases, à moins qu'une espèce de note au bas de la dernière page, gribouillée évidemment beaucoup plus tard, d'une écriture tremblée, ne pût être regardée comme l'exposé d'une méthode. C'était très simple, et à la fin de cet appel émouvant à tous les sentiments altruistes qu'il faisait flamboyer devant vous, lumineux et terrifiant, comme un éclair dans un ciel serein : "Exterminez toutes ces brutes !" Le curieux de la chose, c'est qu'il avait apparemment oublié complètement ce précieux post-scriptum, car, plus tard, quand en un sens il revint à lui, il m'adjura à mainte reprise de prendre bien soin de "mon mémoire" (comme il l'appelait), car il aurait sûrement dans l'avenir une influence favorable sur sa carrière. Je fus pleinement éclairé sur tout cela et en outre, comme il se trouva, j'étais appelé à avoir la charge de son souvenir. J'ai fait assez en ce sens pour me donner le droit incontestable de l'ensevelir, si bon me semble, pour un éternel repos dans la poubelle du progrès, parmi toutes les balayures et, en style figuré, tous les chats morts de la civilisation ? Mais voyez-vous, ce n'est pas comme bon me semble. Il est inoubliable. Quoi qu'il ait pu être, il n'était pas vulgaire. Il avait le pouvoir de charmer ou d'effrayer des esprits rudimentaires pour les entraîner dans la danse d'un sabat perverti en son honneur ; il pouvait aussi emplir les petites âmes des pèlerins d'amères appréhensions. Il eut au moins un ami dévoué, et il avait séduit une âme au monde qui n'était ni rudimentaire ni entachée d'égoïsme. Non, je ne peux pas l'oublier, bien que je ne sois pas disposé à affirmer qu'il valait absolument la vie que nous perdîmes en le rejoignant. Mon timonier mort me manqua terriblement – il me manquait déjà quand son corps gisait encore dans la cabine de pilotage. Peut-être trouverez-vous cela bizarre à l'excès, ce regret pour un sauvage qui ne comptait pas plus qu'un grain de sable dans un Sahara noir. Eh bien, voyez-vous, il avait fait quelque chose, il avait gouverné ; des mois je l'avais eu à ma disposition – une aide – un instrument. C'était une sorte de collaboration. Il gouvernait pour moi – j'avais à veiller sur lui, j'étais préoccupé de ses insuffisances, et ainsi un lien subtil s'était créé, dont je ne pris conscience que quand il fut soudain brisé. Et l'intime profondeur de ce regard qu'il me donna quand il fut frappé reste jusqu'à ce jour dans ma mémoire – comme un droit de lointaine parenté affirmé en un moment suprême.

« Pauvre sot ! S'il avait seulement laissé tranquille ce volet ! Il n'avait pas d'empire sur lui-même, pas d'empire – tout comme Kurtz – un arbre oscillant dans le vent. Dès que j'eus mis une paire de pantoufles sèches, je le traînai dehors, après avoir d'abord arraché le javelot de son flanc, une opération que j'accomplis, je dois l'avouer, les yeux bien fermés. Ses talons sautèrent par-dessus le petit seuil, ses épaules étaient serrées contre ma poitrine, je l'étreignais par-derrière désespérément. Ah ! il était lourd, lourd, plus lourd qu'homme au monde, je crois bien. Puis sans cérémonie je le balançai par-dessus bord. Le courant le saisit comme s'il eut été un brin d'herbe, et je vis le corps rouler deux fois sur lui-même avant de le perdre de vue à jamais. Tous les pèlerins et le Directeur étaient alors rassemblés sous la tente de pont près de la cabine de pilotage, jacassant l'un avec l'autre comme une volée de pies surexcitées, et un murmure scandalisé suivit mon insensible promptitude. Pourquoi ils voulaient rester encombrés de ce corps, je n'ai pas idée. Pour l'embaumer, peut-être. Mais j'avais aussi entendu un autre murmure, très menaçant, en bas sur le pont. Mes amis les coupeurs de bois étaient également scandalisés, et avec une meilleure apparence de raison – quoique je doive dire que la raison même était tout à fait inacceptable. Ah, tout à fait ! J'avais résolu que si feu mon timonier devait être mangé, ce ne serait que par les poissons. Il avait été de son vivant un très piètre timonier, mais maintenant qu'il était mort il aurait pu devenir une tentation de premier ordre, et peut-être la cause de quelque commotion redoutable. En outre j'avais hâte de prendre la barre, l'homme aux pyjamas roses s'avérant désespérément empoté à ce travail.

« Je le fis donc dès que ces simples funérailles furent achevées. Nous marchions à vitesse réduite, nous tenant bien au milieu du courant, et j'écoutais la conversation autour de moi. Ils avaient renoncé à Kurtz, ils avaient renoncé au poste. Kurtz était mort, et le poste avait brûlé, – et ainsi de suite. Le pèlerin au poil roux ne se tenait pas, de penser qu'au moins ce pauvre Kurtz avait été vengé comme il fallait.

« "Dites donc ! On a dû en faire un beau massacre de ces types dans la brousse. Hein ? Qu'en pensez-vous ? Dites donc." Positivement il en dansait, le petit salaud de rouquin sanguinaire. Et il avait failli s'évanouir en voyant le blessé ! Je ne pus m'empêcher de dire : "Vous avez fait un beau volume de fumée en tout cas." J'avais vu, à la manière dont le haut des buissons bruissait et volait, que presque tous les coups avaient porté trop haut. On ne peut rien toucher si on n'a pas visé et si on ne tire pas de l'épaule. Mais ces bonshommes tiraient de la hanche, les yeux fermés. La retraite, je le soutenais, et j'avais raison, avait été causée par les appels stridents du sifflet. Là-dessus ils en oublièrent Kurtz, et ils se mirent à me brailler dessus avec des protestations indignées.

« Le Directeur, qui se tenait près de la roue, murmurait d'un ton de confidence qu'il importait d'être passés bien en aval avant la tombée de la nuit au plus tard, quand je vis à distance un éclaircissement sur la rive et le contour d'une sorte de construction. "Qu'est-ce que c'est ?" demandai-je. D'étonnement il frappa dans ses mains. "Le poste !" s'écria-t-il. Je me rapprochai aussitôt, toujours à vitesse réduite.

« Dans mes jumelles je vis la pente d'une colline parsemée de quelques arbres, et parfaitement dégagée de broussailles. Un long bâtiment décrépit au sommet était à demi enseveli dans les hautes herbes ; les grands trous du toit pointu bâillaient noirs, vus de loin. La jungle et les bois faisaient le fond. Il n'y avait pas de clôture ni de palissade d'aucune sorte ; mais il y en avait eu une, apparemment, car près de la maison une demi-douzaine de minces poteaux restaient en rang, à peine équarris, et ornés dans le haut de boules rondes sculptées. Le treillage, ou quoi qu'il ait pu y avoir entre eux, avait disparu. Naturellement la forêt encerclait le tout. La rive était libre, et sur le bord je vis un Blanc sous un chapeau en roue de charrette faisant avec persistance des appels du bras tout entier. Examinant la lisière de la forêt au-dessus et au-dessous, j'étais presque sûr que je voyais des mouvements – des formes humaines qui glissaient çà et là. Je bordai prudemment, puis j'arrêtai les machines et je laissai dériver. L'homme de la côte commença à crier, nous pressant de débarquer. "Nous avons été attaqués", brailla le Directeur. "Je sais – je sais. Tout va bien hurla l'autre, content comme tout. Venez. Tout va bien. Je me réjouis."

« Son air me rappelait quelque chose de déjà vu, quelque chose de drôle, vu quelque part. Comme je manœuvrais pour aborder, je me demandais, “De quoi ce type a-t-il l’air ?” Subitement, ça y était. Il avait l’air d’un arlequin. Ses vêtements avaient été faits d’une étoffe qui avait pu être une toile écrue, mais ils étaient partout couverts de pièces, de couleurs vives, bleu, rouge, jaune – des pièces au dos, des pièces devant, des pièces aux coudes, aux genoux ; une ganse de couleur autour de la veste, une bordure rouge en bas de ses pantalons. Et le soleil lui donnait un air extrêmement gai, et merveilleusement soigné, en plus, car on voyait comme tout ce rapiéçage avait été superbement fait. Une figure imberbe de garçon, très blond, pour ainsi dire pas de traits, le nez qui pelait, de petits yeux bleus, des sourires et des froncements se succédant sur ce visage ouvert comme le soleil et l’ombre sur une plaine balayée des vents. “Attention, capitaine ! cria-t-il : Il y a un obstacle qui s’est coincé ici la nuit dernière.” Quoi ! Encore un ? J’avoue que je jurai comme un païen. J’avais failli crever mon éclopé, pour couronner cette charmante balade. L’arlequin de la rive tourna vers moi son petit nez camus. “Anglais ?” me demanda-t-il, tout sourires. “Et vous ?” criai-je de la barre. Les sourires disparurent, et il secoua la tête comme s’il avait regret de ma déception. Puis son visage s’éclaircit. “Ça ne fait rien !” cria-t-il, encourageant. “Arrivons-nous à temps ?” demandai-je. “Il est là-haut” répliqua-t-il, désignant le haut de la colline de la tête, et prenant soudain un air sombre. Son visage était comme un ciel d’automne, couvert un moment, et lumineux au suivant.

« Quand le Directeur, escorté des pèlerins, tous armés jusqu’aux dents, fut monté vers la maison, le garçon monta à bord. “Dites donc, je n’aime pas ça ; ces indigènes sont dans la brousse”, dis-je. Il m’assura gravement que tout irait bien. “Ce sont des simples, ajouta-t-il. Bon, je suis content que vous soyez venus. Ça m’a pris tout mon temps de les retenir.” “Mais vous avez dit que tout allait bien !” m’écriai-je. “Ah, ils ne pensaient pas à mal”, dit-il, et comme je le fixais du regard, il se corrigea : “Pas précisément.” Puis, avec vivacité : “Ma foi, votre cabine de pilotage a besoin d'un nettoyage !" Enchaînant, il me conseilla de garder assez de vapeur dans la chaudière pour actionner le sifflet en cas de commotion. "Un bon hurlement fera plus pour vous que tous vos fusils. Ce sont des simples", répéta-t-il. Son flot de paroles me submergeait complètement. Il semblait vouloir compenser des blocs de silence, et en fait il convint, en riant, que c'était bien le cas. "Ne causez-vous pas avec M. Kurtz ?" dis-je. "On ne cause pas avec cet homme-là – on écoute", s'exclama-t-il, d'un ton d'exaltation grave. "Mais maintenant..." Il agita le bras, et en un clin d'œil se retrouva au fin fond de l'abattement le plus extrême. Un moment après, il remonta d'un bond, me prit les deux mains, les secoua longuement, tandis qu'il jacassait :

« "Ami marin... honneur... plaisir... bonheur... me présente... Russe... fils d'un archiprêtre... Gouvernement de Tambov... Quoi ? Du tabac ! Du tabac anglais : l'excellent tabac anglais ! Ça, c'est de la fraternité. Fumer ? Où est le marin qui ne fume pas ?"

« La pipe l'apaisa et par degré je saisis qu'il s'était échappé de l'école, qu'il s'était embarqué sur un navire russe, qu'il s'était échappé de nouveau ; qu'il avait servi quelque temps sur des navires anglais ; qu'il était maintenant réconcilié avec l'archiprêtre. Il souligna ce point. "Mais quand on est jeune il faut voir des choses, amasser de l'expérience, des idées, s'ouvrir l'esprit." "Ici !" interrompis-je. "On ne sait jamais ! C'est ici que j'ai rencontré M. Kurtz", dit-il, d'un air de reproche juvénile et solennel. Après cela je tins ma langue. Il ressort qu'il avait persuadé une maison de commerce hollandaise de la côte de le pourvoir de provisions et de marchandises, et il s'était dirigé d'un cœur léger vers l'intérieur, sans plus d'idée qu'un enfant de ce qui lui arriverait. Il avait erré autour de ce fleuve pendant près de deux ans seul, coupé de tous et de tout. "Je ne suis pas si jeune que j'en ai l'air. J'ai vingt-cinq ans, dit-il. Au début le père Van Schuyten me disait d'aller au diable, raconta-t-il tout content ; mais je me suis cramponné à lui, et j'ai parlé, parlé tant qu'enfin il a eu peur qu'à force de boniments j'escamote son chien préféré, alors il m'a donné des trucs pas cher et quelques fusils, et il m'a dit qu'il espérait bien ne jamais revoir ma figure. Brave vieux Hollandais, ce Van Schuyten. Je lui ai envoyé un petit stock d'ivoire il y a un an, de sorte qu'il ne puisse pas me traiter de petit voleur quand je reviendrais. J'espère qu'il l'a eu. Et pour le reste peu m'importe. J'avais empilé du bois pour vous. C'était ma maison. Vous avez vu ?"

« Je lui ai donné le livre de Towson. Il a fait mine de vouloir m'embrasser, mais il s'est retenu. "Le seul livre qui me restait, et je croyais l'avoir perdu, dit-il, le regardant en extase. Tant d'accidents arrivent à un homme qui se déplace tout seul, vous savez. Les pirogues chavirent parfois – et parfois il faut s'éclipser si vite quand les gens se mettent en colère." Il feuilletait les pages. "Vous avez pris des notes en russe ?" demandai-je. Il fit oui de la tête. "Je croyais qu'elles étaient chiffrées", dis-je. Il rit, puis se fit sérieux. "J'ai eu bien du mal à tenir ces gens", dit-il. "Ils voulaient vous tuer ?" demandai-je. "Oh non !" cria-t-il, et se retint. "Pourquoi nous ont-ils attaqués ?" continuai-je. Il hésita, puis dit, l'air gêné : "Ils ne veulent pas le laisser partir." "Ils ne veulent pas ?" dis-je, curieux. Il fit un signe de tête plein de mystère et de sagesse ! "Je vous dis, s'écria-t-il, cet homme m'a ouvert l'esprit." Il écarta largement les bras, me regardant de ses petits yeux bleus, qui étaient parfaitement ronds. »

III

« Je le regardai, perdu d'étonnement. Il était là devant moi, bariolé [1], comme s'il s'était échappé d'une troupe de mimes, enthousiaste, fabuleux. Son existence même était improbable, inexplicable, tout à fait déconcertante. Il était un problème insoluble. Comment il avait subsisté, on n'arrivait pas à l'imaginer ; comment il avait réussi à arriver jusque-là, comment il avait trouvé moyen d'y rester, comment il ne disparaissait pas instantanément. "J'ai été un peu plus loin, dit-il, puis encore un peu plus loin – jusqu'à ce que je sois allé si loin que je ne sais comment je retournerai jamais. N'importe. Rien ne presse. Je peux me débrouiller. Emmenez Kurtz, vite – vite, je vous le dis." Une magie de jeunesse enveloppait ses haillons multicolores, sa misère, sa solitude, l'essentielle désolation de ses futiles vagabondages. Des mois, des années durant, on ne lui aurait pas donné un jour à vivre ; et il était là vivant, vaillant et sans souci, selon toute apparence indestructible par la seule vertu de son peu d'années et de son audace étourdie. J'étais conquis jusqu'à éprouver une sorte d'admiration – d'envie. Une magie le poussait, une magie le gardait invulnérable. À coup sûr il ne voulait rien de la brousse que l'espace de respirer et de passer outre. Son besoin, c'était d'exister, et d'aller de l'avant au plus grand risque possible et avec un maximum de privations. Si la pureté absolue, sans calcul,

1. *In motley.* Expression typiquement shakespearienne. De toute façon la langue littéraire de Conrad fut largement apprise dans les livres (N.d.T.).

sans côté pratique, de l'esprit d'aventure avait jamais gouverné un être humain, c'était ce garçon rapiécé. Je lui enviais presque la possession de cette modeste et claire flamme. Elle semblait avoir consumé toute pensée égoïste si complètement qu'alors même qu'il vous parlait, on oubliait que c'était lui, l'homme qui était là sous vos yeux, qui avait enduré tout cela. Je ne lui enviais pas son dévouement à Kurtz cependant. Il n'y avait pas réfléchi. Cela lui était venu et il l'acceptait avec une sorte d'avidité fataliste. Je dois dire que quant à moi cela me parut la chose la plus dangereuse de tout point de vue qu'il eût jamais rencontrée.

« Ils s'étaient rencontrés inévitablement, comme deux navires encalminés proches l'un de l'autre, qui se frottent enfin les flancs. Je suppose que Kurtz avait besoin d'un auditoire, puisque une certaine fois, campant dans la forêt, ils avaient causé toute la nuit, ou que, plus probablement, Kurtz avait causé. “Nous avons parlé de tout, dit-il, transporté à ce souvenir. J'ai oublié que le sommeil existait. La nuit n'a pas semblé durer une heure. Tout ! Tout !... De l'amour, aussi.” “Ah, il vous a parlé d'amour !” dis-je, fort amusé. “Ce n'est pas ce que vous imaginez, s'écria-t-il, presque avec passion. C'était en général. Il m'a fait voir des choses – des choses.”

« Il leva les bras. Nous étions sur le pont à ce moment-là et le chef de mes coupeurs de bois, paressant tout auprès, tourna vers lui ses yeux lourds et brillants. Je regardai alentour, et, je ne sais pourquoi, je vous assure que jamais, jamais auparavant cette terre, ce fleuve, cette jungle, l'arche même de ce ciel enflammé, ne m'avaient paru si privés d'espoir, si sombres, si impénétrables à la pensée humaine, si impitoyables à la faiblesse humaine. “Et depuis, vous avez été constamment avec lui, naturellement”, dis-je.

« Au contraire, il semble que leur connaissance avait été très fragmentée par des causes variées. Il avait réussi, comme il me l'apprit fièrement, à soigner Kurtz et à le tirer de deux maladies (il s'y référait comme il eût fait à quelque exploit périlleux) mais en règle générale Kurtz s'aventurait seul loin dans les profondeurs de la forêt. “Très souvent à mon arrivée à ce poste j’avais à attendre des jours et des jours avant qu’il ne survienne, dit-il. Ah, ça valait l’attente ! – parfois.” “Qu’est-ce qu’il faisait ? Il explorait, ou quoi ?” demandai-je. “Ah oui, bien sûr !” Il avait découvert des tas de villages, un lac, aussi – il ne savait pas exactement dans quelle direction ; c’était dangereux d’en demander trop – mais en général ses expéditions avaient eu l’ivoire pour but. “Mais il n’avait plus de marchandises à troquer à ce stade”, objectai-je. “Il reste encore maintenant un bon stock de cartouches” dit-il, regardant ailleurs. “Pour parler franc, il pillait le pays”, dis-je. Il fit oui de la tête. “Pas tout seul, sûrement !” Il marmonna quelque chose concernant les villages d’autour de ce lac. “Kurtz se faisait suivre de la tribu, hein ?” suggérai-je. Il s’agita un peu. “Ils l’adoraient”, dit-il. Le ton de ces paroles était si étrange que je le regardai avec une insistance d’inquisiteur. Il joignait curieusement le désir et le refus de parler de Kurtz. L’homme emplissait sa vie, occupait ses pensées, dominait ses émotions. “Que pourrait-on attendre d’autre ? s’exclama-t-il. Il arrivait sur eux avec le tonnerre et la foudre, voyez-vous – et ils n’avaient jamais rien vu de pareil – c’était terrible. Il pouvait être très terrible. On ne peut pas juger M. Kurtz comme on ferait un homme ordinaire. Non, non, non ! Eh bien, pour vous donner une idée, simplement, je peux bien vous dire qu’il a voulu me tirer dessus aussi, un jour – mais je ne le juge pas.” “Vous tirer dessus ! m’écriai-je. Pourquoi ?” “Eh bien j’avais un petit stock d’ivoire que le chef du village proche de ma maison m’avait donné. Voyez-vous, je leur tuais du gibier. Eh bien, il le voulait, et ne voulut pas entendre raison. Il déclara qu’il me tuerait à moins que je ne lui donne l’ivoire et après disparaisse du pays ; car il le pouvait, et il en avait envie, et il n’y avait rien au monde pour l’empêcher de tuer qui bon lui semblait. Et c’était vrai, en plus. Je lui ai donné l’ivoire. Qu’est-ce que ça pouvait me faire ! Mais je n’ai pas disparu. Non, non !

« "Je ne pouvais pas le quitter... Il a fallu que je fasse attention, bien sûr, jusqu'à ce qu'on se réconcilie, pour un temps. Il a fait sa seconde maladie, à ce moment-là. Après, il a fallu que je me tienne à l'écart ; mais ça m'était égal. Il vivait surtout dans ces villages du lac. Quand il descendait au fleuve, parfois il me prenait en amitié ; et parfois il valait mieux faire attention. C'est un homme qui a trop souffert. Il détestait tout ça, et pourtant il ne pouvait pas s'en aller. Quand j'ai pu le faire, je l'ai supplié d'essayer de partir à temps. J'ai proposé de revenir avec lui. Il disait oui, puis il restait ; il repartait à une autre chasse à l'ivoire, il disparaissait des semaines entières, s'oubliait lui-même, presque, parmi ces gens – s'oubliait – vous voyez ?" "Mais ! il est fou !", dis-je. Il protesta avec indignation. M. Kurtz ne pouvait pas être fou. Si je l'avais entendu parler, seulement deux jours plus tôt, je n'oserais rien insinuer de pareil... J'avais pris mes jumelles pendant que nous causions, et je regardais la rive, balayant la lisière de la forêt de chaque côté de la maison et derrière. D'être conscient qu'il y avait des gens dans cette brousse, si muette, si tranquille – aussi muette, aussi tranquille que la maison en ruine de la colline –, me mettait mal à l'aise. Il n'y avait pas un signe sur la face de la nature de ce conte stupéfiant qui m'était moins dit que suggéré par exclamations désolées, complétées par des haussements d'épaules, des phrases interrompues, des indications finissant en profonds soupirs. Les bois étaient impassibles, comme un masque – lourds, comme la porte close d'une prison – ils regardaient avec leur air de connaissance cachée, d'attente patiente, de silence inapprochable. Le Russe m'expliquait que ce n'était que récemment que M. Kurtz était descendu au fleuve, amenant avec lui tous les guerriers de cette tribu du lac. Il était resté absent plusieurs mois – se faisant adorer, je suppose, et il était descendu subitement, dans l'intention selon toute apparence de lancer un raid soit sur l'autre rive soit en aval. Évidemment l'appétit de plus d'ivoire encore avait triomphé des aspirations – dirai-je, moins matérielles. Cependant son état avait brusquement beaucoup empiré. “J'ai entendu dire qu'il était là inerte et j'ai remonté – j'ai pris le risque, dit le Russe. Ah, il va mal, très mal.” Je braquai mes jumelles sur la maison. Il n'y avait pas signe de vie, mais on voyait le toit en ruine, le long mur de pisé se montrant au-dessus des herbes, avec trois petits carrés de fenêtres, tous de tailles différentes ; tout cela mis à portée de ma main, pour ainsi dire. Puis je fis un mouvement brusque, et l'un des piquets qui restaient de cette palissade disparue surgit dans le champ des jumelles. Vous vous rappelez que je vous avais dit que j'avais été frappé à distance par certains efforts d'ornementation, assez remarquables dans l'aspect ruiné de l'endroit. Maintenant je voyais soudain de plus près, et le premier effet fut de me faire rejeter la tête en arrière comme pour esquiver un coup. Puis je passai soigneusement de piquet en piquet avec mes jumelles, et je constatai mon erreur. Ces boules rondes n'étaient pas ornementales mais symboliques ; elles étaient expressives et déconcertantes, frappantes et troublantes – de quoi nourrir la pensée et aussi les vautours s'il y en avait eu à regarder du haut du ciel. Mais, en tout cas, telles fourmis qui seraient assez entreprenantes pour monter au piquet. Elles auraient été encore plus impressionnantes, ces têtes ainsi fichées, si les visages n'avaient pas été tournés vers la maison. Une seule, la première que j'avais distinguée, regardait de mon côté. Je ne fus pas aussi choqué que vous pouvez le penser. Mon sursaut en arrière n'avait été, réellement, qu'un mouvement de surprise. Je m'étais attendu à voir une boule de bois, comprenez-vous. Je retournai délibérément à la première repérée – et elle était bien là, noire, desséchée, ratatinée, les paupières closes – une tête qui semblait dormir en haut de ce piquet, et avec les lèvres sèches et rentrées qui montraient les dents en une étroite ligne blanche, souriait, aussi, souriait continûment de quelque rêve interminable et jovial dans son sommeil éternel.

« Je ne révèle pas de secrets commerciaux. En fait, le Directeur devait dire que les méthodes de M. Kurtz avaient perdu ce district. Je n'ai pas d'opinion sur ce point mais je voudrais que vous compreniez clairement qu'il n'était guère profitable que ces têtes soient là. Elles montraient seulement que M. Kurtz manquait de mesure dans la satisfaction de ses passions variées, que quelque chose manquait chez lui – une petite chose qui, quand le besoin se faisait urgent, ne se trouvait pas sous sa magnifique éloquence. S'il était lui-même conscient de cette déficience, je ne saurais dire. Je pense que cette connaissance lui vint à la fin – seulement tout à la fin. En revanche la brousse sauvage l'avait trouvé de bonne heure et avait tiré de lui une terrible vengeance après sa fantastique invasion. Elle lui avait murmuré je crois des choses sur lui-même qu'il ne savait pas, des choses dont il n'avait pas idée tant qu'il n'eut pas pris conseil de cette immense solitude – et le murmure s'était montré d'une fascination irrésistible. Il avait éveillé des échos sonores en lui parce qu'il était creux à l'intérieur… Je posai les jumelles et la tête qui avait paru assez proche pour qu'on lui parle sembla aussitôt avoir bondi loin de moi, passant dans un lointain inaccessible.

« L'admirateur de M. Kurtz était un peu décontenancé. D'une voix précipitée, indistincte, il commença à m'assurer qu'il n'avait pas osé enlever ces – disons – symboles. Il n'avait pas peur des indigènes ; ils ne bougeraient pas avant que M. Kurtz n'ait donné le mot. Son ascendant était extraordinaire. Leurs camps entouraient l'endroit, et les chefs venaient chaque jour le voir. Ils rampaient… "Je ne veux rien savoir des cérémonies usitées à l'approche de M. Kurtz", m'écriai-je. Curieux, ce sentiment qui m'envahit que de tels détails seraient plus intolérables que ces têtes qui séchaient sur des pieux sous les fenêtres de M. Kurtz. Après tout elles ne faisaient qu'un spectacle sauvage, tandis qu'il me semblait d'un bond avoir été transporté dans une région sans lumière de subtiles horreurs, par rapport à quoi la pure sauvagerie, sans complications, était un véritable soulagement, étant une chose qui avait le droit d'exister, évidemment – à la lumière du jour. Le jeune homme me regardait avec surprise. Je suppose qu'il ne lui était pas venu à l'esprit que M. Kurtz n'était pas une de mes idoles. Il avait oublié que je n'avais entendu aucun de ces splendides monologues sur – qu'était-ce donc ? l'amour, la justice, la conduite de la vie – ou quoi encore ? Si cela avait abouti à ramper devant M. Kurtz, il rampait autant que le plus parfait sauvage. "Je n'avais pas idée de l'état des choses, dit-il : ces têtes étaient des têtes de rebelles." Je l'outrageai excessivement par mon rire. Des rebelles ! Quelle serait la prochaine définition que j'entendrais ? Il y avait eu les ennemis, les criminels, les ouvriers – ceux-ci étaient des rebelles. Ces têtes de rebelles me paraissaient bien soumises sur leurs piquets. "Vous ne savez pas comment une pareille vie éprouve un homme comme Kurtz", s'écria son dernier disciple. "Bon, et vous ?" dis-je. "Moi ! Moi ! Je suis un homme simple. Je n'ai pas de grandes pensées. Je ne veux rien de personne. Comment pouvez-vous me comparer à... ?" Ce qu'il éprouvait était au-delà des mots, et tout à coup il s'effondra. "Je ne comprend pas, gémit-il. J'ai fait de mon mieux pour le garder en vie, et c'est tout. Je n'ai pas pris part à tout ça. Je n'ai pas de talents. Il n'y a pas eu une goutte de médicament ou une bouchée d'alimentation pour malades depuis des mois ici. Il a été honteusement abandonné. Un homme comme ça, avec de pareilles idées. Honteusement ! Honteusement ! Je... Je... Voilà dix nuits que je ne dors pas..."

« Sa voix se perdit dans le calme du soir. Les ombres allongées de la forêt avaient glissé vers le bas de la colline pendant que nous parlions, avaient dépassé largement la masure en ruine, la rangée symbolique de piquets. Tout cela était dans l'ombre, tandis que nous, en bas, nous étions encore dans le soleil, et l'étendue du fleuve au niveau de l'essartage luisait d'un éclat immobile, éblouissant, entre des boucles obscures dans l'ombre au-dessus et au-dessous. On ne voyait âme qui vive sur le rivage. Les buissons ne bruissaient pas.

« Soudain au tournant de la maison un groupe d'hommes apparurent comme s'ils avaient surgi du sol. Ils marchaient pris jusqu'à la taille dans les grandes herbes, en un corps compact, portant entre eux une civière improvisée. Immédiatement, dans le vide du paysage, un cri s'éleva dont la stridence aiguë perça l'air tranquille comme une flèche aiguisée qui aurait volé droit au cœur même de la terre ; et comme par enchantement des flots d'êtres humains – d'une humanité nue – des sagaies à la main, des arcs, des boucliers, le regard farouche et les mouvements sauvages, se déversèrent dans l'espace au-dessous de la forêt sombre et pensive. Les buissons s'agitèrent, l'herbe fut un moment secouée, puis tout retomba dans une immobilité attentive.

« "Maintenant, s'il ne leur dit pas ce qu'il faut nous sommes tous perdus", dit le Russe à mon coude. Le groupe d'hommes autour de la civière s'était arrêté aussi, à mi-chemin du vapeur, comme pétrifié. Je vis l'homme étendu dessus s'asseoir, efflanqué, un bras levé, au-dessus des épaules des porteurs. "Espérons que l'homme qui parle si bien de l'amour en général trouvera une raison particulière de nous épargner cette fois", dis-je. Je ressentais amèrement l'absurde danger de notre situation, comme si d'être à la merci de cet abominable fantôme eût été une nécessité déshonorante. Je n'entendais pas un son, mais dans mes jumelles je vis le maigre bras tendu dans un geste d'autorité, la mâchoire inférieure bouger, les yeux de cette apparition briller sombrement dans la tête osseuse qui faisait des gestes brusques et grotesques. Kurtz – Kurtz – ça veut dire court en allemand, hein ? Eh bien le nom était aussi vrai que tout le reste de sa vie – et de sa mort. Il semblait long d'au moins sept pieds. Sa couverture était tombée, et son corps en émergeait pitoyable et horrifiant comme d'un linceul. Je voyais sa cage thoracique tout agitée, les os de son bras brandi. C'était comme si une image animée de la mort taillée dans du vieil ivoire avait agité la main avec des menaces en direction d'une foule immobile d'hommes faits de bronze sombre et luisant. Je le vis ouvrir la bouche toute grande – ce qui lui donnait un aspect étrange de voracité, comme s'il avait voulu avaler l'air entier, toute la terre, tous les hommes présents devant lui. Une voix profonde vint affaiblie jusqu'à moi. Il avait dû crier. Il retomba soudain en arrière. La litière fut secouée tandis que les porteurs avançaient de nouveau à pas chancelants, et presque en même temps je remarquai que la foule des sauvages disparaissait sans aucun mouvement perceptible de retraite, comme si la forêt qui avait rejeté ces êtres si soudainement les avait aspirés de nouveau comme serait une haleine dans une inspiration prolongée.

« Quelques-uns des pèlerins derrière la civière portaient ses armes – deux fusils de chasse, un lourd fusil de guerre, et une légère carabine à répétition – les foudres de ce pitoyable Jupiter. Le Directeur, qui marchait près de sa tête, se pencha sur lui et murmura. On le déposa dans une des petites cabines – juste la place d'une couchette et d'un siège pliant ou deux, vous voyez ça. Nous avions apporté son courrier en retard, et son lit fut jonché d'enveloppes déchirées et de lettres ouvertes. Sa main errait faiblement parmi ces papiers. Je fus frappé par la flamme de ses yeux et par la langueur composée de son expression. Ce n'était pas tellement l'épuisement de la maladie. Il ne semblait pas souffrir. Cette ombre paraissait assouvie et calme, comme si pour le moment elle avait eu son content de toutes les émotions.

« Il froissa l'une des lettres, et me regardant en face, dit : “Je suis heureux.” Quelqu'un lui avait écrit à mon sujet. Voilà que ces recommandations particulières recommençaient. Le volume d'élocution qu'il émettait sans effort, presque sans prendre la peine de remuer les lèvres, me stupéfia. Une voix ! une voix ! Elle était grave, profonde, vibrante, alors que l'homme ne paraissait pas capable d'un murmure. Cependant il lui restait assez de force – factice sans nul doute – pour manquer causer notre perte, comme vous allez l'apprendre.

« Le Directeur apparut silencieux dans la porte. Je sortis aussitôt et il tira le rideau après moi. Le Russe, que les pèlerins examinaient curieusement, avait les yeux fixés sur la côte. Je suivis la direction de son regard.

« De sombres formes humaines se distinguaient au loin, évoluant indistinctement à la lisière obscure de la forêt, tandis que près du fleuve deux corps de bronze, appuyés sur de grandes lances, se tenaient dans le soleil sous de fantastiques coiffures de peaux tachetées, guerriers figés dans une immobilité de statues. Et de droite à gauche le long du rivage éclairé une femme se déplaçait, apparition sauvage et magnifique.

« Elle marchait à pas mesurés, drapée dans des étoffes rayées à franges, foulant fièrement le sol dans un tintement léger et scintillant d'ornements barbares. Elle portait la tête haute ; sa chevelure était disposée en forme de casque ; elle avait des jambières de cuivre jusqu'aux genoux, des gantelets de fil de cuivre jusqu'au coude, une tache écarlate sur sa joue brune, d'innombrables colliers de perles de verre au cou. Des choses étranges, des gris-gris, dons d'hommes-médecine, accrochés à elle, étincelaient et tremblaient à chaque pas. Elle devait porter sur elle la valeur de plusieurs défenses d'éléphant. Elle était sauvage et superbe, l'œil farouche, glorieuse ; il y avait quelque chose de sinistre et d'imposant dans sa démarche décidée. Et dans le silence qui était tombé soudain sur toute la terre attristée, la brousse sans fin, le corps colossal de la vie féconde et mystérieuse semblait la regarder, pensif, comme s'il eût contemplé l'image de son âme propre, ténébreuse et passionnée.

« Elle arriva au niveau du vapeur, s'arrêta, et nous fit face. Son ombre allongée tombait jusqu'au bord de l'eau. Son visage avait un air tragique et farouche de tristesse égarée et de douleur muette mêlées à l'appréhension de quelque résolution débattue, à demi formée. Elle était debout à nous regarder sans un geste, pareille à la brousse même, avec un air de méditer sur un insondable dessein. Toute une minute se passa, puis elle fit un pas en avant. Il y eut un tintement sourd, un éclair de métal jaune, un balancement de draperies à franges, et elle s'arrêta comme si le cœur lui avait manqué. Le jeune garçon à côté de moi grogna. Les pèlerins dans mon dos murmurèrent. Elle nous regardait tous comme si la vie avait dépendu de la fixité inébranlable de son regard. Soudain elle ouvrit ses bras nus et les lança rigides au-dessus de sa tête comme dans le désir irrésistible de toucher le ciel, et en même temps les ombres vives foncèrent sur la terre, balayèrent le fleuve, embrassant le vapeur dans une étreinte obscure. Un silence formidable était suspendu sur la scène.

« Elle se détourna et s'éloigna lentement, poursuivit sa marche en longeant la rive, et s'enfonça dans les buissons sur la gauche. Une fois seulement la lueur de son regard se retourna sur nous dans la pénombre du taillis avant qu'elle ne disparût.

« "Si elle avait fait mine de monter à bord, je crois vraiment que j'aurais été tenté de lui tirer dessus, dit le rapiécé, très agité. J'avais risqué ma vie tous les jours de cette dernière quinzaine pour la tenir hors de la maison. Elle est entrée un jour et elle a fait un raffut pour ces malheureux haillons que j'avais ramassés dans le magasin pour raccommoder mes habits – je n'étais pas convenable. Au moins ça devait être ça, car elle a parlé à Kurtz comme une furie pendant une heure, en me montrant du doigt de temps en temps. Je ne comprends pas le dialecte de cette tribu-là. Heureusement pour moi je crois que Kurtz se sentait trop mal ce jour-là pour s'en soucier, ou ça aurait tourné mal. Je ne comprends pas… Non – ça me dépasse. Ah bien, tout ça est fini maintenant."

« À ce moment j'entendis la voix profonde de Kurtz derrière le rideau : "Me sauver ! – sauver l'ivoire, vous voulez dire. Ne m'en contez pas. Me sauver, *moi* ! Mais c'est moi qui ai dû vous sauver. Vous interrompez mes projets, maintenant. Malade ! Malade ! Pas si malade que vous voudriez croire. N'importe. Je finirai par mener mes idées à bien – je reviendrai. Je vous montrerai ce qu'on peut faire. Vous et vos petites idées de quatre sous – vous vous mettez en travers des miennes. Je reviendrai. Je…"

« Le Directeur sortit. Il me fit l'honneur de me saisir par le bras et de me prendre à part. "Il est très bas, très bas", dit-il. Il jugea nécessaire de soupirer, mais n'alla pas jusqu'à montrer de la constance dans sa tristesse. "Nous avons fait tout ce que nous pouvions pour lui – n'est-ce pas ? Mais il ne faut pas se dissimuler, que M. Kurtz a fait plus de mal que de bien à la Compagnie. Il n'a pas vu que le temps n'était pas venu d'une action brusquée. Prudemment, prudemment – voilà mon principe. Il faut encore être prudent. Le district nous est fermé pour un temps. Déplorable ! Dans l'ensemble, le trafic souffrira. Je ne nie pas qu'il y ait une remarquable quantité d'ivoire – surtout fossile. Il faut le sauver, en tout cas – mais voyez comme la position est précaire – et pourquoi ? parce que la méthode est vicieuse." "Vous appelez ça, dis-je, regardant vers la rive, une méthode vicieuse ?" "Sans aucun doute, s'exclama-t-il, avec emportement. Pas vous ?..."

« "Pas de méthode d'aucune sorte, murmurai-je après un temps. Exactement." Il exultait. "Je voyais ça venir. Montre un défaut complet de jugement. C'est mon devoir de le souligner à l'autorité responsable." "Ah, dis-je, cette personne – comment s'appelle-t-il ? – le briquetier, vous fera un rapport bien présenté." Il parut un temps confondu. Il me semblait que je n'avais jamais respiré une atmosphère si méprisable, et je me tournai en pensée vers Kurtz pour me soulager – positivement pour me soulager. "Néanmoins je pense que M. Kurtz est un homme remarquable", dis-je avec force. Il sursauta, laissa tomber sur moi un regard froid et lourd, dit très tranquillement, "il *était*", et me tourna le dos. L'heure de ma faveur était passée. Je me trouvai couplé avec Kurtz comme partisan de méthodes pour lesquelles le temps n'était pas venu. J'étais vicieux ! Ah ! mais c'était quelque chose d'avoir au moins le choix de son cauchemar.

« Je m'étais tourné vers la brousse, en réalité, pas vers M. Kurtz, qui, j'étais prêt à l'admettre, était pratiquement enterré. Et pour un temps il me sembla que moi aussi j'étais enterré dans une vaste tombe pleine d'inavouables secrets.

« Je sentais un poids intolérable m'oppresser la poitrine, l'odeur de la terre humide, la présence invisible de la corruption mystérieuse, les ténèbres d'une nuit impénétrable… Le Russe me tapa sur l'épaule. Je l'entendis marmonner et bredouiller quelque chose comme "frère marin – pouvait pas dissimuler – connaissance de choses qui affecteraient la réputation de M. Kurtz". J'attendis. Pour lui évidemment M. Kurtz n'était pas dans la tombe. Je soupçonne que pour lui M. Kurtz était un des immortels. "Bon ! dis-je enfin, parlez. Comme il se trouve, je suis l'ami de M. Kurtz, en un sens."

« Il déclara avec beaucoup de formes que si nous n'avions pas été "de la même profession", il aurait gardé la chose pour lui sans souci des conséquences. "Il soupçonnait une malveillance active à son égard de la part de ces Blancs qui…" "Vous avez raison, dis-je, me rappelant certaine conversation que j'avais surprise. Le Directeur pense que vous devriez être pendu." Il se montra préoccupé de cette information à un point qui m'amusa d'abord. "Je ferais mieux de m'esquiver tranquillement", dit-il, sérieusement. "Je ne peux plus rien pour Kurtz maintenant ; et ils auraient vite fait de trouver une excuse. Qu'y a-t-il pour les arrêter ? Il y a un poste militaire à trois cents milles d'ici." "Eh bien, ma parole, dis-je, peut-être feriez-vous mieux de partir si vous avez des amis parmi les sauvages de par ici." "Des tas, dit-il. Ils sont simples, – et je n'ai pas de besoins, vous savez." Il était là à se mordre la lèvre ; puis : "Je ne veux pas qu'il arrive malheur à ces Blancs-ci, mais naturellement je pensais à la réputation de M. Kurtz – mais vous êtes un frère marin et" – "D'accord, dis-je après un temps. La réputation de M. Kurtz est en bonnes mains avec moi." Je ne savais pas comme je disais vrai.

« Il m'informa, baissant la voix, que c'était M. Kurtz qui avait commandé qu'on attaque le vapeur. "Il détestait parfois l'idée d'être emmené – et parfois aussi… Mais je ne comprends pas ces choses. Je suis un homme simple. Il pensait que la peur vous ferait fuir – que vous renonceriez, le croyant mort. Je n'ai pas pu l'empêcher. Ah, j'ai passé de sales moments le mois dernier." "Bon, dis-je. Il est tiré d'affaire, maintenant." "Ou-i-i", marmonna-t-il, pas très convaincu apparemment. "Merci, dis-je ; j'ouvrirai l'œil." "Mais doucement, hein ? insista-t-il, anxieusement. Ce serait terrible pour sa réputation si qui que ce soit ici..." Je promis une complète discrétion avec la plus grande gravité. "J'ai une pirogue et trois Noirs qui m'attendent pas très loin. Je file. Pourriez-vous me donner quelques cartouches de Martini-Henry ?" Je pouvais, et je le fis, dans le secret requis. Il se servit, avec un clin d'œil vers moi, d'une poignée de mon tabac. "Entre marins – vous savez – bon tabac anglais." À la porte de la cabine de pilotage il se retourna – "Dites, vous n'avez pas une paire de souliers en trop ?" Il leva une jambe. "Regardez." Les semelles étaient attachées avec des ficelles nouées, comme des sandales, sous ses pieds nus. Je dénichai une vieille paire, qu'il regarda avec admiration avant de la serrer sous son bras gauche. Une de ses poches (rouge vif) était gonflée de cartouches, de l'autre (bleu foncé) dépassait l'*Enquête* de Towson, etc. Il semblait se considérer comme excellemment équipé pour une nouvelle rencontre avec la brousse. "Ah ! Jamais, jamais je ne rencontrerai un homme pareil. Vous auriez dû l'entendre réciter de la poésie – la sienne, en plus, à ce qu'il m'a dit. De la poésie !" Il roulait les yeux au souvenir de ces délices. "Ah, il m'a ouvert l'esprit !" "Adieu", dis-je. Il me serra la main et disparut dans la nuit. Parfois je me demande si je l'ai réellement vu – s'il était possible de rencontrer pareil phénomène !

« Quand je me suis réveillé peu après minuit son avertissement m'est venu à l'esprit avec sa suggestion d'un péril qui semblait, dans la nuit étoilée, assez réel pour que je me lève dans l'intention de jeter un coup d'œil. Sur la colline un grand feu brûlait, qui éclairait capricieusement un coin biscornu du poste. L'un des agents, avec un détachement de nos Noirs armés comme il fallait, montait la garde sur l'ivoire. Mais bien au fond de la forêt des lueurs rouges oscillaient, qui semblaient monter et descendre du sol parmi des formes confuses, des colonnes d'intense noirceur. Elles montraient l'exacte position du camp où les adorateurs de M. Kurtz tenaient leur vigile inquiet. Le battement monotone d'un grand tam-tam emplissait l'air de coups sourds et d'une vibration prolongée. Un bourdonnement régulier de beaucoup d'hommes chantonnant chacun pour lui-même une incantation sinistre venait de la muraille plate et noire des bois comme le bourdonnement des abeilles sort d'une ruche, et il avait un effet étrangement narcotique sur mes sens mal éveillés. Je crois que je m'assoupis appuyé sur le bastingage, jusqu'à ce qu'une explosion abrupte de cris, une éruption accablante de frénésie contenue et mystérieuse, m'éveillât stupéfait. Ce fut arrêté aussitôt et le bourdonnement sourd se poursuivit avec un effet de silence perceptible et apaisant. Je jetai un coup d'œil soudain à la petite cabine. Une lumière brûlait à l'intérieur. M. Kurtz n'était pas là.

« Je crois que j'aurais donné l'alarme si j'avais cru mes yeux. Mais je ne les crus pas tout d'abord. La chose semblait tellement impossible. Le fait est que je fus totalement paralysé par une terreur pure et sans nom, absolument abstraite, sans lien avec aucune forme distincte de danger physique. Ce qui rendait cette émotion si écrasante, c'était – comment la définir ? – la secousse mentale que j'éprouvai comme si quelque chose d'absolument monstrueux, d'intolérable à la pensée, d'odieux à l'âme, s'était soudain abattu sur moi. Cela ne dura bien entendu qu'une fraction de seconde puis le sens habituel du danger banal, mortel, la possibilité d'assaut soudain et de massacre, ou de quelque chose de ce genre, que je voyais s'annoncer comme imminent, furent positivement bienvenus et me rendirent mon calme. J'en fus si apaisé, en fait, que je ne donnai pas l'alarme.

« Il y avait un agent boutonné dans son imperméable qui dormait dans une chaise sur le pont à trois pieds de moi. Les hurlements ne l'avaient pas réveillé ; il ronflait très doucement. Je le laissai à son sommeil et je bondis à terre. Je ne trahis pas M. Kurtz – il était écrit que je ne le trahirais jamais – que je resterais loyal au cauchemar de mon choix. J'étais anxieux de m'occuper seul de cette ombre. Jusqu'à ce jour je ne sais pourquoi j'étais si jaloux de ne partager avec personne la noirceur particulière de cette épreuve.

« Dès que j'eus le pied sur la rive, je vis une trace – une large trace dans l'herbe. Je me rappelle l'exultation que j'éprouvai en me disant : "Il ne peut pas marcher – il se traîne à quatre pattes – je le tiens." L'herbe était humide de rosée. J'allais rapidement, les poings serrés. Je crois bien que j'avais vaguement idée de lui tomber dessus et de lui flanquer une raclée. Je ne sais pas. J'avais des idées idiotes. La vieille tricoteuse au chat envahissait ma mémoire, bien peu appropriée pour être assise à l'autre bout de cette affaire. Je revoyais une rangée de pèlerins décharger en l'air le plomb de leurs Martini tenus à la hanche. Je pensais que je n'arriverais pas à regagner le vapeur et je m'imaginais vivant seul sans armes dans les bois jusqu'à un âge avancé. Ce genre d'idiotie – vous imaginez. Et je me rappelle que je confondais le battement du tam-tam avec celui de mon cœur, et que j'étais content de sa calme régularité.

« Je suivais la piste, cependant, puis je m'arrêtai pour écouter. La nuit était très claire, un espace bleu sombre, étincelant de rosée et d'étoiles, dans lequel des choses sombres restaient très immobiles. Je croyais voir une sorte de mouvement devant moi. J'étais étrangement assuré de tout cette nuit-là. Positivement je quittai la piste et je courus en un large demi-cercle (je crois bien en gloussant de rire) de façon à me trouver en avant de cette agitation, de ce mouvement que j'avais vu – si en vérité j'avais vu quelque chose. Je tournai Kurtz comme si ça avait été un jeu de garçons.

« J'arrivai sur lui et s'il ne m'avait pas entendu venir je lui serais même tombé dessus mais il se releva à temps. Il se dressa, flageolant, long, pâle, indistinct, comme une vapeur exhalée par la terre et il oscilla légèrement, embrumé et muet devant moi, tandis que dans mon dos les feux se profilaient entre les arbres, et que le murmure de multiples voix sortait de la forêt. J'avais adroitement coupé sa route ; mais quand je lui fis vraiment face et que je repris positivement conscience, je vis le danger dans son étendue véritable. Il était loin d'être passé. S'il commençait à crier ? Il tenait à peine debout, mais il y avait encore beaucoup de force dans sa voix. "Partez – cachez-vous", dit-il avec cette intonation grave qu'il avait. C'était assez effrayant. Je regardai derrière moi. Nous étions à trente mètres du feu le plus proche. Une silhouette noire, debout, marchait sur de longues jambes noires, agitant de longs bras noirs, contre la lueur. Elle avait des cornes – des cornes d'antilope, je crois – sur la tête. Quelque sorcier, quelque homme-médecine, sans doute : elle semblait suffisamment démoniaque. "Savez-vous ce que vous faites ?" murmurai-je. "Parfaitement", répondit-il, élevant la voix pour ce mot unique : je l'entendis lointain et pourtant fort, comme un salut dans un porte-voix. S'il fait du barouf, nous sommes perdus, pensais-je à part moi. Il était clair que ce n'était pas le moment de le boxer, outre l'aversion naturelle que j'éprouvais à l'idée de battre cette Ombre – cette créature errante et tourmentée. "Vous serez perdu, dis-je, irrémédiablement perdu." Il arrive qu'on ait de ces éclairs d'inspiration, voyez-vous. J'avais dit ce qu'il fallait, quoique à la vérité il lui eût été difficile d'être plus désespérément perdu qu'il n'était à ce moment même où étaient posées les fondations de notre intimité – destinées à durer – à durer – jusqu'à la fin – jusqu'au-delà.

« "J'avais des plans immenses", murmura-t-il, irrésolu. "Oui, dis-je ; mais si vous essayez de crier je vous casse la tête avec..." Il n'y avait auprès ni bâton ni pierre. "Je vous étranglerai pour de bon", dis-je, me corrigeant. "J'étais au seuil de grandes choses", plaida-t-il, d'une voix de désir, d'une mélancolie dans le ton qui me glaça le sang. "Et maintenant à cause de cette stupide canaille..." "Votre succès en Europe est assuré dans tous les cas", déclarai-je, fermement. Je ne tenais pas à devoir l'étrangler, vous comprenez – et en vérité ça n'aurait pas servi à grand-chose, pratiquement. J'essayais de briser le charme – le charme lourd, silencieux de la brousse, – qui semblait l'attirer contre son impitoyable poitrine en éveillant les instinct oubliés de la brute, le souvenir de passions monstrueuses à satisfaire. Cela seul, j'en étais sûr, l'avait attiré jusqu'au fond de la forêt, jusqu'à la brousse, vers l'éclat des feux, la pulsation des tam-tams, le bourdonnement d'étranges incantations. Cela seul avait séduit son âme maudite hors des limites des aspirations permises. Et, voyez-vous, la terreur de la situation, ce n'était pas de recevoir un coup sur la tête – bien que j'eusse un sentiment très vif de ce danger – là aussi – mais d'avoir affaire à un être auprès de qui je ne pouvais rien invoquer, haut ou bas. Je devais tout à fait, comme les nègres, l'invoquer, lui – sa propre dégradation exaltée et incroyable. Il n'y avait rien au-dessous de lui, et je le savais. Du pied il s'était envoyé promener hors de la terre. Que le diable l'emporte ! du pied il avait mis la terre même en morceaux. Il était seul et moi devant lui je ne savais pas si j'avais les pieds sur terre ou si je flottais en l'air. Je vous ai répété ce que nous avions dit – j'ai redit les phrases que nous avions prononcées – mais à quoi bon ? C'étaient les mots communs de tous les jours – les sons familiers et vagues qu'on échange chaque jour de la vie éveillée. Et après ? Ils avaient derrière eux, dans mon esprit, la terrible force de suggestion des mots entendus dans les rêves, des phrases dites dans les cauchemars. Une âme ! Si quelqu'un a jamais lutté avec une âme, je suis celui-là. Et je ne discutais pas avec un fou, non plus. Croyez-moi ou pas, son intelligence était parfaitement claire – concentrée il est vrai sur lui-même avec une horrible intensité, mais claire ; et là se trouvait ma seule chance – sauf bien sûr à le tuer sur-le-champ, ce qui n'allait pas si bien, à cause du bruit inévitable. Mais son âme était folle. Seule dans la brousse sauvage, elle s'était regardée elle-même, et, pardieu ! je vous dis, elle était devenue folle. J'avais – pour mes péchés, je suppose – à passer par l'épreuve d'y regarder moi-même. Nulle éloquence n'aurait été si destructrice de la confiance qu'on pouvait garder à l'homme que son explosion dernière de sincérité. Il subissait une lutte intérieure : je le voyais ; je l'entendais. Je voyais l'inconcevable mystère d'une âme qui ne connaissait contrainte ni foi ni crainte, et qui pourtant luttait à l'aveugle avec elle-même. Je ne perdis pas trop la tête ; mais quand je le tins finalement étendu sur la couchette, je m'essuyai le front, tandis que mes jambes tremblaient sous moi comme si j'avais porté des centaines de kilos sur mon dos en bas de cette colline. Et pourtant je n'avais fait que le soutenir, son bras osseux m'étreignant le cou – et il n'était guère plus lourd qu'un enfant.

« Quand le lendemain nous partîmes à midi, la foule, que j'avais sue intensément présente, tout ce temps, derrière le rideau d'arbres, surgit à nouveau des bois, emplit la clairière, couvrit la pente d'une masse de corps de bronze nus, haletants, vibrants. Je portai le vapeur un peu en amont, puis virai vers l'aval, et deux mille regards suivirent les évolutions du féroce démon des eaux, éclaboussant, martelant, battant l'eau de sa terrible queue et soufflant dans l'air une fumée noire. En avant du premier rang, le long du rivage, trois hommes, plâtrés de terre rouge vif de la tête aux pieds, se pavanaient d'un côté à l'autre, nerveusement. Quand nous nous retrouvâmes à leur niveau, ils se tournèrent face au fleuve, battirent des pieds, inclinèrent leurs têtes cornues, balancèrent leurs corps écarlates ; ils secouèrent en direction du féroce démon du fleuve un panache de plumes noires, une peau pelée à queue pendante – quelque chose qui semblait une gourde séchée ; ils criaient ensemble, par à-coups, des chapelets de mots stupéfiants qui ne ressemblaient aux sons d'aucune langue humaine. Et les profonds murmures de la foule, soudain interrompus, étaient comme les répons de quelque litanie satanique.

« Nous avions porté Kurtz dans la cabine de pilotage : on y respirait mieux. Étendu sur la couchette, il regardait fixement par le volet ouvert. Il y eut un remous dans la masse des corps, et la femme à tête casquée, aux joues brunes, se précipita jusqu'au bord même du fleuve. Elle tendit les mains, cria quelque chose, et toute cette sauvage multitude reprit le cri en un chœur hurlant de formules articulées, rapides, haletantes.

« "Vous comprenez ça ?" demandai-je.

« Il regardait toujours, à travers moi, de ses yeux enflammés de désir, exprimant à la foi la tristesse et la haine. Il ne répondit pas, mais je vis un sourire, un sourire au sens indéfinissable paraître sur ses lèvres décolorées, qui un instant après bougèrent convulsivement. "Que je ne comprenne pas ?" dit-il lentement, perdant le souffle, comme si les mots lui avaient été arrachés par une puissance surnaturelle.

« Je tirai la corde du sifflet, parce que je voyais les pèlerins à bord préparer leurs carabines avec l'air d'escompter une bonne rigolade. À la soudaine stridence il y eut un mouvement de terreur abjecte dans cette masse de corps agglutinés. "Mais non ! Ne les faites pas se sauver de peur" cria quelqu'un, d'une voix désolée, sur le pont. Je tirai la corde, encore et encore. Ils couraient en désordre, ils sautaient, ils s'aplatissaient, ils virevoltaient, ils esquivaient la terreur volante du bruit. Les trois hommes rouges étaient tombés à plat, figure contre terre, sur le rivage, comme tués d'un coup de feu. Seule la femme barbare et superbe ne broncha pas, mais tendit tragiquement ses bras nus après nous par-dessus le fleuve étincelant et sombre.

« Là-dessus cette bande de crétins sur le pont se payèrent leur petite partie, et je ne vis plus rien dans la fumée.

« Le courant brun nous emportait rapidement loin du cœur des ténèbres, vers la mer, à deux fois la vitesse de notre remontée. Et la vie de Kurtz s'écoulait rapidement, elle aussi, refluait de son cœur vers la mer du temps inexorable. Le Directeur était très placide, n'ayant plus d'anxiété vitale maintenant : il nous embrassait tous les deux dans un regard compréhensif et satisfait : l'"affaire" s'était conclue aussi bien qu'on pouvait l'espérer. Je voyais approcher le temps où je resterais seul du parti de la “mauvaise méthode”. Les pèlerins me considéraient avec défaveur. J’étais mis, pour ainsi dire, au rang des morts. C’est bizarre, la façon dont j’acceptais cette association imprévue, ce choix des cauchemars qui m’était imposé dans le pays ténébreux envahi par ces spectres mesquins et avides.

« Kurtz discourait. Une voix ! une voix ! Elle retentit, profonde, jusqu’au bout. Elle survécut à sa force pour cacher dans de magnifiques plis d’éloquence les ténèbres arides de son cœur. Ah, il a lutté ! il a lutté ! Les déserts de sa tête lasse étaient hantés maintenant par des images spectrales – de richesse, de gloire, qui avaient pour centre son don indestructible d’expression noble et fière. Ma Promise, mon poste, ma carrière, mes idées – tels étaient les sujets de ses déclarations intermittentes de sentiments élevés. L’ombre du Kurtz originel fréquentait le chevet de la doublure creuse, dont le sort serait d’être enseveli bientôt dans l’humus de la terre primévale. Mais l’amour diabolique comme la haine surnaturelle des mystères qu’elle avait pénétrés luttaient pour la possession de cette âme rassasiée d’émotions primitives, avide d’une gloire mensongère, d’une fausse distinction, de toutes les apparences du succès et de la puissance.

« Parfois il était misérablement enfantin. Il voulait des rois pour l’accueillir à la gare à son retour de quelque sinistre Nulle part, où il se proposait d’accomplir de grandes choses. “Vous leur faites voir qu’il y a quelque chose en vous de réellement profitable et du coup il n’y aura pas de limites à la reconnaissance de votre talent, disait-il. Naturellement il faut prendre soin des motifs – de bons motifs – toujours.” Les grandes longueurs du fleuve qui semblaient ne faire qu’une, les courbes monotones toutes pareilles, glissaient au passage du vapeur avec leur multitude d’arbres séculaires veillant patiemment sur ce fragment sordide d’un autre monde, l’avant-coureur du changement, de la conquête, du commerce, des massacres, des bénédictions. Je regardais en avant – je pilotais. “Fermez le volet, dit

Kurtz soudain un jour, je ne peux pas supporter de regarder ça.” Je le fis. Il y eut un silence. “Ah mais je vous tordrai tout de même le cœur !” cria-t-il à l'adresse de l'invisible brousse.

« Nous sommes tombés en panne – comme je m'y attendais – et il a fallu jeter l'ancre pour réparer en haut d'une île. Ce délai fut la première chose qui ébranla la confiance de Kurtz. Un matin il me donna un paquet de papiers et une photographie – le tout ficelé d'un lacet de soulier. “Gardez ça pour moi, dit-il. Ce funeste imbécile (il voulait dire, le Directeur) est capable de fouiner dans mes cantines quand je ne regarde pas.” Dans l'après-midi, je le vis étendu sur le dos, les yeux fermés et je me retirai discrètement, mais je l'entendis murmurer : “Vivre comme on doit, mourir, mourir…” J'écoutais. Il n'y eut rien d'autre. Répétait-il quelques discours dans son sommeil, ou était-ce un fragment de phrase de quelque article de journal ? Il avait écrit pour les journaux, et se proposait de recommencer “pour défendre mes idées. C'est un devoir”.

« Ses ténèbres étaient impénétrables. Je le regardais comme on regarde d'en haut un homme gisant au fond d'un précipice où le soleil ne brille jamais. Mais je n'avais pas beaucoup de temps à lui donner parce que j'aidais le mécanicien à démonter les cylindres percés, à redresser un joint tordu, et autres semblables affaires. Je vivais dans un gâchis infernal de rouille, de limaille, d'écrous, de boulons, de clés à molette, de drilles à rochet – des trucs que j'abomine parce que je me débrouille mal avec. Je veillais à la petite forge qu'heureusement nous avions à bord ; je peinais à la besogne dans un misérable tas de ferraille – sauf quand je tremblais trop pour tenir debout.

« Un soir que j'entrais avec une bougie je fus saisi de l'entendre dire d'une voix un peu tremblée : “Je suis là couché dans le noir à attendre la mort.” La lumière était à un pied de ses yeux. Je me forçai à murmurer, “bah, des bêtises !” debout au-dessus de lui, comme pétrifié.

« De comparable au changement qui altéra ses traits, je n'avais jamais rien vu, et j'espère ne rien revoir. Oh, je n'étais pas ému. J'étais fasciné. C'était comme si un voile s'était déchiré. Je vis sur cette figure d'ivoire une expression de sombre orgueil, de puissance sans pitié, de terreur abjecte – de désespoir intense et sans rémission. Revivait-il sa vie dans tous les détails du désir, de la tentation, de l'abandon pendant ce moment suprême de connaissance absolue ? Il eut un cri murmuré envers une image, une vision – il eut par deux fois un cri qui n'était qu'un souffle.

« "Horreur ! Horreur !"

« Je soufflai la bougie et je sortis de la cabine. Les pèlerins dînaient au carré et je pris place en face du Directeur, qui leva vers moi un regard interrogateur, que je parvins à ignorer. Il se renversa un peu, serein, avec ce sourire particulier dont il scellait les profondeurs inexprimées de sa petitesse. Une pluie continue de petites mouches ruisselait sur la lampe, sur la nappe, sur nos mains et sur nos visages. Soudain le boy du Directeur passa son insolente tête noire par l'encadrement de la porte et dit d'un ton de mépris cinglant :

« "Missié Kurtz – lui mort."

« Tous les pèlerins se précipitèrent dehors pour voir. Je restai et je poursuivis mon dîner. Je crois bien que je fus considéré comme une brute insensible. Cependant je ne mangeai pas beaucoup. Il y avait une lampe, là – de la lumière, voyez-vous, et dehors il faisait si horriblement, horriblement noir. Je ne m'approchai plus de l'homme remarquable qui avait prononcé un jugement sur les aventures de son âme sur cette terre. La voix était disparue. Qu'y avait-il eu d'autre ? Mais je n'ignore pas bien sûr que le lendemain les pèlerins enterrèrent quelque chose dans un trou boueux.

« Après quoi ils faillirent bien m'enterrer [1].

---

1. Que Conrad ait été malade au Congo, et que surtout il en soit revenu très marqué, cela est sûr. Mais c'est l'une des curiosités, et l'un des mys-

« Cependant comme vous voyez je n'allai pas sur-le-champ rejoindre Kurtz. Non. Je restai à rêver jusqu'au bout le cauchemar, et à montrer encore une fois ma loyauté envers Kurtz. La destinée. Ma destinée ! C'est une drôle de chose que la vie – ce mystérieux arrangement d'une logique sans merci pour un dessein futile. Le plus qu'on puisse en espérer, c'est quelque connaissance de soi-même – qui vient trop tard –, une moisson de regrets inextinguibles. J'ai lutté contre la mort. C'est le combat le plus terne qu'on puisse imaginer. Il se déroule dans une grisaille impalpable, sans rien sous les pieds, rien alentour, pas de spectateurs, pas de clameurs, pas de gloire, sans grand désir de victoire, sans grande peur de la défaite, sans beaucoup croire à son droit, encore moins à celui de l'adversaire – dans une atmosphère écœurante de scepticisme tiède. Si telle est la forme de l'ultime sagesse, alors la vie est une plus grande énigme que ne pensent certains d'entre nous. J'étais à deux doigts de la dernière occasion de me prononcer, et je découvris, déconfit, que probablement je n'aurais rien à dire. C'est pour cela que j'atteste que Kurtz fut un homme remarquable. Il avait quelque chose à dire. Il le dit. Depuis que j'avais moi-même risqué un œil par-dessus le bord, j'ai mieux compris le sens de ce regard fixe, qui ne voyait pas la flamme de la bougie, mais qui était assez ample pour embrasser tout l'univers, assez perçant pour pénétrer tous les cœurs qui battent dans les ténèbres. Il avait résumé – il avait jugé. "L'Horreur !" C'était un homme remarquable.

---

tères, liés à *Heart of Darkness*, que les circonstances de la maladie sur place. Conrad raconte à Garnett comment, brûlant de fièvre et prostré dans la brousse, il a été secouru par une vieille négresse qui lui a apporté de l'eau à boire. Où diable cela a-t-il pu se passer au cours de ce voyage entièrement fluvial sauf la longue marche qui n'en porte pas trace ? Mais dans *Geography and Some Explorers* il évoque Mungo Park, un de ses héros, gisant ainsi malade à l'ombre d'un grand arbre et secouru par une vieille femme d'un village voisin lui portant ses calebasses d'eau fraîche, qui le guérissent. C'est une partie de l'imagination hallucinée de Conrad que ce qui était arrivé à Mungo Park lui est arrivé (N.d.T.).

Après tout, c'était l'expression d'une sorte de croyance ; il y avait de la candeur, de la conviction, une note vibrante de révolte dans ce murmure ; elle avait le visage horrifique d'une vérité entr'aperçue – le singulier mélange du désir et de la haine. Et ce n'est pas ma propre extrémité que je me rappelle le mieux – une vision de grisaille sans forme emplie de douleur physique, et un mépris insoucieux de l'évanescence de toute chose – de cette douleur même. Non ! C'est son extrémité à lui qu'il me paraît avoir vécue. C'est vrai, il avait franchi ce dernier pas, il était passé par-dessus le bord, tandis qu'il m'avait été permis de retirer mon pied hésitant. Et peut-être la seule différence est-elle là ; peut-être toute la sagesse, et toute la vérité, et toute la sincérité, sont-elles strictement comprimées dans ce moment inappréciable de temps dans lequel nous sautons le pas par-dessus le seuil de l'invisible. Peut-être ! J'aime à penser que mon résumé n'aurait pas été un mot d'insouciance méprisante. Mieux valait son cri, bien mieux. C'était une affirmation, une victoire morale payée d'innombrables défaites, de terreurs abominables, d'abominables satisfactions. Mais c'était une victoire ! C'est pourquoi je suis resté fidèle à Kurtz jusqu'au bout et même au-delà, quand longtemps après j'ai entendu une fois de plus non sa voix à lui mais l'écho de sa magnifique éloquence jeté vers moi à partir d'une âme d'une pureté aussi transparente qu'une falaise de cristal.

« Non, ils ne m'ont pas enterré, quoiqu'il y ait eu une période que je me rappelle obscurément, avec des frémissements de stupeur, comme un passage à travers un monde inconvenable qui ne recelait espoir ni désir. Je me retrouvais dans la cité sépulcrale, j'en voulais à ces gens que je voyais courir par les rues pour se chiper quelques sous les uns aux autres, pour dévorer leur infâme cuisine, pour avaler leur mauvaise bière, pour rêver leurs rêves insignifiants et stupides. Ils empiétaient sur mes pensées. C'étaient des intrus de qui la connaissance de la vie était pour moi une irritante imposture, tant je me sentais certain qu'il n'était pas possible qu'ils connussent les choses que je connaissais. Leur comportement, qui était simplement celui d'individus comme allant à leurs affaires dans la certitude d'une sécurité parfaite, me blessait comme les bravades outrageantes de la sottise en face d'un danger qu'elle est incapable de concevoir. Je n'avais pas spécialement le désir de les éclairer, mais j'avais quelque peine à me retenir de leur rire à la figure, pleins comme ils étaient de stupide importance. Il se peut que je ne me sois pas porté très bien en ce temps-là. Je titubais dans les rues – il y avait diverses affaires à régler –, ricanant amèrement face à des gens parfaitement respectables. J'admets que ma conduite était inexcusable, mais aussi bien ma température était rarement normale à l'époque. Les efforts de ma chère tante pour "me rendre des forces" semblaient tout à fait à côté de la question. Ce n'étaient pas mes forces qu'il fallait me rendre, c'était mon imagination qu'il fallait apaiser. Je gardais la liasse de papiers que m'avait donnés Kurtz sans savoir exactement quoi en faire. Sa mère était morte récemment, veillée, m'avait-on dit, par sa Promise. Un homme au visage glabre, l'air officiel, portant des lunettes cerclées d'or, me rendit visite un jour et s'enquit, d'une façon d'abord détournée, ensuite suave mais pressante, sur ce qu'il lui plaisait de nommer certains "documents". Je ne fus pas surpris, car je m'étais déjà deux fois chamaillé avec le Directeur sur le sujet, là-bas. J'avais refusé de céder la moindre paperasse de ce paquet, et j'eus la même attitude vis-à-vis de l'homme aux lunettes. Il finit par se montrer obscurément menaçant, et, avec beaucoup de vivacité, fit valoir que la Compagnie avait droit au moindre élément d'information sur ses "territoires". Et, dit-il, "la connaissance qu'avait M. Kurtz de régions inexplorées avait dû, nécessairement, être considérable et particulière – compte tenu de ses grandes capacités, et des déplorables circonstances dans lesquelles il avait été placé – donc...". Je l'assurai que le savoir de M. Kurtz, si large qu'il fût, ne portait pas sur des problèmes de commerce ou d'administration. Il invoqua alors le nom de la science. "Ce serait une perte incalculable si", etc. etc. Je lui offris le rapport sur "la Suppression des Coutumes Sauvages" avec le post-scriptum arraché. Il le prit avidement, mais finit par faire la fine bouche, laissant paraître un air dédaigneux. "Ceci n'est pas ce que nous étions en droit d'attendre", remarqua-t-il. "N'attendez rien d'autre, dis-je. Il n'y a que des lettres personnelles." Il se retira sur des menaces de poursuites judiciaires, et je ne le revis pas ; mais un autre type, qui se disait cousin de Kurtz, survint deux jours après, anxieux d'apprendre tous les détails des derniers moments de son cher parent. Incidemment, il me donna à entendre que Kurtz avait été essentiellement un grand musicien. "Il avait de quoi remporter un immense succès", dit l'homme, qui était organiste, je crois, et dont les cheveux gris tombaient plats sur un col de paletot graisseux. Je n'avais pas de raison de mettre ses déclarations en doute : à ce jour, je suis incapable de dire quelle avait été la profession de Kurtz, s'il en avait eu une – quel était son talent principal. Je l'avais pris pour un peintre qui écrivait pour les journaux, à moins qu'il ne fût un journaliste qui savait peindre – mais même son cousin – (qui prisait pendant l'entrevue) ne pouvait pas me dire ce qu'il avait été, exactement. C'était un génie universel – sur ce point je tombai d'accord avec le vieux, qui là-dessus se moucha bruyamment dans un grand mouchoir de coton et se retira, en proie à une agitation sénile, emportant quelques lettres de famille et des mémoranda sans importance. Finalement un journaliste soucieux d'apprendre quelque chose du sort de son "cher collègue" survint. Ce visiteur m'informa que la sphère véritable de Kurtz aurait dû être la politique, celle "du parti populaire". Il avait des sourcils raides et buissonneux, des cheveux hérissés coupés court, un monocle sur un large ruban, et, se faisant expansif, il confessa son opinion qu'en réalité Kurtz était bien incapable d'écrire – "mais pour Dieu ce que l'homme pouvait parler ! Il électrisait de grosses réunions. Il avait la foi – vous saisissez ? – il avait la foi. Il pouvait faire croire n'importe quoi – n'importe quoi. Il aurait été un superbe chef de parti extrême". "Quel parti" ? demandai-je. "N'importe lequel, répondit l'autre. C'était un – un extrémiste." Est-ce que je n'étais pas d'accord ? J'acquiesçai. Est-ce que je savais, demanda-t-il avec un soudain éclair de curiosité, "ce qui avait pu l'inciter à partir là-bas" ? "Oui", dis-je, et séance tenante je lui tendis le fameux Rapport, pour être publié, s'il le jugeait bon. Il le parcourut rapidement, marmonnant tout le temps, décida que "ça irait", et s'en fut avec son butin.

« Je restai donc enfin avec un mince paquet de lettres et le portrait de la jeune fille. Je la trouvai belle – belle d'expression, veux-je dire. Je savais qu'on peut faire mentir même le soleil, mais on sentait que nulle manipulation de la lumière et de la pose n'aurait pu transmettre la délicate nuance de sincérité de ces traits.

« Elle semblait prête à écouter sans réserve mentale, sans un soupçon, sans une pensée égoïste. Je conclus que j'irais en personne lui rendre son portrait et ces lettres. Curiosité ? Oui, et aussi un autre sentiment, peut-être. Tout ce qui avait été à Kurtz m'était sorti des mains : son âme, son corps, son poste, ses plans, son ivoire, sa carrière. Il ne restait que sa mémoire et sa Promise – et je voulais abandonner cela, aussi, au passé, en un sens, restituer personnellement tout ce qui me restait de lui à cet oubli qui est le dernier mot de notre sort commun. Je ne me défends pas. Je n'avais pas une idée claire de ce que je voulais vraiment. Peut-être était-ce une impulsion de loyauté inconsciente, ou l'accomplissement d'une de ces nécessités ironiques qui se dissimulent dans les faits de l'existence. Je ne sais. Je ne puis dire, mais j'y allai.

« Je pensais que son souvenir serait comme ceux d'autres morts, accumulés dans la vie de chacun – une vague impression sur le cerveau d'ombres qui sont tombées sur lui dans leur prompt et final passage. Mais devant la grande et lourde porte, devant les hautes maisons d'une rue aussi tranquille et correcte qu'une allée bien tenue dans un cimetière, j'eus une vision de lui sur la civière, ouvrant une bouche vorace, comme pour dévorer toute la terre avec toute son humanité. Il vivait là devant moi ; il vivait autant qu'il avait jamais vécu – une ombre, insatiable d'apparences splendides, de réalités effroyables, une ombre plus ténébreuse que l'ombre de la nuit, et drapée noblement dans les plis d'une éloquence fastueuse. La vision sembla entrer dans la maison avec moi – la civière, les porteurs spectraux, la foule sauvage d'adorateurs soumis, l'obscurité des forêts, le scintillement de la longueur de fleuve entre les sombres courbes, le battement du tam-tam, régulier et sourd comme un battement de cœur – le cœur des ténèbres victorieuses. C'était un moment de triomphe pour la brousse, une invasion, une ruée vengeresse que, me semblait-il, j'aurais à contenir seul pour le salut d'une autre âme. Et le souvenir de ce que je l'avais entendu dire là-bas, avec ces silhouettes cornues qui bougeaient dans mon dos, dans la lueur des feux, la patience des bois, ces phrases brisées me revenaient, je les entendais de nouveau dans leur sinistre et terrifiante simplicité. Je me rappelais ses plaidoyers abjects, ses abjectes menaces, l'échelle colossale de ses méprisables désirs, la mesquinerie, le tourment, l'angoisse orageuse de son âme. Et plus tard il me sembla retrouver sa manière composée et languide quand il dit un jour : "Ce stock actuel d'ivoire est véritablement à moi. La Compagnie ne l'a pas payé. Je l'ai rassemblé moi-même à de très grands risques personnels. Je crains qu'ils n'essaient de le réclamer comme leur, cependant. Hum… C'est un cas difficile. Que pensez-vous que je doive faire – résister ? Hein ? Je ne veux rien d'autre que la justice…" Il ne voulait rien d'autre que la justice. Je tirai la sonnette devant une porte d'acajou au premier étage, et tandis que j'attendais il semblait me dévisager du panneau de verre – de ce regard ample, immense qui embrassait, condamnait, vomissait tout l'univers. Il me semblait entendre ce cri murmuré : "Horreur ! Horreur !"

« Le crépuscule tombait. Je dus attendre dans un salon haut de plafond, avec trois grandes fenêtres sur toute la hauteur qui étaient comme trois colonnes lumineuses et drapées. Les pieds et les dossiers dorés du mobilier luisaient en courbes indistinctes. La haute cheminée de marbre était d'une blancheur froide et monumentale. Un piano à queue se dressait, massif, dans un coin, avec des lueurs foncées sur les surfaces plates qui faisaient penser à un sarcophage sombre et poli. Une haute porte s'ouvrit – se referma. Je me levai.

« Elle s'avança, tout en noir, la tête pâle, flottant vers moi dans le crépuscule. Elle était en deuil. Il y avait plus d'un an qu'il était mort, plus d'un an que la nouvelle en était arrivée ; il semblait qu'elle dût se souvenir et garder le deuil à jamais. Elle prit mes mains dans les siennes et murmura : "J'avais appris votre venue." Je remarquai qu'elle n'était pas très jeune – je veux dire, pas une jeune fille. Elle avait une aptitude mûrie à la fidélité, à la confiance, à la souffrance. La pièce semblait s'être assombrie, comme si toute la triste lumière de la brumeuse soirée s'était réfugiée sur son front. Ces cheveux blonds, ce pâle visage, ce front pur, semblaient entourés d'un halo cendré d'où les yeux sombres me regardaient. Ce regard était innocent, profond, confiant, ouvert. Elle portait sa tête triste comme si elle eût été fière de cette tristesse, comme si elle eût voulu dire, Moi, moi seule je sais mener son deuil comme il le mérite. Mais tandis que nous nous serrions encore les mains, une telle expression de terrible désolation parut sur son visage que je compris qu'elle était un de ces êtres qui ne sont pas les jouets du temps. Pour elle il était mort seulement la veille. Et, par Dieu ! l'impression était si forte que pour moi aussi il semblait n'être mort que la veille – bien plus, à cette minute même. Je les vis elle et lui dans le même instant – la mort de l'un et la tristesse de l'autre – je vis la tristesse au moment même de la mort. Vous comprenez ? Je les vis ensemble – je les entendis ensemble. Elle avait dit, en reprenant profondément son haleine, "J'ai survécu", tandis que mes oreilles tendues semblaient entendre distinctement, mêlé à ce ton de regret désespéré, le murmure dans lequel il avait résumé son éternelle condamnation. Je me demandai ce que je faisais là, avec au cœur une sensation de panique comme si je m'étais fourvoyé dans un lieu de mystères cruels et absurdes qu'il ne sied pas à un être humain de contempler. Elle me désigna une chaise. Nous nous assîmes. Je posai le paquet doucement sur la petite table, et elle mit sa main dessus… "Vous l'avez bien connu", murmura-t-elle, après un moment de silence endeuillé.

« "L'intimité avance vite là-bas, dis-je. Je l'ai connu aussi bien qu'il est possible qu'un homme en connaisse un autre."

« "Et vous l'admiriez, dit-elle. C'était impossible de le connaître et de ne pas l'admirer. N'est-ce pas ?"

« "C'était un homme remarquable", dis-je, d'une voix mal assurée. Puis devant l'appel de son regard fixe, qui semblait guetter d'autres paroles sur mes lèvres, je poursuivis : "Il était impossible de ne pas…" "L'aimer", finit-elle, avidement, me réduisant à un silence horrifié. "Comme c'est vrai ! comme c'est vrai ! Mais quand on pense que personne ne l'a connu aussi bien que moi ! J'avais toute sa noble confiance. C'est moi qui l'ai le mieux connu."

« "C'est vous qui l'avez le mieux connu", répétai-je. Et c'était peut-être vrai. Mais avec chaque parole la pièce s'assombrissait, et seul son front, lisse et blanc, restait illuminé par la lumière inextinguible de la croyance et de l'amour.

« "Vous étiez son ami", poursuivit-elle. "Son ami", répéta-t-elle, un peu plus haut. "Il faut que vous l'ayez été, s'il vous a donné cela, et s'il vous a envoyé à moi. Je sens que je puis vous parler – et oh ! il faut que je parle. Je veux que vous – vous qui avez entendu ses dernière paroles – vous sachiez que j'ai été digne de lui… Ce n'est pas de l'orgueil… Oui ! Je suis fière de savoir que je l'ai compris mieux que quiconque sur terre – il me l'a dit lui-même. Et depuis la mort de sa mère je n'ai eu personne… personne… à… à…"

« J'écoutais. L'obscurité s'épaississait. Je n'étais pas même sûr que c'était le bon paquet qu'il m'avait donné. J'ai plutôt idée qu'il voulait que je prenne soin d'une autre liasse de ses papiers qu'après sa mort je vis le Directeur examiner sous la lampe. Et la jeune femme parlait, soulageant sa peine dans la certitude de ma sympathie ; elle parlait comme on boit quand on a soif. J'ai entendu dire que ses fiançailles avaient rencontré le désaccord des siens. Il n'était pas assez riche, ou quelque chose de ce genre. Et en vérité je ne sais s'il n'avait pas été pauvre toute sa vie. Il m'avait donné quelque raison de déduire que c'était son impatience d'une relative pauvreté qui l'avait poussé à aller là-bas.

« …"Qui ne devenait pas son ami s'il l'entendait une fois parler ? disait-elle. Il attirait les hommes par ce qu'ils avaient de meilleur." Elle me regarda avec intensité. "C'est le don des grands", poursuivit-elle, et le son assourdi de sa voix semblait accompagné de tous les autres sons, pleins de mystère, de désolation, et de tristesse, que j'aie jamais entendus – les vaguelettes du fleuve, le murmure des arbres balancés par le vent, le chuchotement des foules, la vague résonance de mots incompréhensibles criés de loin, le bruit sourd d'une voix qui parle de plus loin que le seuil d'une nuit éternelle. "Mais vous l'avez entendu ! Vous savez !" s'écria-t-elle.

« "Oui, je sais", dis-je avec au cœur une manière de désespoir, mais courbant la tête devant la foi qui était en elle, devant cette grande illusion salvatrice dont je n'aurais pas pu la défendre – dont je ne pouvais même pas me défendre moi-même.

« "Quelle perte pour moi – pour nous !" se corrigea-t-elle avec une belle générosité ; puis elle ajouta dans un murmure : "Pour le monde." Aux dernières lueurs du crépuscule je pus voir briller ses yeux, pleins de larmes – de larmes qui ne tomberaient pas.

« "J'ai été très heureuse, gâtée du sort, – très fière, poursuivit-elle. Trop gâtée. Trop heureuse à court terme. Et maintenant je suis malheureuse pour – pour la vie."

« Elle se leva. Ses cheveux blonds semblèrent prendre tout ce qui restait de lumière dans une lueur d'or. Je me levai aussi.

« "Et de tout cela, poursuivit-elle tristement, de tout ce qu'il promettait, de toute sa grandeur, de son âme généreuse, de son noble cœur, rien ne reste – rien qu'un souvenir. Vous et moi..."

« "Nous nous souviendrons toujours de lui", dis-je, en hâte.

« "Non ! s'écria-t-elle. Il est impossible que tout cela soit perdu – qu'une pareille vie soit sacrifiée pour ne rien laisser – que de la tristesse. Vous savez quels vastes plans il avait. J'en étais informée, aussi. Je ne pouvais peut-être pas comprendre – mais d'autres en étaient informés. Quelque chose doit rester. Ses paroles, au moins, ne sont pas mortes."

« "Ses paroles resteront", dis-je.

« "Et son exemple", murmura-t-elle pour elle-même. "Les regards se levaient vers lui – le bien paraissait dans chacune de ses actions. Son exemple..."

« "C'est vrai, dis-je, son exemple aussi. Oui, son exemple. J'oubliais cela."

« "Mais pas moi. Je ne peux pas – je ne peux pas croire – pas encore. Je ne peux pas croire que je ne le verrai plus, que personne ne le verra plus jamais, jamais, jamais."

« Elle ouvrit les bras comme vers une forme qui se dérobait, les tendit, noirs, mains pâles serrées, contre le reflet étroit, qui s'éteignait, de la fenêtre. Ne jamais le voir ! Je le voyais assez clairement à cette minute. Je reverrai ce spectre éloquent aussi longtemps que je vivrai, et je la reverrai, elle aussi, une Ombre tragique et familière, ressemblant dans ce geste à une autre, tragique aussi, et ornée d'amulettes impuissantes, tendant la nudité de ses bras bruns par-dessus le scintillement du fleuve infernal, le fleuve des ténèbres. Elle dit soudain très bas : "Il est mort comme il a vécu."

« "Sa fin, dis-je, une colère sourde montant en moi, fut en tous points digne de sa vie."

« “Et je n’étais pas avec lui”, murmura-t-elle. Ma colère tomba devant un sentiment d’infinie pitié.

« “Tout ce qui pouvait être fait”– marmottai-je.

« “Ah, mais je croyais en lui plus que quiconque sur terre – plus que sa propre mère, plus que – lui-même. Il avait besoin de moi ! Moi ! J’aurais chéri chaque soupir, chaque mot, chaque signe, chaque regard.”

« Je me sentis comme si une poigne glacée m’avait saisi la poitrine. “Je vous en prie”, dis-je d’une voix sourde.

« “Pardonnez-moi. J’ai – j’ai mené mon deuil si longtemps en silence – en silence… Vous avez été avec lui – jusqu’à la fin ? Je pense à sa solitude. Personne auprès pour le comprendre comme j’aurais compris. Peut-être personne pour entendre…

« “Jusqu’à la fin, dis-je d’une voix chevrotante. J’ai entendu toutes ses dernières paroles…” Je m’arrêtai effrayé.

« “Répétez-les, murmura-t-elle d’un ton brisé. Je veux – je veux – quelque chose – quelque chose – avec quoi vivre.”

« J’étais sur le point de m’écrier : “Vous ne les entendez pas ?” Le crépuscule les répétait en murmures persistants tout autour de nous, murmures qui semblaient s’enfler comme la première menace murmurée d’un vent qui se lève. “Horreur ! Horreur !”

« “Son dernier mot – pour vivre avec, insista-t-elle. Ne comprenez-vous pas que je l’aimais – je l’aimais – je l’aimais !”

« Je me ressaisis et je parlai lentement.

« “Le dernier mot qu’il ait prononcé, c’est… votre nom.”

« J’entendis un léger soupir, puis mon cœur s’arrêta, brutalement retenu par un cri exultant et terrible, par le cri d’inconcevable triomphe et d’indicible douleur : “Je le savais – j’étais sûre !…” Elle savait. Elle était sûre. Je l’entendis pleurer ; elle s’était caché le visage dans les mains. Il me semblait que la maison s’écroulerait avant que je puisse m’échapper, que le ciel me tomberait sur la tête. Mais rien n’arriva. Le ciel ne tombe pas pour de pareilles broutilles. Serait-il tombé, je me demande, si j'avais rendu à Kurtz la justice qui lui était due ? N'avait-il pas dit qu'il ne voulait que la justice ? Mais je ne pouvais pas. Je ne pouvais pas lui dire. Cela aurait été trop ténébreux – absolument trop ténébreux. »

Marlow se tut et s'assit tout seul, indistinct et silencieux, dans la pose d'un Bouddha méditant. Personne ne bougea d'abord. « "Nous avons manqué le début du reflux", dit le Directeur, soudain. Je levai la tête. Le large était barré par un banc de nuages noirs, et le tranquille chemin d'eau qui mène aux derniers confins de la terre coulait sombre sous un ciel couvert – semblait mener au cœur d'immenses ténèbres. »

CHRONOLOGIE

1857 (3 décembre) : Józef Teodor Konrad Naleçz, fils d'Apollo Korzeniowski et d'Evelina Bobrowska, naît à Berditchev, en Ukraine.

1861 (21 octobre) : Apollo arrêté.

1862 (8 mai) : Exil.

1865 (18 avril) : Mort d'Evelina.

1869 (février) : À Cracovie.

1869 (23 mai) : Mort d'Apollo.

1873 (mai à juillet) : Conrad en Suisse. Vacances.

1874 (octobre) : Quitte la Pologne. À Marseille.
(décembre) : Martinique (passager).

1875 (mai) : Retour.
(25 juin) : Aux Antilles (mousse).
(23 décembre) : Retour.

1876 (8 juillet) : Aux Antilles (steward).

1877 (15 février) : Avec Dominique Cervoni. Venezuela.

1878 (octobre 1877-février) : *Tremolino* et contrebande. Tentative de suicide.
(24 avril) : Matelot sur le *Mavis*, vapeur charbonnier anglais, vers Constantinople.
(18 juin) : Sur le *Mavis* vers Lowestoft.
(11 juillet) : Matelot sur le caboteur *Skimmer of the Seas* (six voyages).
(12 octobre) : Matelot sur le clipper *Duke of Sutherland* vers Sydney.

1880 (juin) : Passe son examen de « second mate » (lieutenant).

1880 (21 août), **1881** (avril) : Affaires du *Jeddah* (*Lord Jim*) et du *Cutty Sark* (« The Secret Sharer »). Lieutenant a/b clipper *Loch Etive* vers Sydney.

1881 (21 septembre) : Lieutenant a/b *Palestine* (faux départ).

1882 (17 septembre) : Départ.

1883 (11-15 mars) : Incendie à bord.
(22 juillet) : À Marienbad avec l'oncle Bobrowski.
(10 septembre) : Lieutenant, *Riversdale*.

1884 (17 avril) : Désaccord avec le capitaine, quitte à Madras.
(28 avril) : Lieutenant a/b *Narcissus* de Bombay, jusqu'au 17 octobre 1884.
(3 décembre) : Passe l'examen de second.

1885 (24 avril) : Lieutenant a/b *Tilkhurst*, de Hull.

1886 (17 juin-août) : Naturalisé.
(10 novembre) : Examen pour le brevet de capitaine.
(16 février) : Second a/b *Highland Forest*.

1887 (1er juillet) : Accident, hôpital à Singapour.

1888 (4 janvier) : Second a/b *Vidar*.
Bangkok. Capitaine de l'*Otago*, vers Singapour et Sydney.
(août-septembre) : De Sydney à Maurice.
(22 novembre) : Melbourne.

1889 (été) : Londres, Conrad écrit.
(novembre) : Bruxelles.

1890 (début 1890, deux mois) : Kazimierowka (Ukraine) chez l'oncle Bobrowski.
(fin avril) : Bruxelles (projet congolais).
(mai) : Bordeaux, *Ville de Maceio*.
(13 juin) : Matadi (Congo belge). Vers l'intérieur.
(24 septembre) : Retour à Kinshasa.

1891 (janvier) : Londres.
(17 mai-mi-juin) : Champel.
(25 novembre) : Second a/b *Torrens* : Plymouth.

1892 (28 février) : Adelaïde (Australie).
(25 octobre, jusqu'au 26 juillet 1893) : Londres.

1893 (fin août) : Ukraine, chez l'oncle Bobrowski.
(6 décembre) : De Londres à Rouen et l'*Adowa*.

1894 (17 janvier) : Londres.
(octobre) : *Almayer's Folly* accepté.

1895 (avril) : *Almayers'Folly* publié.
(septembre) : *An Outcast of the Islands* achevé.

1896 (mars) : *An Outcast of the Islands* publié.
(26 mars) : Mariage.

1897 (juin-juillet) : *An Outpost of Progress* publié, *Cosmopolis.*
(janvier) : *The Nigger of the Narcissus* achevé.
(décembre) : *The Nigger of the Narcissus* publié.
Amitié avec Cunninghame Gragham et Stephen Crane.

1898 (janvier) : Naissance de Borys Conrad.
(automne) : Amitié avec Ford Madox Hueffer.

1899 (fin 1898 début) : *Heart of Darkness* écrit.
En Pologne.

1899 : Eliza Orzeszkowa sur « L'Émigration des Talents ».

1899-1900 : *Lord Jim* écrit.

1900 : *Lord Jim* publié.

1901 : *Amy Foster*, en magazine.
Amy Foster publié.

1902 : *Youth* (et *Heart of Darkness*) publié.

1903 : *Typhoon and other Stories.*

1904 : *Nostromo.*

1905 : Naples et Capri.

1907 : *The Secret Agent.*

1910 : *The Secret Sharer*, en magazine.
Dépression nerveuse.
A Smile of Fortune.

1911 : *Under Western Eyes.*
Prince Roman.

1912 : *Twixt Land and Sea.*
Some Reminiscences.
Chance.
Amitié avec Richard Curie et Joseph Retinger.

1913 : Amitié avec Bertrand Russell.

1915 : *Victory*, écrit en 1913-1914, publié.

1914 (été) : En Pologne.

1916 : *The Shadow Line.*

1918 : *The Arrow of Gold.*

1919 : *The Rescue.*

1922 : *The Rover.*

1923 : Aux États-Unis.

1924 : *Suspense* écrit et inachevé.
(3 août) : Mort.

BIBLIOGRAPHIE

Lettres

In *Joseph Conrad, Life and Letters*, par G. Jean-Aubry, 2 vols., Londres, 1927.
Lettres françaises, introd. G. Jean-Aubry, Paris, 1930.
Conrad to a Friend, 150 lettres à R. Curle, introd. R. Curle, Londres, 1928.
Letters 1895-1924, introd. Edward Garnett, Londres, 1928.
Lettres à Marguerite Poradowska, 1890-1920, éd. René Rapin, Genève, 1966.
Letters to William Blackwood, éd. William Blackburn, Durham (Caroline du Nord), 1958.
Conrad's Polish background, Letters to and from Polish Friends, éd. Z. Najder transl. Halina Carroll, Londres, 1964.
Letters to Cunninghame Graham, éd. C. T. Watts, Cambridge, 1969.

Bibliographie

Theodor G. Ehrsam, *A Bibliography of Joseph Conrad*, New Jersey, 1969.
Martin Ray, *Joseph Conrad. Memories and Impressions : an Annotated Bibliography*, Amsterdam, 2007.

Biographie et critique

Jerry Allen, *The Sea Years of J. C.*, New York, 1965.
Jocelyn Baines, *J. C. : A Critical Biography*, Londres, 1960.
Jacques Berthoud, *J. C., The Major Phase*, Cambridge, 1978.

Muriel C. Bradbrook, *J. C., Poland's English Genius*, Londres, 1941.
Mieczysław Brahmer, éd., *Jozef Konrad Korzeniowski. Essays and Studies*, Varsovie, 1958.
Andrzej Busza, *Conrad's Polish Literary Background*, Rome, 1966.
C. B. Cox, *J. C., The Modern Imagination*, Londres, 1974.
Edward Crankshaw, *J. C., Somes Aspects of the Art of the Novel*, Londres, 1936.
L. F. Dean, *« Heart of Darkness », Background and Criticisms*, New York, 1960.
Maria Delaperrière, dir., *Joseph Conrad. Un Polonais aux confins de l'Occident*, Paris, 2009.
Alain Dugrand, *Conrad, l'étrange bienfaiteur*, Paris, 2003.
Ford Madox Ford (Ford Madox Hueffer), *J. C. : A Personal Remembrance*, Londres, 1924.
Edward Garnett, éd., *Conrad's Prefaces*, Londres, 1937.
R. A. Gekoski, *Conrad, The Moral World of the Novelist*, Londres, 1978.
André Gide, Georges Jean-Aubry, Joseph Kessel *et alii*, *Hommage à Joseph Conrad*, Paris, 1924 ; rééd. 1991.
John D. Gordan, *Conrad, The Making of a Novelist*, Harvard-Cambridge, 1940.
Albert J. Guerard, *J. C., the Novelist*, Harvard-Cambridge, 1958.
Bruce Harkness, éd., *Conrad's Heart of Darkness and the Critics*, San Francisco, 1960.
Bruce Harkness, éd., *Conrad's Secret Sharer and the Critics*, Belmont, Californie, 1962.
Jeremy Hawthorn, *J. C. Language and Fictional Self-Consciousness*, Londres, 1979.
Douglas Hewitt, *Conrad, a Reassessment*, Cambridge, 1952.
Georges Jean-Aubry, *J. C. in the Congo*, Londres, 1926.
Georges Jean-Aubry, *Vie de Conrad* (et cf. *supra*), Paris, 1947.
Frederick R. Karl, *A Reader's Guide to J. C.*, Londres, 1960.
R. Kimbrough, *« Heart of Darkness », an authoritative Text, Background and Sources*, New York, 1963.
Raymond Las Vergnas, *J. C. romancier de l'exil*, Lyon, 1959.
Claudine Lesage, *Joseph Conrad et le Continent : biographie critique*, Paris, 2003.
R. L. Megroz, *J. C.'s Mind and Method*, Londres, 1931.

Bernard C. Meyer, *J. C., A Psychoanalytic Biography*, Princeton, 1967.
Gustave Morf, *The Polish Heritage of J. C.*, Londres, 1930.
Thomas Moser, *J. C., Achievement and Decline*, Harvard-Cambridge, 1957.
Josiane Paccaud-Huguet, éd., *Joseph Conrad 2. Heart of Darkness, une leçon de ténèbres*, Paris, 2002.
Norman Sherry, *C.'s Eastern World*, Londres, 1966.
Norman Sherry, *C.'s Eastern World*, Londres, 1970.
Norman Sherry, *C, the Critical Heritage*, Londres, 1973.
Norman Sherry, *Conrad and his World*, Londres, 1973.
R. W. Stallman, *The Art of J. C.*, Lansing, Michigan, 1960.
Arthur Symons, *Notes on J. C.*, Londres, 1925.
Donald C. Yelton, *Mimesis and Metaphor*, La Haye, 1967.

TABLE

AU CŒUR DES TÉNÈBRES

Mise en page par Meta-systems
59100 Roubaix

N° d'édition : L.01EHPN000550.C002
Dépôt légal : août 2012
Imprimé en Espagne par Novoprint (Barcelone)